Cuando te falte el aire

Este libro se ha elaborado con papel procedente de bosques gestionados de forma sostenible, reciclado y de fuentes controladas, avalado por el sello de PEFC, la asociación más importante del mundo para la sostenibilidad forestal.

MAEVA apuesta para frenar la crisis climática y desea contribuir al esfuerzo colectivo y permanente de proteger y preservar el medio ambiente y nuestros bosques con el compromiso de producir nuestros libros con materiales sostenibles.

Úrsula Campos

Cuando te falte el aire

Un *thriller* médico en Zaragoza

MAEVA | NOIR

Benito Castro, 6
28028 MADRID
www.maeva.es

ISBN: 978-84-19638-06-9
Depósito legal: M-7059-2023

Diseño e imagen de cubierta: © Sylvia Sans Bassat
Fotografía de la autora: © Marta Vicente
Preimpresión: Gráficas 4, S.A.
Impresión y encuadernación: Huertas, S.A.
Impreso en España / Printed in Spain

A todos los que se dedican a cuidar de los demás.

A Manuel Mota, *in memoriam*

Escenarios de la novela

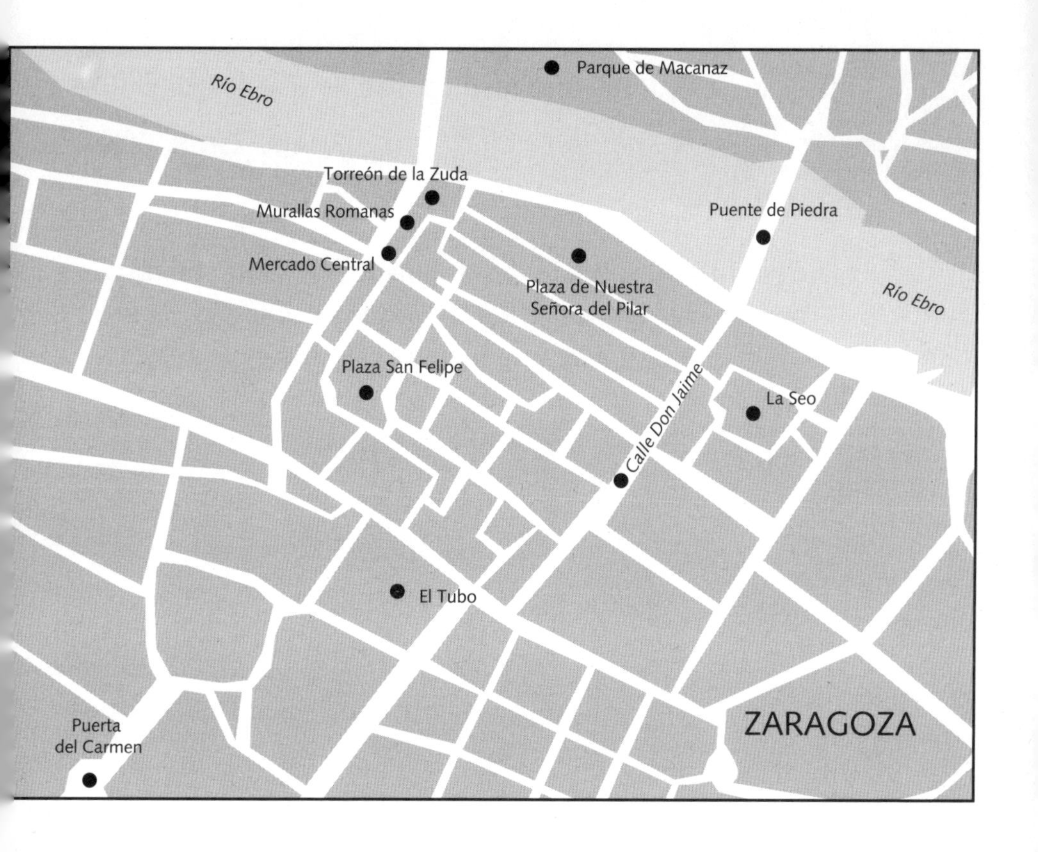

«Los mejores médicos son los que previenen.»

ZHANG ZHONG YIN

«Es necesario empezar a ver la realidad de otra manera, porque solo en la medida en que somos capaces de ver la realidad de otra manera es posible cambiarla.»

KAFKA

1

Zaragoza
Domingo, 18 de noviembre de 2018

Quina Larrea dormía profundamente cuando una llamada la despertó. En la mesita de noche los números iluminados del despertador marcaban las tres y veintiséis. Todavía medio dormida, descolgó el teléfono móvil, salió de la habitación y cerró con cuidado la puerta tras de sí.

—Dígame —susurró en el pasillo para no despertar a Santi.

—Hola, Quina. Perdona por las horas, siento interrumpir tu fin de semana —dijo su jefe al otro lado del aparato—. Han saltado las alarmas del Instituto, acaba de avisarme la policía. Por lo visto alguien ha entrado en el Instituto y ha destrozado el laboratorio.

Quina tragó saliva mientras intentaba asimilar lo que estaba escuchando.

—¿Estás ahí, Quina?

—Sí, sí, Vicente, te estaba escuchando —susurró con el susto metido aún en el cuerpo.

—Salgo para allá. Calculo que llegaré en cinco minutos, pero necesito que vengas lo antes posible.

—De acuerdo, jefe —respondió ella con la mayor determinación que pudo. Aquella llamada en mitad de la noche le había provocado un nudo en el pecho que la estaba asfixiando—. En veinte minutos estaré allí.

Después de colgar, se puso los vaqueros y un jersey negro de cuello alto y se dirigió a la cocina para prepararse un café que la despejara. Mientras llenaba la cafetera escuchó a *Charco* acercarse por el pasillo.

—Buenos días, *Charco.* —Quina se agachó para abrazarlo y quitarle las legañas. Era un *cocker spaniel* que había adoptado nueve meses atrás, cuando todavía vivía sola. Acarició las orejas rizadas del cachorro y continuó peinándolo con los dedos—. Lo siento, hoy no puedo sacarte a pasear. Tengo que irme, así que te toca esperar a que se despierte el dormilón de Santi, ¿de acuerdo?

El perro la miró con sus ojos marrones. Pestañeó como si la entendiese, le lamió la mano y se dejó acariciar mientras subía el café.

En tiempo récord, Quina llenó de agua uno de los cuencos de *Charco,* echó algo de pienso en el otro y se bebió de un sorbo el café. Escribió una nota para Santi, se puso el cortavientos, cogió la mochila y salió disparada.

Una densa niebla envolvía Zaragoza desde principios de noviembre. Llevaban más de quince días sin ver la luz del sol, pero eso a Quina no le importaba. Se había acostumbrado al clima, le gustaba vivir en la Ciudad del Viento, como la llamaban algunos.

Trató de concentrarse en la calzada. Tenía que esforzarse para distinguir el camino. Por suerte, a esas horas había poco tráfico. Una vez en el carril bici, pedaleó con fuerza hasta alcanzar cierta velocidad y dejó que la inercia la arrastrara. Le gustaba la ciudad en momentos como aquel: fría, misteriosa y en silencio. A esas horas, la Gran Vía, que por el día acogía a miles de viandantes, estaba desierta y podía circular tranquila por el bulevar central. No había niños despistados cruzando ni tranvías. Nadie, solo ella. Habría disfrutado mucho del paseo si no hubiera sido por las circunstancias que la habían sacado de la cama.

Atravesó la rotonda de la plaza Paraíso sin cruzarse con ningún vehículo, recorrió unos metros hasta la puerta del Carmen y se adentró en la avenida César Augusto, donde se encontraba el Instituto de Salud Pública del Gobierno de Aragón. En la entrada había dos coches de la policía aparcados sobre la acera. El corazón le dio un vuelco.

Estacionó la bicicleta en el aparcamiento de la calle, frente a la churrería de Paty, que en aquel momento subía la persiana del local para atender a los primeros clientes de la madrugada. La saludó con un gesto de la cabeza mientras aseguraba las ruedas con una cadena y pensaba en cómo aquella mujer era capaz de sonreír tanto a pesar de lo mucho que madrugaba.

El ISPGA estaba ubicado en un edificio antiguo. De su diseño original únicamente se conservaba la fachada. El interior lo habían reformado por completo y albergaba las oficinas y el nuevo laboratorio de Salud Pública.

El laboratorio estaba situado en la quinta y última planta del edificio. Era un referente nacional. Disponía de equipos analíticos de última generación y en él trabajaban varios grupos activos de investigadores. Contaba con acreditaciones internacionales y en él se habían realizado importantes investigaciones en el terreno de la seguridad alimentaria.

Con la mochila al hombro, Quina subió a toda prisa las escaleras de la entrada y atravesó la enorme puerta giratoria para acceder al vestíbulo. En el cubículo de cristal situado a la derecha, dos agentes uniformados de la policía charlaban con el guardia de seguridad mientras miraban de reojo los monitores. Los saludó con la cabeza, aproximó su tarjeta identificativa al lector y atravesó las puertas de cristal, que se abrieron enseguida. El protocolo exigía pasar la mochila por el detector de metales, pero en aquellas circunstancias lo mejor era continuar su camino en busca de Vicente.

Los despachos estaban situados en la primera planta. Mientras subía la escalinata de mármol, trató de ordenar sus pensamientos. Aunque aparentaba mantener el control, la llamada la había sobresaltado más de lo que quería admitir.

No era la primera vez que asaltaban el Instituto. Una noche, hacía tres o cuatro años, unos jóvenes habían entrado por una ventana de la planta baja. Estaban de fiesta, habían visto la ventana abierta de par en par y, alentados por el alcohol y la oscuridad de la noche, aprovecharon para colarse en el ISPGA. Habían recorrido los pasillos y los despachos que no estaban cerrados con llave, habían revuelto algunos cajones y se habían disfrazado con unos trajes de protección biológica que encontraron en los almacenes.

La diversión terminó cuando subieron a la quinta planta y pretendieron entrar en el laboratorio. Al intentar forzar la entrada, saltó la alarma y todos escaparon a la carrera. Cuando llegaron los policías, peinaron el edificio y encontraron a uno de los chicos dormido en un despacho. Borracho como una cuba y asustado al ver a los agentes, confesó enseguida los nombres de sus amigos. Como eran menores y mostraron arrepentimiento, fueron condenados a realizar trabajos para la comunidad y ahí quedó todo.

En aquella ocasión el Instituto no sufrió ningún daño, solo se había tratado de una gamberrada de adolescentes que no calcularon las consecuencias. El guardia de seguridad, sin embargo, no tuvo tanta suerte. Confesó que había estado durmiendo mientras los jóvenes campaban a sus anchas por el edificio y lo despidieron unos días después. A Quina le dio pena porque había sido una chiquillada sin importancia y el guardia era un hombre muy amable.

Semanas más tarde, corrió el rumor de que una pareja se lo había montado en un despacho y que las cámaras lo habían grabado. Por lo visto, una copia de aquella grabación estuvo circulando de mano en mano para deleite de algunos trabajadores del ISPGA. El director emitió una orden que prohibía su difusión y amenazó con sancionar a quien siguiera haciendo circular la cinta. Quina no llegó a ver las imágenes, pero dedujo que no eran solo rumores y que la película existía.

Encontró a su jefe hablando en el pasillo con una mujer. Vicente Uriarte era el director del Instituto desde hacía más de quince años y se enorgullecía de haberlo situado entre los mejores del país. Cada año luchaba con uñas y dientes para que su partida presupuestaria no se viese reducida. Aunque la crisis de la gripe A y el brote de ébola habían ayudado a que los políticos no olvidasen la importancia de la salud pública, gran parte del mérito era suyo.

Quina se acercó y los saludó. La mujer era delgada, de complexión atlética y muy morena. Llevaba el pelo recogido en la nuca y tenía las manos metidas en los bolsillos de la cazadora. Vicente sujetaba su maletín de cuero y aún llevaba puestos el sombrero y la gabardina que solía usar en invierno.

—Quina, te presento a la inspectora Lysander. Pertenece a la Unidad de Delitos Violentos. La doctora Quina Larrea es la jefa del servicio de Epidemiología y una de mis mejores epidemiólogas.

Quina se ruborizó. Apretó la mano de Lysander y la miró a los ojos. Eran pequeños, marrones y parecían muy vivos. La inspectora tenía un timbre grave.

—Encantada, doctora. Algunos agentes están realizando una inspección ocular de todo el edificio, visualizando las cámaras y recogiendo el testimonio del guardia de la entrada. En una primera impresión, parece que la peor parte se la ha llevado el laboratorio y algunos despachos, entre ellos, el suyo. Quina, ¿puedo tutearte?

—Por supuesto, inspectora Lysander.

—Llámame Eliana —carraspeó—. Como te decía, no sabemos todavía el alcance de los daños. La unidad de Delitos Telemáticos está avisada y vendrán en cuanto puedan. En las próximas horas comprobaremos si están afectados los sistemas informáticos. Debemos averiguar si han *hackeado* el sistema y hasta dónde han llegado.

—Por lo visto, no es una chiquillada como aquella vez —lamentó Vicente, visiblemente afectado. Unos minutos antes de que llegase Quina se lo había explicado a la inspectora. Tenía los ojos enrojecidos y brillantes, como si llevara varios días sin dormir.

—No lo sabemos. Tendremos más pistas cuando hayamos analizado las cámaras de seguridad. También hemos avisado a la Científica. Buscaremos huellas o algún resto biológico que pueda ayudar a identificar a los posibles autores.

—¿Autores? —preguntó Quina.

—No estamos seguros, pero se han movido muy rápido, es probable que fueran varios y sospechamos que conocían bien las instalaciones.

—¿Vio algo el guardia de la entrada? —insistió.

—Dice que no notó nada fuera de lo habitual—contestó la inspectora.

—¿Estaba dormido? —preguntó al recordar el incidente de los jóvenes.

—Asegura que no. Creemos que pudieron *hackear* las cámaras y aprovechar el lapso de tiempo entre las rondas, cuando el guardia se queda en la garita. Si sucedió así, tuvieron casi dos horas sin que nadie los molestase. Hasta que el vigilante no hizo la ronda por los pisos, no se dio cuenta de que algo había pasado.

Con un gesto nervioso, Quina se rascó el cuello debajo del jersey.

—¿Y cómo han entrado en el ISPGA? ¿Por la puerta de atrás?

—Tampoco lo sabemos. No han forzado ninguna de las dos entradas.

Quina intentaba procesar toda la información lo más rápido posible. Las preguntas bullían en su cabeza. De nuevo, el guardia de seguridad parecía sospechoso. ¿Era posible que no hubiera visto ni oído nada? Supuso que lo estarían interrogando.

—¿Sabemos si han robado algo? —preguntó Quina pensando en los ordenadores y el resto de aparatos de los laboratorios. Podían ser valiosos, pero sacarlos del ISPGA y venderlos en el mercado negro requería una logística planificada. Las máquinas tenían un número de serie y un código fácil de rastrear, y algunas llevaban chips incorporados como medida de seguridad. Era demasiado arriesgado. Entonces cayó en la cuenta. Había algo de gran valor económico y fácil de robar.

—¡Las vacunas! ¿Han entrado en la cámara de vacunas?

Las vacunas podían sustraerse y venderse de forma sencilla y sin llamar la atención. En países donde la sanidad no era pública, se pagaba un dineral por ellas en el mercado negro.

—¿Se las han llevado?

La inspectora esbozó una mueca de asombro.

—¿Siempre haces tantas preguntas?

—Lo siento —se disculpó avergonzada mientras notaba que el cuello comenzaba a picarle de nuevo—. Es deformación profesional, en mi trabajo estoy acostumbrada a preguntarlo todo.

—Has dado en el clavo, Quina. Se han llevado las vacunas —aclaró Vicente—. La inspectora y yo acabamos de comprobarlo. Han entrado en las cámaras frigoríficas y no han dejado ni una caja.

Quina se quedó perpleja. ¿Ni una?

—¿No han saltado las alarmas de las cámaras? —insistió.

—¿Ponen alarmas en las neveras? —se extrañó Lysander.

—Así es, pero no para evitar el robo —confirmó Vicente—. Las vacunas deben conservarse en unas condiciones estrictas, a una temperatura entre cero y ocho grados centígrados, para mantener lo que llamamos «cadena de frío». Es muy importante que dicha cadena no se rompa hasta que se administren, a fin de garantizar su inmunogenicidad y eficacia. Como medida de seguridad, nuestras cámaras llevan alarmas muy sensibles. Cuando la temperatura baja o sube fuera del rango de conservación, se activan de inmediato.

—Debían saberlo —susurró Quina.

—¿Qué?

—Los ladrones. Ellos debían de saber que tenemos alarmas en las cámaras, de lo contrario, hubieran saltado.

Una melodía procedente del bolsillo de la inspectora Lysander interrumpió la conversación.

—Un segundo —se excusó mientras se alejaba unos metros.

Vicente bajó la voz.

—Yo también lo creo, Quina. Han dejado las cámaras vacías. Lo que no entiendo es por qué, si querían robarlas, se han ensañado con el laboratorio y algunos despachos. ¡No tiene lógica! Las pérdidas económicas son incalculables... —Se restregó la cara con las manos. De repente, Quina lo vio muy envejecido, como si los años le hubieran caído en aquel instante sobre el rostro y le hubieran dibujado surcos y arrugas profundas—. Es todo muy raro. De momento, parece que nadie sabe ni ha visto nada.

La inspectora se acercó de nuevo a ellos mientras guardaba el móvil en el bolsillo interno de su cazadora.

—Acaba de llegar el inspector Garrido, él se encargará del caso —anunció—. Voy a buscarlo a la entrada.

Quina se sorprendió.

—Pensaba que era usted la investigadora encargada.

—No. Yo soy la inspectora de guardia este fin de semana —respondió Lysander sin dar más explicaciones.

—La acompaño —se ofreció Vicente, y dejaron a Quina sola en mitad de un pasillo vacío.

2

Eran poco más de las dos de la madrugada cuando un taxi se detuvo a los pies de los dos leones de bronce que flanqueaban el puente de Piedra. El río Ebro se ocultaba en una nube de niebla, y al otro lado la basílica del Pilar se alzaba majestuosa en la oscuridad. El individuo pagó con un billete al taxista y, sin esperar el cambio, bajó del vehículo cerca de un local de copas de moda. El hombre ya había cumplido los treinta, era alto y con el cabello pelirrojo. Lucía barba de tres o cuatro días y, en el cuello, un elegante pañuelo de cachemir.

A unos metros de distancia escuchó el sonido de unos tacones y se giró para contemplar a una mujer con una llamativa melena rubia que se acercaba por el puente caminando con paso firme. La miró de arriba abajo sin disimulo y, tras un carraspeo forzado, le dedicó una sonrisa y la piropeó con un sutil acento inglés.

—¡Bonitas piernas!

La mujer desvió la mirada y pasó de largo dedicándole un gesto de desgana. El contoneo de sus caderas encandiló al hombre durante unos segundos. Contrariado por el desplante, pensó que todas las mujeres guapas eran unas engreídas que se creían el centro del universo. Aun así, no quiso perder la oportunidad y volvió a intentarlo:

—¿Tienes planes para esta noche?

La rubia, sin girarse, levantó la mano derecha, le enseñó el dedo corazón con un ademán firme y siguió su camino en dirección contraria.

—Qué borde —susurró el tipo dándose por vencido. Se encogió de hombros, miró a su alrededor para asegurarse de que no había nadie por la calle y echó a andar convencido de que con la próxima tendría más suerte.

Cerca del *pub*, se vio reflejado en un ventanal y se recolocó el pañuelo para evitar que el resfriado fuera a más. Llevaba unos días cansado y con dolor de cabeza, pero se había tomado un paracetamol y se encontraba mucho mejor. Si algo tenía claro era que un constipado no lo iba a dejar en casa un sábado por la noche. Tan claro como que aquella rubia arrogante no iba a desanimarlo.

Los dos corpulentos guardias de seguridad que se apostaban en la entrada del bar le dieron las buenas noches y le abrieron la puerta. Aquel lugar era uno de sus favoritos, la combinación perfecta de oscuridad y luces psicodélicas.

Nada más entrar, se topó de bruces con un grupo de jóvenes que bailaban muy animadas en medio de la pista. No paraban de reír y se movían de forma sugerente al ritmo de la música. Vestidas con minifaldas cortas y pantalones ajustados, dejaban entrever unos cuerpos firmes y curvilíneos.

Sonaba *Let me love you* de Snake. Sumergido en sus pensamientos, el inglés comenzó a sofocarse al imaginarse a las veinteañeras bailando solo para él. En su fantasía se humedecían los labios. Lo rodeaban. Lo manoseaban por todo el cuerpo. Reían, bailaban y le tocaban la barba, juguetonas.

Su respiración comenzó a agitarse.

De pronto, fue consciente de que estaba en medio del bar mirando de forma descarada a las chicas y decidió dirigirse a la barra para no llamar la atención. Aquella escena imaginaria lo había excitado. Se enfadó consigo mismo. ¡No podía dejar que su mente se la volviera a jugar! Estaba nervioso. En el pecho notaba los latidos acelerados de su corazón. Respiró hondo y se esforzó por relajarse y controlar la ansiedad.

Pidió un John Collins al camarero y centró su atención en la bebida. Tras varios tragos consiguió tranquilizarse. Debía mantener la calma y tratar de aparentar que era un tipo normal si quería que todo acabara bien. Se quitó el abrigo, lo colocó con cuidado en el taburete de al lado y dejó la bufanda plegada sobre él. Aquella noche llevaba unos Levi's ajustados y una camisa blanca de marca. Se sentía guapo y distinguido, seguro de que cualquier mujer desearía estar con un hombre como él.

El local fue llenándose poco a poco de gente con ganas de pasárselo bien. Hombres y mujeres jóvenes que bailaban, reían y se movían de un lado a otro sin dejar de divertirse. La temperatura del bar aumentaba por momentos. Debido al intenso frío del exterior, habían puesto la calefacción al máximo y, conforme subían los grados, la gente se quitaba prendas de ropa.

El inglés permaneció sentado delante de la barra mientras miraba la enorme pantalla que proyectaba vídeos musicales. Le dedicó una sonrisa a una de las jovencitas de la entrada, pero la muchacha desvió la mirada fingiendo no haberlo visto. «Otra estúpida creída», pensó.

Volvió a recuperar el entusiasmo inicial con la segunda consumición. Seguro que cualquiera de esas chicas estaba deseando bailar para él, pero eran unas niñatas. Prefería a las mujeres de verdad.

Al otro lado de la barra, dos muchachas llamaron su atención. Ambas eran morenas. Aunque a esa distancia no podía asegurarlo porque el bar estaba demasiado oscuro, parecían bastante guapas. Una de ellas llevaba el pelo suelto. La otra, recogido en una coleta alta. Cuando era niño, le gustaba enfadar a las chicas de su clase tirándoles de las coletas, y todavía lo volvía loco la sensación de agarrarlas por el pelo y tenerlas bajo control.

Solo con imaginar esa escena en su mente, una oleada de calor le brotó de las entrañas, comenzó a agobiarse y sintió que le faltaba el aire. Tenía que tranquilizarse si no quería echarlo todo a perder y acabar solo en su cama. O lo que era aún peor, pagando por sexo.

Se levantó y se dirigió a los servicios con aire despreocupado, aunque sin perder detalle de las dos jóvenes que le habían gustado. Pasó por su lado aparentando indiferencia y pudo confirmar que eran espectaculares. Ambas sostenían una copa en la mano y charlaban alegres. El hombre percibió que una de ellas lo miraba de reojo, pero él siguió su camino fingiendo no haberse dado cuenta.

Por suerte, el baño estaba libre. Mientras se miraba en el espejo y se atusaba el cabello, fantaseó con que las chicas estarían rifándoselo, y le devolvió la sonrisa a su imagen. Se lavó las manos con tranquilidad mientras se imaginaba que quizá podría ligarse a las dos. Comenzó a visualizar la situación, pero de repente pensó en la posibilidad de que lo rechazaran y se le congeló la sonrisa. Aquella idea lo hizo enfadar y golpeó el dispensador de papel. El borde metálico le produjo un corte que ni siquiera notó. ¿Por qué lo atormentaban esos pensamientos? «Ni hablar», se dijo a sí mismo mientras cogía un trozo de papel y se limpiaba la herida que se había hecho en la palma de la mano. Él era un hombre poderoso y podía tener a la mujer que quisiera. ¡Esas niñatas no lo iban a ningunear!

Se miró al espejo y se secó el sudor de la frente. Su paciencia se estaba agotando. No iba a esperar más, había llegado el momento de pasar a la acción.

Cuando salió del servicio, las chicas ya no estaban solas. Un joven se les había unido y reía con ellas. Al pasar por su lado, las miró con descaro. La de la coleta le devolvió la mirada. Él le sonrió con dulzura. El juego siempre comenzaba así.

La suerte estaba echada, ya poco más podía hacer. Si le había gustado a la chica, pronto lo sabría. Se sentó frente a su vaso mientras mostraba una estudiada tranquilidad, bebió un trago y se giró hacia ella. La joven le echó una mirada furtiva, tímida, y él se la devolvió de forma insolente, provocándola. Sonrió para sus adentros. Por fin todo se ponía a su favor.

En su mente, el plan estaba trazado. La seduciría, la haría reír y que se creyera la mujer más afortunada del mundo. Entonces, cuando ella quisiera irse, como buen caballero se ofrecería a acompañarla a la parada de taxis. Saldrían del bar juntos, sin llamar la atención, como una pareja más. Los porteros lo observarían con envidia y comentarían su suerte.

Abrazados, caminarían por las desiertas calles de la ciudad y en algún callejón oscuro se besarían con pasión. Con suavidad, él le acariciaría la cara, la nuca y, cuando la joven estuviera totalmente confiada, le agarraría con fuerza la coleta y la haría suya como a él le gustaba.

3

QUINA VIO ALEJARSE a Vicente y a la inspectora, y aprovechó para acercarse hasta su despacho y comprobar la magnitud de los daños. Se asomó con prudencia desde la puerta y quedó horrorizada al ver su oficina destrozada. ¿Qué clase de gente había entrado en el ISPGA? Parecía que entre aquellas cuatro paredes se hubiera librado una batalla campal. Las sillas estaban volcadas, el cuadro del mapamundi desvencijado en el suelo y el escritorio del revés, con las patas hacia arriba. Habían arrojado el flexo contra la ventana y el cristal se había rajado. En la esquina localizó la pantalla del ordenador hecha añicos.

Un sentimiento de amargura se apoderó de ella. Trataba de procesar lo que estaba viendo cuando levantó la vista hacia la pared y se quedó sin respiración. ¿Cómo no las había visto antes? Cinco letras negras cubrían la pared casi por completo.

ZORRA

Sintió un escalofrío y una punzada en la sien. ¿El grafiti estaba dirigido a ella? Intentó poner sus pensamientos en orden. ¿Sería una amenaza? No encontraba ningún motivo, pero algo le decía que se trataba de un ataque personal.

Recordó algo.

Las palomas.

Intentó apartar la imagen de la cabeza. Aquello había sido una gamberrada, nada que ver, se dijo a sí misma...

Sentía el estómago revuelto. Tragó saliva y observó con más detenimiento los destrozos del despacho, tratando de imaginar qué habría ocurrido allí.

—Perdone —dijo una voz masculina, y notó que la sujetaban por el codo—. Es mejor que no entre ahí hasta que vengan a tomar las huellas.

Quina se giró. Sin darse cuenta, había avanzado unos pasos hacia el interior su despacho. Desconcertada, obedeció al hombre que acompañaba a Vicente y a la inspectora. Sobrepasaba los cincuenta años, pero era delgado y estaba en forma. Una nariz aguileña y unos grandes ojos azules aportaban atractivo a su rostro anguloso. Le ofreció la mano y le dio un enérgico apretón.

—Inspector Garrido, de la Policía Nacional. Usted debe de ser la doctora Larrea.

Quina asintió, todavía conmocionada.

—Luis es un amigo —explicó Vicente—. Nos conocemos desde hace muchos años.

Garrido esbozó una sonrisa.

—¿Tiene alguna idea de quién ha podido hacerlo? —le preguntó directamente a Quina—. ¿Se le ocurre alguien que pudiera estar detrás de todo esto? ¿Algún sospechoso que le venga a la mente así de primeras?

La mirada azul del hombre la escudriñaba. Estaba haciéndole preguntas y ella no podía articular palabra.

—Hace unas semanas un grupo de antivacunas amenazó en público a Quina —intervino Vicente.

—¿Podéis hablarme de ese grupo?

—Conocemos a esa asociación más de lo que nos gustaría. Cada cierto tiempo sus miembros presentan alegaciones y montan algún espectáculo para llamar la atención y ganar simpatizantes —explicó Vicente—. Su presidente es un médico jubilado, se llama Jaime Montesinos. Nos conocemos desde hace años. Son muy insistentes, pero no unos matones. No creo que Montesinos y su gente hayan hecho todo esto. No es su estilo.

—Tampoco podemos descartarlo —apuntó Lysander.

El inspector anotó el nombre de Montesinos en una pequeña libreta e hizo algunas preguntas más. Quina tragó saliva. Nunca se había parado a pensar que Montesinos y los suyos pudieran ir más allá de aquellas protestas aisladas. De vez en cuando, algunos medios de comunicación les daban cancha y voz a sus declaraciones, pero a Quina eso nunca le había preocupado demasiado.

—¿Y contra usted, doctora Larrea? ¿Hay alguien que quiera hacerle daño de forma personal? ¿Qué opina de ese grupo de antivacunas que la amenazó hace unas semanas? ¿Conoce a Jaime Montesinos personalmente?

—Sí —admitió Quina.

Unos años atrás, muy a su pesar, ella misma había protagonizado un incidente con la prensa. Al conocerse la noticia de que en Francia sería obligatoria la vacunación para once enfermedades, un grupo de antivacunas se había reunido en la puerta del ISPGA para manifestarse en contra de la medida tomada por el país vecino.

Aquel día Quina entraba a trabajar al Instituto cuando algunos manifestantes la amenazaron, la acusaron de venderse a la industria farmacéutica y le tiraron un bolígrafo a la cabeza. Furiosa porque se pusiera en entredicho su integridad profesional y porque la agredieran de aquella manera, se acercó hasta los manifestantes e hizo unas declaraciones que recogieron numerosos medios:

—Soy la doctora Larrea, jefa del servicio de Epidemiología del Instituto de Salud Pública —había comenzado a decir con una seguridad que no sentía en absoluto—. Ustedes tienen derecho a manifestarse, pero no tienen derecho a agredirme. Además, actualmente podemos afirmar sin un ápice de duda que las vacunas salvan vidas. Es una evidencia científica incuestionable y, por fortuna, vivimos en un país en el que podemos administrarlas a la población y a nuestras familias y amigos. Todos nos hemos beneficiado de ello, pues se han erradicado varias enfermedades y están a punto de eliminarse algunas más. —En ese momento Quina sintió la fulminante mirada de odio de Montesinos. Aun así, prosiguió con su discurso—: En nuestro país existe un calendario de vacunación evaluado por expertos. La seguridad y eficacia de cada una de las vacunas recomendadas en dicho calendario están científicamente demostradas. No se incluyen vacunas a la ligera; se estudia cada una de ellas y se valora el riesgo y beneficio antes de incorporarlas. Vivimos en un país con sanidad pública y somos afortunados al tener vacunas a nuestra disposición. Hay otros países y continentes que no tienen tanta suerte como nosotros…

En aquel momento alguien le había gritado que era una «puta vendida». No pudo distinguir quién era y, con rabia, había continuado su discurso reconociendo que la industria farmacéutica ganaba dinero con las vacunas. Pero, siendo realistas —había que admitirlo—, ¿es que alguien podría asumir su fabricación de forma gratuita? Eso sería imposible.

—La brigada Científica tardará en llegar —dijo el inspector Garrido después de mirar el reloj deportivo que llevaba en la muñeca—. Hasta que no analicemos su oficina, será mejor que no entre ahí, doctora. Me gustaría hablar con usted en un lugar tranquilo.

Vicente propuso que fueran a su despacho, que no había sufrido ningún daño, y se ofreció a llevarles unos cafés de la máquina. Una vez instalados alrededor de la mesa y ambos con un vaso humeante en la mano, el inspector empezó a formularle preguntas a Quina.

Enseguida se dio cuenta de que la profesión del inspector Garrido no era tan diferente de la suya. Ella buscaba el origen de una enfermedad y Garrido, el de un delito.

Al poco de incorporarse al ISPGA, cayó en sus manos la investigación de un brote de salmonelosis que había afectado a varias heladerías de la ciudad. Quina y su equipo habían tenido que ingeniárselas para rastrear el alimento que lo había causado, que resultó ser una partida de huevos en mal estado que habían distribuido en varios establecimientos.

Pero no siempre lograban detectar el origen de los casos, como en aquella ocasión en la que un señor de un pueblo había enfermado de malaria sin que hubiera viajado fuera de España. Desde que trabajaba en el ISPGA, Quina se había sentido en varias ocasiones como si protagonizara la serie *CSI*. De vez en cuando se encontraban con casos que parecían sacados de un guion de película.

Para ella, tirar del hilo no era nada sencillo, porque la gente respondía de forma vaga, mentía o, simplemente, no recordaba nada. La doctora había aprendido a conseguir la información a base de experiencia, pero siempre resultaba agotador. Imaginó que el trabajo de la policía también debía de ser complicado y que no siempre tendría un final feliz, como sucedía en la ficción.

—¿Tiene alguna sospecha sobre quién ha podido entrar esta noche en el Instituto? —le preguntó de nuevo el inspector aprovechando que estaban a solas.

—No.

—¿Cómo se ha enterado del asalto?

—Estaba durmiendo. Me ha llamado Vicente, el director.

—¿Estaba sola?

—No, con mi novio. —Sintió que se le aceleraba el corazón. ¿Sospechaba de ella? Trató de calmarse. El inspector solo estaba haciendo su trabajo. Como ella cuando hacía preguntas incómodas.

—¿Ha visto algo que le llame la atención y que quiera comentar?

Quina tragó saliva.

—El grafiti de mi despacho. —No podía dejar de pensar en eso.

—Sí, lo he visto. ¿Tiene alguna idea de por qué lo han escrito?

La epidemióloga negó con la cabeza.

—Supongo que es algo contra mí, pero desconozco el motivo.

—No se preocupe, doctora. Hábleme de su trabajo. ¿Cuál es su puesto?

—Soy la jefa del servicio de Vigilancia Epidemiológica.

—¿En qué consisten sus obligaciones?

—Los médicos de toda la comunidad notifican a nuestro servicio los casos de enfermedades contagiosas: gripe, salmonella o meningitis, por ejemplo. Aquí recopilamos los datos e investigamos el origen del brote y cómo se ha transmitido. Si es necesario, establecemos medidas para evitar que se propague.

—¿Qué tipo de medidas?

—Nos aseguramos de que las personas reciben el tratamiento adecuado y controlamos el foco de contagio dentro de lo posible.

—¿Establecen medidas que puedan enfurecer al personal? ¿Ponen multas? ¿Cierran establecimientos por motivos de salud pública?

—A veces, sí. Depende del caso y de la enfermedad. En alguna ocasión hemos clausurado hoteles y restaurantes, guarderías, centros residenciales... No es frecuente, pero a veces debemos ser contundentes.

—¿Ha tenido algún caso «conflictivo» —el inspector dibujó unas comillas en el aire con los dedos— últimamente?

—No, que yo recuerde.

—¿Hay alguien que quiera hacerle daño?

Quina bebió un sorbo de café mientras sopesaba qué contarle al inspector. Garrido la miró con la cabeza ladeada, como si esperara una respuesta de inmediato. La expresión de su rostro no se inmutaba mientras le hacía preguntas. Le pareció bastante seco, como si se tratara del interrogatorio de una sospechosa. Intentó tranquilizarse.

—No lo sé, inspector. Estos días he notado varias cosas extrañas, no sé si debería…

—La escucho. Cualquier detalle puede ser importante.

—El martes de la semana pasada encontré una paloma muerta en mi bicicleta. Alguien la había dejado ahí. Estaba colgada con una cuerda al manillar.

El inspector la miró con sus ojos azules, que resultaban intimidantes.

—Debió de asustarse.

—Sí. Ese día pensé que había sido una gamberrada y no le di importancia. Pero a la mañana siguiente encontré otra.

—¿No lo denunció o se lo comentó a alguien?

—No, solo le pregunté al guardia si había alguna cámara que grabara la zona de las bicis. Me dijo que no, que ninguna enfocaba hacia el aparcamiento, y no le di más importancia. ¿Cree usted que puede tener relación con lo que ha pasado?

Garrido se encogió de hombros.

—No lo descarto.

Ella esperó algún comentario más por parte del inspector, pero era un hombre de pocas palabras. Garrido consultó sus notas y suspiró mientras apuntaba algo ante la mirada atenta de la epidemióloga.

—Volviendo a su trabajo, ¿es usted la responsable de la gestión de las vacunas?

—No, se encarga una compañera.

—Pero ¿sabe usted qué vacunas se guardan en las cámaras frigoríficas? —insistió.

—Sí, claro. A veces necesitamos disponer de ellas en las investigaciones y las facilitamos directamente a los centros sanitarios.

—¿Cree que el robo de las vacunas es un motivo suficiente para destrozar el laboratorio y su despacho?

Quina dudó y jugueteó un instante con la cucharilla del café. Ese hombre estaba empezando a exasperarla.

—No lo sé.

Siguieron unos segundos de silencio mientras el inspector escribía en la diminuta libreta.

—¿Algo más que quiera comentar, doctora?

Ella negó con la cabeza y apuró el café, que se había enfriado ya.

—Este es mi número —le dijo el inspector al entregarle una tarjeta de visita con su nombre y su teléfono—. Si se le ocurre algo más, llámeme.

La doctora suspiró aliviada. Tal vez no fuese su intención, pero el inspector había hecho que se sintiera atosigada.

Los agentes de la Científica tardaron casi dos horas en registrar y analizar su despacho. Tomaron huellas y fotografiaron y filmaron cada centímetro. Más tarde Quina obtuvo permiso para ocupar su oficina y ordenarla. Para entonces ya había amanecido.

En un primer momento le fue imposible saber si se habían llevado algún expediente, porque las carpetas estaban revueltas. Tardaría días en revisarlo todo. Tras una primera ojeada solo echó en falta una cosa: la foto con su sobrino Hugo. La buscó por todos los rincones, pero no apareció.

Enfadada, buscó un trapo húmedo en el cuarto de la limpieza y frotó la pintura de la pared. Al cabo de un rato, algunas de las letras estaban borrosas, pero la ofensiva palabra seguía leyéndose con claridad.

Se dio por vencida y buscó su teléfono en la mochila. Tenía varias llamadas perdidas de Santi. Al darse cuenta de que se había olvidado de avisarlo, sintió una punzada de remordimiento.

—¡Por fin das señales de vida! —exclamó su novio al otro lado de la línea—. Espero que tengas una buena explicación. Estábamos muy preocupados. —Uno de sus trucos para hacerla sentir mal consistía en incluir a *Charco* en la conversación.

Quina se disculpó y le contó lo sucedido. Estaba en el ISPGA con el móvil en silencio y le había resultado imposible llamarlo.

—Son más de las diez de la mañana —le reprochó Santi con una actitud un poco menos combativa—. He preparado el desayuno y estoy muerto de hambre. ¿Vas a venir a desayunar?

Ella decidió aceptar la tregua. Estaba agotada. Vicente se había ido hacía un par de horas y la había animado a hacer lo mismo. Todavía tenía muchas tareas pendientes, pero, de momento, no podía más.

—En quince o veinte minutos estaré en casa —prometió—. Pasaré antes por la panadería.

—No es necesario, ya he comprado el pan.

—Vale, ¡ahora te veo! —Colgó deseando que al llegar a casa a su novio ya se le hubiera pasado el enfado. Lo que menos necesitaba aquel día era un conflicto de pareja.

Odiaba discutir con él. Prefería evitar el enfrentamiento, aguantarse el cabreo y esperar a que los ánimos estuviesen calmados antes de hablar del problema que fuese. Llevaban una mala temporada y, aunque su relación nunca había sido modélica, últimamente discutían por todo.

No podía negar que Santi era un gran apoyo en los malos momentos. Sabía que podía contar con él y eso le gustaba, pero vivía aferrada a la idea de que no necesitaba a nadie y que era autosuficiente.

Se habían conocido veintitrés años atrás en la facultad de Medicina. Ambos buscaban en el corcho sus notas del parcial de Embriología Humana. A ella le pareció extraño porque no lo había visto antes en clase. Él le aclaró que estaba en segundo curso y que Embriología era una de las asignaturas que arrastraba de primero.

—Me llamo Santi.

—Yo soy Quina.

—¿Quina de Joaquina? —preguntó riéndose tras hacer una mueca guasona.

Quina lo fulminó con la mirada y se marchó sin responderle. Él, abochornado, la siguió por el pasillo para pedirle disculpas y acabaron tomando algo en la cafetería de la facultad.

En la universidad, a Santi lo llamaban el Apuesto por un juego de palabras con su apellido, Lapresto, y en obvia referencia a que la mayoría de las chicas lo consideraban muy guapo.

Estuvieron saliendo durante el resto del curso hasta que llegó el verano y ella se fue a casa de sus padres, en Logroño. La distancia les pasó factura. Por aquel entonces, Santi era bastante inmaduro; no sabía lo que quería. Ella, muy orgullosa, tampoco lo llamó durante las vacaciones. En septiembre, cuando comenzó el nuevo curso, la relación se había enfriado por completo. Él estaba ya en tercero, empezaba a hacer prácticas en el hospital y ni siquiera coincidían entre clases. Quina, por su parte, estaba tan obsesionada con sacar buenas notas que tampoco se molestó en buscarlo. Ambos siguieron con su vida por separado.

Unos meses más tarde, Quina conoció a Manuel, un estudiante de Derecho con el que empezó a salir. Era inteligente y también un poco clasista, se convirtió en el compañero perfecto durante los años de la facultad. Lo hacían todo; estudiar durante la época de exámenes, pasear por los parques de la ciudad, recorrer los mercadillos navideños o desayunar chocolate con churros los domingos.

Quina descubrió un nuevo mundo de la mano de Manuel. Se enamoró de su forma de afrontar la vida, siempre con las cosas muy claras. El recuerdo de Santi quedó atrás, enterrado en una cápsula del tiempo. Ella no imaginaba que, en algún momento, él regresaría a su presente.

4

ARTURO BUENO MIRÓ incómodo el reloj que llevaba en la muñeca derecha. Odiaba que lo hicieran esperar. Eran las diez y cuarto de la mañana y quería irse a su casa. Estaba enfadado. Contaba con aquel día entero para descansar y lo habían sacado a regañadientes de la cama. No le gustaba ir a la oficina los domingos, pero Héctor había insistido mucho en que tenían que verse y terminar de decidir algunas cuestiones.

No podía contrariar a Héctor, se hallaban en un momento clave para cerrar la operación mexicana, y, aunque le había prometido a su mujer que le dedicaría tiempo a su hijo, allí estaba, nervioso e intranquilo en la sala de reuniones junto a su socio. Soledad todavía no había llegado y estaba empezando a perder la paciencia.

Bueno, Cantero y Granados eran los apellidos de los dueños y el nombre de una empresa de bioingeniería informática especializada en *software* de gestión clínica. Tras unos años difíciles, BCG empezaba a consolidarse en el panorama empresarial como una de las primeras compañías del sector, puntera entre los negocios con más proyección del mercado. Los números no mentían. La facturación de los últimos meses crecía como la espuma y todo apuntaba a que seguiría haciéndolo en los próximos años.

Además de los tres socios principales, BCG contaba con otros estratégicos. En su mayoría, dueños de laboratorios que, a cambio de probar la versión beta de los *softwares* de BCG, se ahorraban el coste del mantenimiento de los programas informáticos. Por su parte, el BCG daba ese servicio a sus socios y, a cambio, sacaba al mercado productos testados de alta calidad. Era un acuerdo en el que todos ganaban.

Arturo Bueno era la cara más visible de la empresa. Algunos pensaban que era el dueño por el entusiasmo con que hablaba de ella. Se dedicaba por entero a su gestión; organizaba equipos, dirigía Recursos Humanos, establecía los procesos, buscaba oportunidades de negocio y se ocupaba del *marketing*.

Por otra parte, se podía considerar a Héctor Cantero como el cerebro de BCG. Un genio que desarrollaba algoritmos y diseñaba los diferentes programas. Era inteligente pero carecía de habilidades sociales. Se había ganado fama de grosero e impertinente; no obstante, sus socios ya estaban acostumbrados a sus salidas de tono y lo aceptaban. Era testarudo, y cuando tenía una idea en la cabeza, era mejor no llevarle la contraria.

La sala de reuniones de BCG estaba decorada con sobriedad. Las paredes, cubiertas con delicado papel pintado, estaban desnudas. En el centro, una mesa ovalada de madera oscura con ocho sillas; al fondo, una mesita auxiliar contaba con una máquina de café y la vajilla adecuada para el desayuno, además de varios botes de cristal de distintos tamaños que contenían barquillos de chocolate y distintos tipos de azúcar y edulcorantes. Héctor se dirigió hacia la mesa y cogió una delicada taza de loza que Arturo, en su empeño de cuidar todos los detalles, había insistido en comprar. Introdujo una cápsula dorada en la máquina y al instante el líquido negro comenzó a salir. Envolvió la taza con las manos, olfateó el aroma y se acercó a la ventana. Las oficinas estaban situadas en la cuarta planta de un bonito edificio del paseo de la Independencia.

Tenía unas vistas envidiables. Desde allí podía divisarse la fuente central de la plaza de España, un monumento de piedra y bronce que alcanzaba los ocho metros de altura y que constituía el punto de encuentro para muchos zaragozanos. El termómetro de la calle marcaba ocho grados, pero las grandes estufas calentaban el ambiente y las terrazas ubicadas frente a Puerta Cinegia estaban abarrotadas de familias tomando el vermut. Al fondo, las escaleras de la Diputación Provincial servían como escenario improvisado a un grupo de músicos callejeros, que apenas contaban con una docena de espectadores.

La puerta de la sala se abrió y entró una mujer rolliza y bien peinada. Llevaba un corte moderno y se notaba que había pasado por la peluquería el día anterior. Se deshizo del elegante abrigo y arrojó un gran bolso sobre la mesa maciza. Cuando se dio cuenta de que había interrumpido súbitamente el silencio, arrugó la nariz y observó a Héctor y a Arturo.

—Perdón —se disculpó.

Los dos hombres la atravesaron con la mirada, pero ella les sonrió a modo de respuesta y suspiró mientras trataba de acomodarse en la silla de brazos, en la que apenas logró entrar.

—Se nota que escogiste tú estos asientos, Arturo. Bonito diseño, pero nada prácticos —dijo Soledad.

Soledad Granados era la tercera socia de BCG. Su principal contribución consistía en la aportación de capital. Aunque los ingresos de la empresa podían considerarse elevados, el flujo de gastos era alto y periódicamente necesitaban créditos que solo les concedían gracias a la solvencia de Granados. Soledad provenía de una familia acomodada y nunca había trabajado. Desde que tenía uso de razón vivía sin preocupaciones económicas gracias a los intereses que le generaban los negocios y propiedades familiares. Para ella, BCG no era solo un negocio, sino una excusa para tener cerca a sus dos únicos amigos.

—¿Para qué nos has reunido, Héctor? Algunos vivimos lejos, no como tú —gruñó Arturo— Es domingo, tenemos familia... ¿Qué es eso tan importante que no puede esperar hasta mañana?

—Arturo, los negocios no saben de fines de semana. Quiero saber cómo van las negociaciones con los Burritos chingones —dijo Héctor Cantero moviéndose de un lado a otro.

—Podríamos haberlo hablado por teléfono —protestó. Arturo se sentía agotado, los últimos días le estaban pasando factura y necesitaba desconectar.

Héctor se dirigió a la mesa con paso tranquilo, depositó una servilleta que contenía dos barquillos y se sentó, encajándose en la silla con bastante más agilidad que su socia. Era un hombre corpulento de cejas negras y pelo ralo. Tenía la piel blanca y los ojos oscuros como la noche. Lucía una barba espesa que le cubría gran parte del rostro y acentuaba su semblante serio.

—Hace días que no nos reunimos los tres. No creo que sea para tanto, Arturo. ¿Qué pasa con los mexicanos?

Una empresa mexicana se había interesado en los *softwares* de BCG. La multinacional iba a utilizar uno de sus programas para gestionar una cadena de clínicas que contaba con ciento tres sucursales en México. En un primer momento, tanto Cantero como Granados se habían mostrado reticentes a hacer tratos al otro lado del charco, pero Arturo los había convencido de que era una gran oportunidad que debían valorar. Y estaban en ese punto. Negociando. Habían pactado que solo aceptarían el negocio si los tres estaban de acuerdo.

—Están estudiando nuestra propuesta, Héctor. El *software* les gusta, pero tienen dudas porque el sistema de salud mexicano es distinto del nuestro. Habrá que cambiar varios detalles de la matriz del programa.

—¡Qué lumbreras estos mexicanos! —protestó Héctor haciendo una bola con la servilleta—. ¿Y qué dudas tienen? El *software* se adaptará a sus necesidades tal y como hemos hecho en cada uno de los hospitales y laboratorios españoles. Cada centro tiene unas características diferentes. ¿Qué se creen? ¿Que somos estúpidos?

Héctor lanzó la bola hacia la papelera, pero cayó fuera. Algunas migas de chocolate se desperdigaron por el suelo, Arturo y Soledad ni se inmutaron. Conocían a su amigo y sabían que la paciencia no era una de sus virtudes.

—Héctor, es normal que tengan que valorarlo —dijo Arturo al tiempo que se levantaba y se servía un poco de agua.

No entendía que sus socios fueran tan necios y no vieran el gran negocio que tenían delante. Por suerte, él lo tenía claro y no iba a dejarlo escapar. Era la oportunidad que les cambiaría la vida.

—Estarán estudiando otras ofertas —continuó Arturo—. En Latinoamérica no nos conocen, tenemos que mantener el tipo y esperar a que se decidan sin presionarlos. Si todo va bien, nuestro *software* se instalará en más de cien clínicas de México. ¿Sabéis lo que eso significa? ¡Millones de euros! Y un nuevo continente para expandirnos. Es un crecimiento exponencial, ¡el mayor que hemos vivido en BCG! Y lo mejor de todo es que solo necesitamos una pequeña inversión, porque el trabajo ya está hecho.

—¿Una pequeña inversión? —gruñó Soledad mientras buscaba algo en su bolso—. ¿No decías que no iba a costar nada? ¡Más vale que esa pequeña inversión pueda asumirla BCG, porque yo no pienso soltar un euro más! —dijo zampándose de un bocado un bombón envuelto en papel metalizado azul que sacó del bolso—. ¡Esas son mis condiciones!

—Eso ya lo hablamos, Sole —suspiró Arturo esforzándose por no mirar los restos de chocolate que se extendían por la barbilla de la mujer—. Invertiremos parte del dinero del contrato público.

—¡Esa es otra! ¡El contrato público! ¿Y cuándo sabremos algo de eso? ¡Malditos funcionarios! ¡No entiendo cómo se puede tardar tanto en hacer las cosas! —estalló Héctor.

—Ellos siguen los plazos, Héctor. Según la carta que nos enviaron, en una semana se abrirán las plicas —respondió Soledad con resignación, mientras masticaba un segundo bombón y señalaba con el dedo meñique un documento sobre la mesa.

—Debemos tener paciencia. La Ad... ministración lleva su propio rit... ritmo —dijo Arturo. El ambientador de la sala le estaba irritando la garganta. Bebió otro sorbo de agua—. ¡Qué ambiente más reseco!

—Debes de estar cogiendo un catarro —dijo Soledad con aire compasivo mientras buscaba un pañuelo y se limpiaba las manos y los labios—. No tienes buen aspecto.

Arturo y Héctor intercambiaron una mirada. Soledad se quedó mirando al primero y sonrió. Decir que Arturo tenía mal aspecto sonaba a chiste; ella siempre había pensado que era el hombre más guapo que había conocido en su vida. Y no solo lo pensaba ella. Soledad veía el deseo que despertaba en casi todas las mujeres. Con el paso del tiempo, los años lo habían tratado bien y seguía tan atractivo como siempre: se cuidaba yendo al gimnasio, tenía un bonito y abundante pelo, y vestía con mucho estilo.

Años atrás, Soledad se lo había presentado a su amiga Paloma en una fiesta. Se habían gustado desde el primer momento y enseguida habían comenzado a salir pese a que la familia de Paloma se opuso. Pasado un tiempo se casaron y formaron una familia, algo que Soledad siempre había soñado.

A veces pensaba que había sido un error presentarlos y fantaseaba con la idea de que Arturo la hubiera elegido a ella. ¿Cómo sería estar casada con un hombre como él? Muchos decían que el dinero podía comprarlo todo, pero ella sabía de sobra que no. El dinero podía comprar la compañía, pero no el amor.

Soledad miró a sus socios y suspiró.

5

Viernes, 9 de noviembre de 2018
Nueve días antes

Las calles del Tubo estaban abarrotadas, como todos los fines de semana. Las cuadrillas de amigos habituales se mezclaban con los turistas atraídos por la fiesta. Era la zona más popular de la ciudad para salir a tapear y, a partir de las ocho de la tarde, el bullicio estaba garantizado a pesar de las bajas temperaturas.

Situado en el casco antiguo, cerca de la plaza del Pilar, el Tubo estaba formado por un entramado de callejuelas estrechas salpicadas de bares y bodegas donde disfrutar de la gastronomía típica y los vinos de la tierra.

Después de unas croquetas en Doña Casta, Álex y sus amigas encontraron mesa en Los Rotos, un lugar espacioso en comparación con el resto de locales de la zona, donde pidieron huevos rotos, una tapa de ternasco de Aragón con confitura de manzana y una ración de jamón. Más tarde se dirigieron a la terraza Libertad, que contaba con potentes estufas y toldos que desafiaban el frío de la noche. Era un lugar perfecto para tomarse unas copas sin que nadie las molestara, y además tenía unas vistas únicas de la torre San Gil iluminada.

—¿Y si vamos al Rock and Blues? —propuso una de las jóvenes.

Álex suspiró, aunque no dijo nada. Odiaba los garitos con aglomeraciones y la música demasiado alta. Se arrepintió de haber salido, pero ya no podía escaquearse si no quería escuchar las quejas de sus amigas. Tendría que haber dicho que no contaran con ella desde el principio; no obstante, tampoco tenía otro plan mejor. Se tomaría una copa en el Rock and Blues y se iría a casa. Últimamente todos los planes le parecían un asco.

Una vez allí, se alejaron de la barra con las bebidas en la mano y continuaron la fiesta en el centro de la pista. Tenían que hablar a gritos. Álex trataba de permanecer callada para no quedarse sin voz. Odiaba la forma en que los tíos se acercaban a las chicas, así que intentaba no establecer contacto visual con ninguno de aquellos babosos. Agradeció que una de sus amigas quisiera salir a la calle a fumar y aprovechó para tomar el aire.

La noche era fría, pero los fumadores no parecían notarlo. A pocos metros se cobijaron en el pequeño porche del pasaje de los Giles. Álex se asomó. Las puertas de forja protegían un patio interior rodeado de imponentes columnas que daba a la calle Estébanes por el otro lado.

En otra época, aquel lugar había sido un importante pasadizo de tiendas y comercios, pero en la actualidad estaba prácticamente desocupado y mucha gente joven ni siquiera lo conocía. Lo habían reformado poco antes de la Exposición Internacional que albergó la ciudad en el año 2008, pero la realidad era que seguía pasando desapercibido.

Solo había una peluquería moderna con un nombre francés que no podía recordar, y que desde aquella puerta tampoco podía ver. Álex había ido un par de veces a cortarse el pelo allí porque conocía a una de las peluqueras.

Una pareja de adolescentes que habían bebido más de la cuenta se les acercó. El chico miró a Álex y le pidió fuego con voz gangosa. Ella negó con la cabeza, sin embargo, su amiga sacó el mechero y acercó la llama al cigarrillo del muchacho. El chaval encendió a duras penas su pitillo y después el de su novia. Les dieron las gracias y se alejaron tambaleándose unos metros.

No había pasado un minuto cuando se oyó el chillido de una mujer:

—¡Mi móvil! ¡Se ha llevado mi móvil! —gritaba la chica señalando a alguien que se alejaba a la carrera. Su novio estaba agachado atándose las zapatillas con cara de no enterarse de nada. Sin pensárselo, Álex echó a correr tras el ladrón, que se dirigía hacia la calle Alfonso.

El helor le cortaba las mejillas. Era rápida en el *sprint* y llevaba zapatillas, por lo que pronto acortó distancias. La emblemática calle era ancha, pero estaba muy concurrida. Los elegantes edificios eran testigos mudos del trajín nocturno y Álex tuvo que esforzarse para no perder de vista al ladrón mientras esquivaba a los grupos de personas que caminaban en todas las direcciones.

El chico giró en la calle Torrenueva y ella estuvo a punto de chocar contra unos jóvenes que venían de frente. Bajó a la calzada para sortearlos y siguió avanzando a toda velocidad por el asfalto. Ya no sentía el menor frío en el cuerpo. Subió de nuevo a la acera hasta que llegaron a San Felipe, una conocida plaza que albergaba la iglesia del mismo nombre, el museo Pablo Gargallo y un par de bares y restaurantes muy populares.

Álex notaba los latidos en el pecho y comenzaba a acusar el cansancio cuando el ladrón redujo la velocidad. Ella, que estaba cerca, aceleró y lo atrapó frente a la puerta de la iglesia, a la altura de la cafetería Doña Hipólita, que ya estaba cerrada.

—¡Dame el móvil! —le gritó.

—¿Y a ti qué más te da? —protestó el ladrón, que tendría unos dieciséis años. Era flaco y desgarbado, y evitaba mirarla a los ojos.

—¡Dámelo o llamo a la policía! —El chico pareció reaccionar ante la amenaza y metió una mano en el bolsillo de su cazadora. Ella estiró la suya para coger el teléfono, pero lo que recibió fue un fuerte puñetazo en el ojo.

El muchacho aprovechó la conmoción de su perseguidora y salió disparado. Ella, furiosa, corrió tras él. En unos pocos metros lo volvió a agarrar y lo empujó contra la pared con todas sus fuerzas. El muchacho, sin mediar palabra, le entregó el teléfono de mala gana, se liberó de ella de un tirón y escapó corriendo hacia la calle Agustines.

Álex se tocó el ojo y miró a su alrededor. No había nadie cerca que hubiera visto la escena. Al otro lado de la plaza, lejos, varios grupos de personas hablaban entre ellas, ajenos a lo que había ocurrido. Retrocedió hasta detenerse frente a la puerta de San Felipe, admiró las impresionantes columnas torneadas que flanqueaban la entrada y meneó la cabeza, enfadada por no haber visto venir el golpe de aquel niñato. Con el iPhone en la mano, regresó por la tranquila calle Candalija. El aparato no tenía ni un rasguño, era el último modelo de la marca y calculó que costaría más de mil euros. El muchacho podría haberse sacado un buen dinero. Le había fastidiado el plan, pensó mientras se palpaba alrededor del ojo.

Cuando llegó a la puerta del Rock and Blues, ya había recobrado el aliento. Sus amigas habían salido del bar y estaban hablando con la dueña del móvil. Ella se acercó y le devolvió el teléfono sin decir una palabra. Se sentía avergonzada y no quería que nadie le dijese nada.

—¡Gracias! ¿Estás bien? ¡Tienes el ojo hinchado!

—No es nada —le respondió con una media sonrisa. Solo tenía ganas de que la noche acabara—. ¿Mi abrigo está dentro? —preguntó a sus amigas.

Ellas asintieron. En ese momento llegó un coche policial con las luces encendidas. La imagen era extraña, en aquella calle no solían circular vehículos y el coche se veía fuera de lugar. Parecía demasiado grande y moderno dentro de una calle tan estrecha, típica del casco viejo. Una mujer y un hombre rapado bajaron rápidamente y se acercaron al grupo.

—¿Han llamado a la policía? —preguntó la mujer, que no iba uniformada.

—Sí —respondió alguien.

—A esa chica le han robado el móvil —informó otro.

—Pero aquella otra lo ha recuperado —apuntó un tercero señalando a Álex.

El grupo se abrió y Álex sintió que todas las miradas se dirigían hacia ella, lo que la hizo sentir algo incómoda. Miró a los policías y sin decir nada se dio la vuelta para entrar en el bar.

—¡Espera! —la llamó la policía—. Tenemos que hablar contigo.

—¿Puedo ir a buscar mi abrigo? Hace frío.

La mujer se había acercado hasta ella. Se miraron a los ojos. Álex dejó de escuchar las voces a su alrededor y le sostuvo la mirada. El estómago le dio un vuelco. ¿Estaba bien mirar a los ojos de un agente de policía? ¿Era legal o estaba cometiendo alguna falta? Se encontraban demasiado cerca. Tenía unos ojos brillantes, marrones, pequeños y vivaces. Podía verse reflejada en ellos. Tuvo ganas de sonreírle, pero se contuvo. ¿Se podía sonreír a la policía?

—Claro, entra. En esta ciudad hace demasiado frío —contestó—. Te esperamos aquí, necesitaremos tus datos.

—Gracias, agente.

—Inspectora —replicó la policía de ojos brillantes. Se acababa de incorporar a su puesto y estaba dando una vuelta para conocer la ciudad junto al subinspector. Se encontraban a una calle y, aunque no era de su competencia, se acercaron al lugar cuando oyeron el aviso por la emisora.

Álex entró en el Rock and Blues un poco turbada. Algo había sucedido en su interior cuando había intercambiado la mirada con aquella mujer. Pero enseguida apartó el pensamiento, se estaba dejando llevar por las endorfinas de la carrera.

6

Domingo, 18 de noviembre

ARTURO CONDUJO EN silencio su 4x4 por la carretera de Huesca y tomó el desvío en dirección al Zorongo, una exclusiva urbanización en la que vivía con su familia, situada a quince kilómetros del centro de Zaragoza. No se tardaba ni media hora en llegar, pero ese día el trayecto se le hizo eterno.

El cielo estaba gris, por las calles de acceso a la urbanización no se veía un alma. Los pinos se alzaban envueltos en una húmeda neblina, con sus hojas puntiagudas blanquecinas. En la parada del autobús, una señora esperaba con expresión aburrida.

Acercó el todoterreno a la verja, que enseguida se abrió, y accedió al garaje por uno de los caminos empedrados de la finca. La parcela era amplia, como en la mayor parte de la urbanización, construida en los años ochenta para alojar a familias acomodadas que huían del centro de la ciudad. Con el paso del tiempo, algunos chalés vecinos habían perdido el esplendor de antaño y sobrevivían al paso del tiempo mostrando cierto deterioro. No era el caso de la familia Bueno, cuya finca había mejorado en los últimos años, pues habían acometido una gran reforma en el momento de la compra. La vivienda principal de estilo mediterráneo estaba situada en mitad del terreno, y se veía elegante y moderna. Paloma se había encargado de que Pierre Magane, uno de los decoradores más cotizados del momento, fuera el encargado de diseñar el interior. Su estilo sofisticado era el orgullo del matrimonio cuando las visitas admiraban el buen gusto de la decoración de la casa.

El césped del jardín estaba recién cortado, y la piscina, protegida por una cubierta grisácea, aguardaba paciente que llegara el buen tiempo. Las hamacas, junto con el resto del mobiliario estival, estaban apiladas y recogidas bajo un cenador de aluminio.

Tras dejar el maletín en su despacho, Arturo se dirigió a una de las salas de estar y se sirvió un whisky con hielo. La casa estaba en silencio. Eran más de las doce y David seguía durmiendo. Después de enterarse del accidente de su amigo, se había encerrado en su habitación y no quería ver a nadie. Arturo, que no sabía cómo actuar, lo había dejado estar. Era normal que el chico estuviese triste. Paloma, que se había ido a pasar el fin de semana al pueblo de sus padres, aún no había regresado. A esas horas, Marcela debía de estar viendo alguna telenovela.

Era la asistenta, que había llegado de Colombia años atrás. Además de cocinar, se encargaba de limpiar y mantener la casa en orden. Vivía con su hijo en la antigua bodega, una construcción independiente de unos cincuenta metros cuadrados situada al fondo del jardín. Resultaba muy cómodo para la familia y también para Marcela, que no tenía carnet de conducir.

La colombiana era una mujer regordeta y amable que llevaba muchos años trabajando para la familia de Paloma. Desde que se conocieron, Marcela sintió especial devoción por Arturo, a quien trataba como a un rey. Cuando la pareja se casó, decidió proponerle que se fuera a trabajar en su casa y ella aceptó encantada. La mujer apenas salía de la finca, no lo necesitaba. Vivía con comodidad y tenía cerca a su hijo, para ella era más que suficiente.

Rosario, el hijo de Marcela, se encargaba de los pequeños arreglos que precisara la finca. Cuidaba el jardín y la piscina y ayudaba a su madre en las tareas más pesadas. Era un muchacho listo y amable que había empezado el segundo curso en la universidad y se llevaba muy bien con David, a pesar de la diferencia de edad entre ambos.

Tras un par de tragos, Arturo apoyó el vaso en una de las mesitas de diseño. Se aflojó el nudo de la corbata y se quitó los zapatos y el reloj, no sin antes admirarlo con orgullo. Era su amuleto. Aquel reloj, que valía como un coche, le recordaba que podía conseguir lo que quisiera. Cogió el libro sobre Alfonso I el Batallador que había dejado el día anterior en la mesita y lo hojeó. Era un gran aficionado al ensayo histórico, pero había escuchado buenas críticas de aquella novela recién publicada y quería leerla cuanto antes; se consideraba un experto en la historia de Zaragoza y Aragón. No obstante, desistió de empezarlo. Ya le hincaría el diente por la tarde.

Se recostó en su sillón favorito, una reciente adquisición en una tienda especializada en diseño italiano que le había costado más de tres mil euros, y saboreó satisfecho los matices que el Chivas Regal 18 años le dejaba en el paladar.

Arturo, que procedía de una familia humilde, había soñado siempre con vivir en un lugar como aquel. Se había esforzado mucho por alcanzar su estatus y, aunque sabía que sin Paloma todo hubiera sido más difícil, tenía claro que se merecía todo lo que había conseguido. Ahora era él quien ganaba el dinero.

Al recostarse en el sillón sintió una punzada de dolor en el pecho. Dio otro sorbo. Los hielos chocaron en el vaso y el dolor se desvaneció conforme el líquido bajaba por su garganta y calentaba su cuerpo.

Cerró los ojos. En las últimas semanas el trabajo había sido intenso, necesitaba descanso y un poco de distracción. Un ardor le recorrió las entrañas. Cogió el teléfono y escribió un mensaje de texto:

«Hola, nena.»

Ella enseguida respondió:

«Hola, *amore.*»

«Estoy libre, ¿te apetece que nos veamos y comamos juntos?»

Carlota quiso resistirse. Decirle que ya tenía planes, que no estaba libre cuando a él le viniera en gana. Sin embargo, la respuesta le salió espontánea, sin planear:

«¿Cuándo?»

Una vez más se odió a sí misma por ser tan sumisa, tan predecible. Se sentía como un tópico, la amante siempre disponible, y eso cada vez le gustaba menos.

«¿Ahora?»

«Dame un par de horas, tengo cosas que hacer.»

Carlota lo dijo en un tono cortante y se sintió un poco mejor. Que esperase.

«Perfecto, a las dos donde siempre.»

«Chao.»

Su nueva amante había empezado a trabajar de recepcionista unos meses atrás en el club deportivo al que él pertenecía desde hacía tiempo. Era guapa y extrovertida, aunque en ocasiones se pasaba de la raya, según su opinión. La había visto conversar con otros socios del club y a veces se mostraba un tanto descarada. Como contrapartida, siempre estaba sonriendo y de buen humor, además de tener un cuerpo esbelto y firme. Tenía el pelo largo y en el trabajo solía recogérselo en dos trenzas. Se maquillaba para acentuar los ojos almendrados y siempre lo miraba con cara de niña traviesa.

Arturo esbozó una sonrisa al imaginarse junto a la escultural joven de veintiséis años. Estaba convencido de que muchos hombres de su edad lo envidiarían si lo vieran con ella.

Carlota no era la primera mujer que dejaba entrar en su vida desde que era un hombre casado, sin embargo, no era como las demás. Desde el principio se habían gustado mucho y había surgido una tensión sexual irresistible. Solo con mirarse, el corazón se les aceleraba.

Un día coincidieron a la salida del club y Arturo la invitó a tomar una copa en el bar de un hotel *boutique* en el que nadie podía reconocerlos.

El local estaba poco iluminado. Se sentaron en un rincón apartado y enseguida los atendió una mujer que se presentó como la sumiller. Arturo leyó la carta de vinos con detenimiento y alardeó de ser experto en las variedades de uva. En realidad, solo estaba poniendo en práctica los conocimientos adquiridos en una cata de vinos a la que había asistido recientemente, pero a Carlota le pareció sofisticado y se quedó fascinada cuando él pidió una botella del vino blanco más caro que había en la carta.

A medida que el local se llenaba, tenían que acercarse más para evitar alzar la voz, y la conversación cada vez se hizo más íntima. El vino comenzó a hacer efecto y Arturo se inclinó hacia ella.

—¿No hace mucho calor aquí? —preguntó la joven mirándolo desafiante.

Él le retiró una de las trenzas y le sopló en el cuello. Carlota se estremeció con un escalofrío. Arturo notó que temblaba y no pudo resistirse a su vulnerabilidad.

Aquella primera cita con Carlota solo fue el comienzo de unos encuentros salvajes que nunca antes había experimentado.

CUANDO LA MÚSICA del iPhone lo despertó, pensó desconcertado que solo había dormido cinco minutos. Pero el reloj decía que tenía el tiempo justo para llegar a su cita. Llamó a la puerta de la habitación de David, que contestó en un tono muy bajo. Cuando abrió vio que su hijo aún estaba entre las sábanas y parecía adormilado.

Se acercó y le dio un beso en la frente, notó que estaba más caliente de lo normal. El chico tosió con fuerza un par de veces.

—Seguro que te has resfriado. Estos días hace frío y nunca te abrochas el anorak. Pensaba salir a comer fuera, pero si quieres me quedo.

—No te preocupes, papá, no tengo hambre. Creo que me beberé un vaso de leche caliente con cacao.

—Como prefieras. Volveré pronto.

Arturo se sintió culpable. El día anterior tampoco había parado por casa y solo había dado tiempo de darle un beso antes de irse a dormir. Para un fin de semana que Paloma no estaba, tenía que aprovechar para hacer lo que le viniera en gana. Como los reclusos cuando salen de permiso. En fin, ya se lo compensaría a su hijo. Se dio una ducha rápida, se enfundó unos vaqueros, cogió la mochila del gimnasio y se dirigió al hotel en el que había quedado con Carlota.

7

NO TENÍA FUERZAS para salir de la cama. Apenas había comido. Unas tostadas para desayunar y un poco de brócoli al mediodía. La angustia le recorría el estómago, se le extendía por el pecho y le aturdía la cabeza.

A primera hora de la tarde había recibido una llamada. Era la policía, querían hablar con ella con tranquilidad y saber más detalles de la agresión. Habían quedado en que irían a verla, aunque fuera domingo. Se sentía inquieta después de la conversación telefónica. Al principio se había asustado, y después de colgar, había llorado sin consuelo. La noche anterior no había pegado ojo. Sobre las cinco de la mañana se había quedado dormida, pero con la sensación febril de no haber descansado.

María hizo acopio de todas sus fuerzas para levantarse. Las piernas le temblaban como si fueran de gelatina. El espejo del baño le devolvió una cara demacrada. Faltaba media hora para que llegara la policía, sería mejor que se aseara. Abrió el grifo y puso las manos enrojecidas y llenas de ampollas bajo el chorro. Se había duchado mil veces con agua caliente y, aun así, seguía sintiéndose sucia. Se había frotado y restregado el cuerpo con la esponja de crin, pero la sensación de suciedad seguía sin desaparecer. Sentía asco y vergüenza, y le costaba mirarse en el espejo. Solo le proporcionaba una sensación de alivio observar las ampollas de la piel. En la boca conservaba el repugnante sabor de su agresor, aunque sabía que era imposible, pues se había lavado los dientes hasta provocarse heridas en las encías.

Sonó el timbre de la puerta y se sobresaltó. Recorrió poco a poco el pasillo, como si le costara moverse. Tenía miedo de que él la encontrara. ¿Y si había averiguado dónde vivía y quería acabar lo que había empezado? María comenzó a hiperventilar, el corazón le latía con fuerza. Se apoyó en la pared, a un metro de la puerta. Trató de calmarse y el timbre sonó de nuevo. Vio por la mirilla a dos agentes de la policía, un hombre y una mujer. Les abrió.

La siguiente imagen que conservaba era la de los tres sentados alrededor de la mesita del comedor. No recordaba cómo habían llegado hasta allí. Desde el momento de la agresión, tenía algunas lagunas en la memoria, huecos profundos que su mente había creado para olvidar, y eso la inquietaba todavía más.

Echó un vistazo a su alrededor. La casa estaba muy desordenada, los agentes habían tenido que retirar ropa y algunas bolsas para poder sentarse. María no dijo nada, no tenía fuerzas para limpiar y mucho menos para dar explicaciones. Ni siquiera había retenido los nombres que habían dicho al presentarse. La inspectora, la que llevaba la voz cantante, tenía un apellido raro.

—Antes de empezar con las preguntas, queremos decirte que lamentamos lo que te ha ocurrido, María. —La inspectora Lysander la miraba fijamente. Tenía la tez morena y llevaba el pelo recogido en un moño muy tirante—. Me acabo de incorporar a la unidad de Delitos Violentos. Me consta que mis compañeros te tomaron declaración anoche. Sé que no es fácil, pero el subinspector Salcedo y yo necesitamos que nos expliques todo lo que recuerdes.

A María se le inundaron los ojos de lágrimas y comenzó a sollozar de nuevo. Sacó un pañuelo del bolsillo y pidió disculpas.

—¿Conocías a ese hombre de algo?

—No. Lo conocimos anoche en el bar.

—¿Con quién estabas?

María meneó la cabeza mientras guardaba de nuevo el pañuelo en el bolsillo. Nerviosa, se colocó algunos mechones detrás de las orejas. Tenía la garganta seca y le costaba tragar saliva.

—Estaba con una amiga cuando se acercó. Había estado mirándonos desde que entró en el bar.

—¿Puedes describirnos su aspecto físico?

—Pelirrojo. Alrededor de los treinta. Parecía muy normal. Mi amiga se encontró con un amigo y yo me quedé charlando con él. ¡Fue culpa mía! —La chica sufrió un arrebato de tos. Se fue a la cocina y regresó con un vaso de agua y un paquete de pañuelos.

—¿Quieren algo?

Los policías negaron con la cabeza.

—El único culpable es él —aclaró la inspectora Lysander—. Haremos todo cuanto esté en nuestras manos para atraparlo, María. Es importante que trates de recordar todos los detalles. Tu testimonio es fundamental. Tenemos la declaración de tu amiga Inés, pero apenas recordaba nada de ese hombre. No se fijó mucho.

Se quedaron en silencio.

—Cuando Inés se marchó, estuvimos hablando. Recuerdo que él comentó que le dolía la cabeza. Le ofrecí un paracetamol que siempre llevo en el bolso, a mis amigas les hace mucha gracia. Bromeé sobre la posibilidad de que me contagiara la gripe y el rostro se le transformó por un instante. Fue la primera vez que me miró así.

—¿Así? ¿Cómo?

—Entornando los ojos, con odio. Me miró como si quisiera matarme. No sé cómo expresarlo —dijo con la mirada perdida, como si intentara recordar cada detalle—. Me sentí incómoda, pero no le di más importancia, pensé que me estaba comportando como una paranoica y seguimos charlando un rato más.

Cuando le dije que me iba a casa, se ofreció a acompañarme a coger un taxi.

Volvió a toser, le faltaba el aire, no encontraba la manera de continuar. La cabeza le daba vueltas. «¿Por qué yo? ¿Me lo busqué yo misma?» Recordó la charla con el agente que le tomó declaración. Le había dicho que no tenía que buscar una razón. Ella no era la culpable, no había hecho nada malo, no podía saber las intenciones de aquel tipo.

—Tranquila, María —dijo Lysander en voz baja—. Tómate tu tiempo, no tenemos prisa.

La joven asintió y se tomó unos segundos antes de continuar. Miraba al infinito. A su lado, los dos la escuchaban en silencio sin bajar la guardia.

—Salimos de la discoteca. Recuerdo el contraste de temperatura. Hacía aire y mucho frío. La niebla había bajado al río y parecía que la basílica flotara sobre una nube. Era precioso, como una postal. Me rodeó los hombros con el brazo y cruzamos el puente de Piedra. No nos cruzamos con nadie, era tarde. Caminamos por la calle Don Jaime y allí me empujó hacia una bocacalle. Cuando quise soltarme, me golpeó con fuerza contra la pared. —La joven hizo una pausa para beber agua—. Sucedió todo muy rápido. Me agarró por detrás y me contrajo la garganta con el antebrazo mientras intentaba desabrocharme el pantalón con la otra mano. —Recordar aquello le resultaba angustioso—. Entré en pánico, no sabía qué hacer y ni siquiera grité, me quedé sin voz. ¡Todavía me parece notar su antebrazo en el cuello dejándome sin respiración! Pensé que iba a matarme.

Se secó las lágrimas. Sentía un pitido que le martilleaba la cabeza y tenía que esforzarse para escuchar la voz de la inspectora.

—¿Cómo lograste escapar?

—Tuve mucha suerte. Apareció una pareja al otro lado de la calle. Vieron el forcejeo y nos gritaron. Él se asustó y me soltó el cuello para taparme la boca. Sabía a sangre. —El recuerdo le provocó nauseas.

—¿Sangre?

—Sí, sabía a sangre.

—¿Le mordiste?

—No.

—¿Qué paso después?

—La pareja gritó que iba a llamar a la policía. Entonces me dio un empujón, me tiró al suelo y salió corriendo mientras me insultaba.

Después todo se volvió confuso. Policía, duchas. No recordaba nada con claridad, salvo la sensación de estar en peligro. El miedo la había envuelto aquella noche como una sombra negra y no la dejaba escapar. Tenía mucho miedo de encontrarse con aquel tipo por la calle, ya nunca más se sentiría segura. Y entonces lo recordó.

—Era extranjero.

—¿Extranjero? ¿Estás segura?

—Segurísima. Acabo de recordar que tenía un ligero acento, creo que inglés, apenas perceptible.

En cuanto los policías se marcharon, volvió a meterse en la cama. Por más que lo intentaba, no se sentía con fuerzas para hacer nada más. Solo la conversación con los dos agentes la había dejado exhausta y entró en un estado de duermevela. Escuchó un ruido y se incorporó, asustada. ¿Alguien estaba golpeando la ventana? Aguzó el oído para comprobar de dónde venía el sonido. Gotas de lluvia impactaban contra el cristal, había comenzado a llover. Trató de recobrar el aliento.

Fue hasta la puerta de entrada y comprobó que había cerrado con llave. Dos vueltas. Cogió una silla y la colocó inclinada bajo el picaporte. Si alguien entraba, la silla se caería y el ruido la alertaría.

8

ARTURO Y CARLOTA solían quedar en un hotel cerca de la estación intermodal en el que no pedían la identificación para acceder a la habitación. La reserva se hacía por internet. El lector del *parking* detectaba la matrícula del coche y los dejaba pasar. No había nombres ni rostros. No había cruces de miradas incómodas. Un ascensor directo los llevaba hasta la habitación. Nadie los veía, nadie preguntaba.

Cuando Arturo llegó, Carlota ya estaba esperando en la acera. Nada más entrar en la habitación, ella se despojó del abrigo. Llevaba un delicado vestido de seda azul que dejaba ver sus piernas torneadas y que desafiaba el frío de Zaragoza. El pelo suelto le caía por la espalda y se había pintado los labios de rojo. Cuando la tuvo cerca y percibió su olor, Arturo tuvo que hacer un auténtico ejercicio de contención para no abalanzarse sobre la joven. Se maravilló del poder que ejercía sobre él. No quería admitir que le flaqueaba la voluntad cuando la tenía tan cerca.

—Estás muy sexy, Carlota.

Había tenido muchas amantes, pero tenía el convencimiento de que ninguna le había provocado esas sensaciones. Era algo instintivo, la electricidad que había entre los dos era incontrolable.

—¿Te gusta mi vestido? —preguntó ella dando un giro sobre sí misma.

Arturo la miró con descaro y asintió.

—Déjame olerte.

Ella se acercó y ladeó la cabeza.

—Se puede mirar pero no tocar —dijo en un susurro.

A Carlota le gustaba aquel juego. La excitaba sentir el deseo en la mirada de Arturo, atravesándola. Sentía ardor en las mejillas. Lo condujo hasta la cama y lo desnudó.

—Dime que nadie te acaricia como yo.

Ya nada pudo contenerlos. Para Arturo solo existía Carlota y el movimiento de sus cuerpos sin control. El aliento cálido y con un ligero olor a menta que expelía la boca de la chica y sus gemidos de placer. Se besaron y se saborearon, se recorrieron cada centímetro. Cuanto más despacio se movían, más se aceleraban después, hasta que entraron juntos en un vacío infinito.

De camino a la clínica, Arturo puso el manos libres del coche y, desesperado, llamó por cuarta vez a Paloma. Esta vez tampoco hubo respuesta al otro lado de la línea. Tenía nueve llamadas perdidas y un mensaje de su mujer:

«Te estoy intentando localizar. Ven a la clínica Santa Elena. Es David.»

Y no sabía nada más.

Nervioso, volvió a marcar el número de su mujer.

—¡Arturo! Te he llamado muchas veces. —La voz de Paloma retumbó por todo el vehículo—. ¡Por Dios! ¡Ni siquiera respetas los festivos para estar con tu familia! ¡Has dejado solo a David todo el día!

—¿Qué ha pasado? —preguntó él intentando mantener la calma.

—Ya sabes que David está acatarrado. —Hablaba deprisa, algo poco habitual en ella—. Cuando he vuelto a casa esta tarde me ha dicho que antes de comer había comenzado a toser muy fuerte y que había expulsado sangre. Tenía mucha fiebre. Me he asustado y lo he traído a la clínica.

Arturo trató de reconducir la conversación.

—¿Y dónde estáis exactamente? ¿Estás con él?

—Llevan dos horas haciéndole pruebas en Santa Elena. ¿Dónde estabas?

—En una reunión con el teléfono en silencio—mintió.

—¡¿En domingo?!

—El tema de los mexicanos. Ya te contaré. Llego en veinte minutos, Paloma, voy de camino.

Mientras conducía hacia la clínica lo invadió un sentimiento de culpa. David estaba enfermo y él engañaba a Paloma. ¡No podía sentirse más miserable! La vía Hispanidad estaba despejada, así que pisó a fondo el acelerador. No importaba si lo multaban. Llegó en menos de diez minutos.

Santa Elena era una clínica privada situada al noroeste de la ciudad, cerca del estadio de fútbol. Tenía aparcamiento e instalaciones modernas.

Entró por la puerta de Urgencias y al llegar al mostrador le preguntó a una recepcionista de ojos saltones que masticaba chicle de forma exagerada. Mientras la joven introducía los datos en el ordenador, hizo dos globos rosas. A los pocos segundos, lo miró sonriente mientras se atusaba el pelo y le indicó el número del box donde estaba David. Arturo no tuvo fuerzas para devolverle la sonrisa.

Siguiendo las indicaciones se metió por un pasillo. Los boxes se situaban a la derecha y no tenían puerta, solo estaban separados por una cortina gris de plástico duro. Arturo asomó la cabeza con desconfianza. Había acertado. David estaba tumbado en una camilla estrecha vestido con un pijama azul de hospital. Tenía la cara muy pálida y enormes perlas de sudor le caían por las sienes. Le impresionaron las ojeras profundas, de un color azul grisáceo, que hasta ahora no había advertido. En el brazo izquierdo llevaba un gotero y le habían colocado un tubo de oxígeno en la nariz. Al lado, Paloma estaba sentada en una silla de plástico. Tenía un semblante serio, pero pareció un poco más aliviada al verlo allí.

Arturo reunió las fuerzas suficientes para sonreír y se acercó para darle un beso en la mejilla a David y otro a Paloma, que se apartó.

—¿Cómo estás, hijo? —preguntó mirando el contenido del gotero, que caía lentamente.

—Bien, aunque esto duele un poco —contestó el chico, señalando donde le habían pinchado.

—Ahora vendrá el médico —intervino Paloma—. Le han hecho varias pruebas pero todavía no sabemos los resultados.

—¡Me han puesto un gotero! —comentó entusiasmado David. El padre se asustó. Solo con pensar en la sangre se mareaba.

—Parece que te ha sentado bien —dijo y forzó una sonrisa—. Tienes buena cara, David —mintió—, hasta este horroroso pijama te sienta bien. Deberíamos comprarte uno así para casa.

David comenzó a reír, pero enseguida le sobrevino un ataque de tos. Su madre le pasó un pañuelo de papel. Entre las flemas, David volvió a expulsar hilillos de sangre. Paloma lo guardó para enseñárselo al médico.

Los esperaba una larga noche.

9

Lunes, 12 de noviembre
Seis días antes

QUINA SE SENTÍA poderosa circulando por la ciudad en aquel todoterreno enorme. Todos los coches parecían diminutos a su lado. La música sonaba a todo volumen. Apartó los ojos de la calzada para cambiar de emisora y pisó el acelerador. Todo sucedió muy rápido. Un coche apareció de repente por la izquierda. No pudo reaccionar a tiempo. Intentó esquivarlo, pero chocaron brutalmente.

Un zumbido intenso nubló sus pensamientos. El todoterreno había volcado. Se miró las manos, movió las piernas. Había resultado ilesa. Salió por la ventanilla y, tambaleándose, se dirigió al otro vehículo. Era un coche pequeño. El conductor estaba cubierto de sangre. Su cabeza, apoyada contra el volante, hacía sonar el claxon.

—¿Puede moverse? —Quina le tocó el hombro.

Como si hubiera accionado un mecanismo, el conductor giró la cabeza y la miró con odio. Quina se quedó paralizada y sintió que algo se le desgarraba por dentro.

¡La conductora era su hermana Claudia!

—¡Que alguien me ayude!

Miró a su alrededor. De repente, estaban en la plaza del pueblo al que iban cuando eran pequeñas. Olía a galletas recién horneadas. Oía el canto de los pájaros. Los rayos de sol le calentaban la cabeza. Quina vio la fuente junto a la que jugaban. Se acercó a beber. El agua sabía ligeramente al óxido del grifo. A lo lejos, su madre las llamaba: «¡Niñas, niñas! ¡La comida está lista!».

Quina empezó a zarandear el cuerpo de su hermana.

—¡Claudia! ¡Claudia! —La joven tenía los ojos cerrados. Los de Quina estaban anegados de lágrimas. Sentía una presión en el pecho que no la dejaba respirar; un agujero profundo y oscuro en el alma. ¡Ella era la culpable del accidente, ella la había matado!

Ahora estaban en la casa de sus padres. Tenían quince años. Quina se había chivado de que su hermana pequeña fumaba a escondidas. Claudia la había fulminado con la misma mirada de odio. «Perdóname, Claudia, ¡perdóname!» Su hermana abrió la boca y Quina sintió que se le encogía el estómago. En ese instante, despertó.

El sueño siempre terminaba igual. Nunca lograba escuchar lo que quería decirle su hermana. Se sintió desorientada. Tenía taquicardia y estaba empapada en sudor.

En realidad, Quina no había tenido nada que ver con el accidente de su hermana, pero aquella pesadilla parecía insinuar todo lo contrario una y otra vez. Una culpa silenciosa la devoraba por dentro: por no haber estado a su lado, por no haber podido hacer nada por ella, por no haber sido ella la que muriera...

Cuando Claudia falleció, Quina llevaba seis años trabajando en el ISPGA como epidemióloga. El puesto de jefa de servicio estaba vacante y el mismo Vicente Uriarte, el director, la había animado a que se presentase.

No era fácil que se lo dieran. Suponía enfrentarse a varios candidatos, entre otros, a Marina, una compañera con más años de experiencia que ella. Tras sopesarlo, decidió solicitar la plaza y prepararse para el ascenso. Preparó un nuevo y ambicioso proyecto que incluía un plan de actuación de tres años para reformar y actualizar el servicio de manera integral. Estaba ilusionada.

La tarde anterior al accidente había hablado con su hermana. Había sido una egoísta y apenas la había escuchado. No se había mostrado amable con ella, y eso no podía perdonárselo.

Estaba trabajando en su currículum cuando recibió la llamada de la policía. De aquella conversación, Quina solo recordaba el eco de la voz del agente y algunas palabras sueltas: «accidente», «hermana», «niño», «hospital».

—¿Me está escuchando, señora Larrea? —preguntó el agente al otro lado de la línea.

A partir de ese momento, todos sus actos fueron automáticos. ¿Se habría confundido la policía? Telefoneó varias veces a su hermana, pero tenía el móvil apagado. Llamó a un taxi y se dirigió al hospital. En la puerta la estaba esperando una enfermera que la llevó hasta donde estaba su sobrino, Hugo. El niño solo tenía un año y se entretenía con un oso de peluche. Cuando la vio, hizo una mueca y se echó a llorar. Aunque había resultado ileso, parecía muy asustado.

Horas después reconoció el cuerpo de su hermana. Conservaría siempre aquella imagen. El frío del cuarto. El olor a alcohol. El vacío en el alma que ya nunca pudo llenar.

Llamó a sus padres y les pidió que viajaran a Zaragoza. Por teléfono no se atrevió a decirles la verdad. Les advirtió que Claudia había tenido un accidente y que estaba muy grave. Ya se enterarían cuando llegaran.

Un médico les resumió lo que había sucedido: el conductor del otro vehículo se saltó un semáforo y colisionó a gran velocidad contra el coche de Claudia. Su hermana recibió el impacto de pleno y murió en el acto. Su marido, Fernando, y el pequeño Hugo habían sobrevivido.

Fernando, que viajaba en el asiento del copiloto, tuvo que ser intervenido en varias ocasiones. Después de varias semanas en el hospital, logró recuperarse.

La relación de Quina con Fernando nunca había sido buena, y a partir del accidente se enfrió aún más. Su cuñado no había tenido la culpa, pero ella no podía evitar sentir cierto rencor hacia él.

Enterraron a Claudia mientras él todavía estaba convaleciente de la primera operación. Lo primero que hizo al salir del hospital fue tramitar la herencia. A Quina le hervía la sangre solo de pensarlo. Si por ella fuese, no hubiera vuelto a ver a su cuñado en la vida. Pero estaba Hugo, y no le quedaba otro remedio.

Sintió un pinchazo en las sienes y trató de calmarse. Santi dormía plácidamente. A los pies de la cama escuchó los suaves ronquidos de *Charco* desde la colchoneta.

A su lado, Santi se agitó en sueños, tiró de la colcha y la dejó destapada por completo. La noche era fría. Agarró el extremo de la colcha y tiró para su lado sin conseguir recuperar ni un centímetro. Después de varios intentos, se dio por vencida y se acercó a él, se acurrucó contra su espalda, abrazó su torso y aspiró su aroma. Santi se movió para acomodarse a sus brazos y emitió unos graciosos ronroneos.

Quina metió una mano bajo el pijama y comenzó a acariciarle el pecho. Descendió por el abdomen hasta enredarse en el ombligo y continuó bajando despacio hasta llegar a la entrepierna. Introdujo la mano bajo el calzoncillo para acariciarlo. Santi tardó pocos segundos en despertarse y emitió un pequeño gemido cuando Quina comenzó a besarle el cuello. Él se giró y la atrajo para besarla. Empezó a recorrerle el cuerpo con las manos. Luego la respiración entrecortada, la agradable sensación de acariciar su piel. Le quitó el pijama y, excitados en la oscuridad de la noche, enredaron sus cuerpos con urgencia.

La rutina los envolvió a la mañana siguiente. Quina sacó a pasear a *Charco* y Santi preparó café mientras, en la televisión, una presentadora del canal *24 horas* hablaba del tiempo y daba las noticias del panorama internacional.

—¡Qué frío hace hoy! —dijo Quina al regresar del parque con el abrigo empapado.

Mientras tarareaba una canción inventada, Santi sirvió un par de tazas de café y preparó unas tostadas que devoraron juntos bajo la atenta mirada de *Charco*.

—¿Te acerco al ISPGA?

—No hace falta, cogeré la bici.

—No me cuesta nada, Quina.

—Te lo agradezco, pero me vendrá bien pedalear un poco.

Santi no insistió. No entendía cómo en pleno invierno podía ir por Zaragoza en bicicleta. Él pensaba que corría demasiados riesgos, pero sabía lo testaruda que era y no quería terminar discutiendo de nuevo. Sabía que ella necesitaba su espacio y la bicicleta la ayudaba a encontrarlo.

Quina se montó en su Orbea naranja. El ejercicio que hacía con regularidad la mantenía en forma. Le gustaba la sensación de libertad que sentía al pedalear. Sus piernas y su corazón la llevaban lejos, parecía volar sobre el asfalto, se sentía viva.

Se había puesto un chubasquero porque el cielo amenazaba lluvia, pero solo había percibido una pequeña llovizna a la altura de la Puerta del Carmen, un antiguo monumento que formaba parte de las doce puertas de entrada a la ciudad y que ahora constituía uno de los reclamos turísticos.

Tras echar el candado de la bicicleta no pudo evitar pensar en el incidente de las palomas. La imagen de los pobres bichos inertes le venía a la mente a diario. Se dirigió a la churrería de la risueña Paty, al otro lado de la calle. De repente cayó en la cuenta de que no le había preguntado a la camarera si ella o alguno de sus clientes habían visto algo raro, ya que desde su bar tenía una perfecta panorámica de la entrada al ISPGA y del aparcamiento de bicicletas.

—¡Paty! —La camarera se acercó—. ¿Viste la semana pasada a alguien sospechoso merodeando alrededor de las bicicletas?

—¿Sospechoso? ¿Ha pasado algo?

—Bueno, encontré unas palomas muertas colgadas del manillar de mi bicicleta. Ya sé que es raro, pero quizá alguien haya mencionado algo.

La mujer puso cara de asco.

—Yo no he visto nada, pero tampoco creas que tengo tiempo de mirar por la ventana. De todas maneras, estoy segura de que si algún cliente hubiera visto a alguien con un pájaro muerto en la mano, lo habría comentado.

—Tienes razón —admitió Quina, y pidió un café que se tomó en pocos minutos.

A continuación dejó el dinero del café encima de la barra y se despidió de Paty con prisas. La camarera cogió las monedas y miró intranquila cómo Quina cruzaba la calle.

Fuera ya había amanecido, pero las farolas seguían encendidas e iluminaban las calles; no tardarían en apagarse. Todo estaba demasiado tranquilo.

En las oficinas del Instituto, Isabel, su secretaria, ya había llegado y la esperaba con una sonrisa y el informe de la guardia impreso.

—Toma, el informe de la guardia. Espero que vaya bien la reunión, cualquier cosa que necesites, me dices.

—¡Da gusto trabajar contigo!

A Isabel le quedaban dos años para jubilarse. Era muy eficiente en su trabajo y siempre iba un paso por delante. Además, tenía un gran corazón y Quina siempre podía contar con ella. La iba a echar mucho de menos cuando se fuera.

—Por cierto, ¿recuerdas que hoy empieza la nueva enfermera?

Quina abrió los ojos, lo había olvidado por completo.

—¿Ya ha llegado?

Isabel asintió.

—Está en Vigilancia.

—Voy a buscarla.

—Se llama Alexandra Orduño. Creo que no ha tenido un buen fin de semana.

—¿Por qué lo dices?

—Ahora lo verás —dijo señalándose el ojo izquierdo—. Este es su currículum.

En primer lugar, Quina observó la fotografía, que mostraba a una joven rubia con la cara lavada y el pelo recogido en una coleta. No sonreía. No llevaba pendientes. Aquella imagen no le daba mucha más información. Le echó un vistazo al currículum. Llevaba varios años trabajando en el Departamento de Sanidad, por lo que tenía experiencia a pesar de su juventud. Había solicitado el puesto porque estaba interesada en el campo de la investigación, y se definía como una persona inquieta, curiosa y trabajadora. Se iba a incorporar en el equipo de Pepa, Marina y Laura, le vendría bien un soplo de aire fresco a la sección.

El Departamento de Vigilancia Epidemiológica era una de las secciones más grandes del Instituto. Estaba integrada por cuatro equipos compuestos a su vez por cuatro personas: dos médicos y dos enfermeros cada uno. Cada equipo trabajaba en una isla formada por cuatro enormes escritorios con forma de L dispuestos en una especie de cruz.

Al fondo de la sala había una gran mesa rectangular para las reuniones de equipo y una pizarra blanca que ocupaba casi toda la pared. Una serie de armarios metálicos custodiaban las carpetas de los expedientes cerrados. Todo ordenado. Todo bajo llave. Los datos de salud de las personas debían protegerse con especial cuidado y el acceso era restringido.

En lugar de ordenadores, se utilizaban unas sofisticadas pantallas táctiles con teclados de última generación. Unos meses atrás se había instalado un exclusivo sistema de insonorización sobre cada una de las islas de trabajo para reducir el ruido y evitar las interferencias con los compañeros. El sistema establecía una separación de las ondas auditivas y absorbía los sonidos externos. De esta forma, las conversaciones telefónicas no se cruzaban y todos gozaban de intimidad a la hora de hablar.

—Buenos días, ¿Alexandra Orduño? Soy Quina Larrea, la jefa de Vigilancia —dijo al tiempo que le daba un apretón de manos y observaba el ojo izquierdo, que tenía amoratado.

—Soy Álex.

—Bienvenida, Álex. Si te gusta la epidemiología, esto va a encantarte.

—Gracias, sí, me encanta.

—Los lunes nos reunimos todos en la mesa del fondo, nos ponemos al día de los casos que estamos investigando y leemos el informe del equipo que ha estado de guardia para luego continuar con las tareas pendientes y repartir el trabajo.

La joven sonrió y se apartó unos mechones del rostro; estaba emocionada.

Fueron juntas hasta la mesa de reuniones. Quina encendió el portátil y lo conectó al proyector. La imagen del virus de la gripe apareció ampliada en la pared. Parecía una pelota azul con cientos de alfileres clavados. En cinco minutos, el resto de miembros del equipo se les unió a medida que se presentaban ante la nueva.

La reunión apenas duró media hora y el ambiente fue distendido. Cuando ya se retiraban, Quina llamó a Álex y ambas se dirigieron a la zona de servicios, en la planta baja.

—Aquí están las máquinas de café. El precio está bastante ajustado y el café no está mal. Ya irás conociendo las costumbres. Hoy, por ser tu primer día, invito yo. ¿Qué tomas?

Las dos miraron cómo salía el café.

—He visto que llevas varios años en el Departamento, ¿conoces el servicio de Vigilancia Epidemiológica?

—Bueno, solo en la teoría. Sé que es el lugar donde se notifican las enfermedades de declaración obligatoria y que os encargáis de investigar las enfermedades contagiosas.

—En realidad, tú ya formas parte del equipo, Álex, tú también vas a encargarte de las famosas EDOS —aclaró Quina haciendo alusión a la abreviatura con la que se conocían dichas enfermedades—. Aprenderás poco a poco. Apóyate mucho en tu grupo, ya conoces a dos de tus compañeras, Pepa y Marina. Laura está de baja, ya la conocerás cuando vuelva, esperemos que se recupere pronto. Y ante cualquier duda, puedes preguntarme directamente si lo prefieres.

La máquina emitió un pitido y las dos mujeres subieron las escaleras con el vaso de café en la mano.

—La normativa exige a todos los médicos que comuniquen a Salud Pública determinadas enfermedades, y nosotros nos dedicamos a reunir los datos y a establecer medidas de actuación. De momento tendrás que leerte todos los protocolos. No hace falta que te los aprendas, familiarízate con ellos, y a medida que los utilices, acabarás por aprendértelos. Isabel los ha dejado sobre tu mesa. Pregunta todas las dudas que tengas, tanto a tus compañeras como a mí. Perdona que insista en esto, pero es muy importante, Álex. Verás que hay casos de todo tipo, hay enfermedades frecuentes como la varicela; otras más raras, como el botulismo... Todo a su tiempo, ya lo verás, ¡aquí no te vas a aburrir!

En ese momento, Quina no podía imaginar hasta qué punto su comentario iba a ser premonitorio.

10

Miércoles, 14 de noviembre de 2018
Cuatro días antes

AL CAER LA tarde, la niebla se había adueñado del paseo de la Independencia y las calles estaban vacías. En las oficinas de BCG solo un despacho permanecía con la luz encendida. Héctor Cantero se había reunido con Tanner.

—¿Quién más lo sabe? —preguntó Cantero.

—Solo yo —respondió el joven—, y ahora tú.

Tanner era sobrino de Héctor. Treinta y siete años atrás su hermana pequeña había conocido a un inglés pelirrojo que veraneaba en España. Un artista bohemio que encandiló a la joven con su palabrería y sus historias sobre Oscar Wilde. A Héctor nunca le gustó el tipo, pero no pudo hacer nada para evitar que su hermana se enamorara y pasara todo el verano junto a él.

Cuando el verano terminó, el inglés regresó a su país con la promesa de volver en Navidad. Al poco tiempo, su hermana se enteró de que estaba embarazada. La chica no se lo pensó dos veces, hizo las maletas y se trasladó a Londres a vivir con su novio. Si las cosas iban bien, todavía tendrían tiempo de casarse antes de que naciera el bebé.

A pesar de que toda la familia insistía en que era mejor no precipitarse, ella estaba dispuesta a empezar una nueva vida donde hiciera falta. Un país o un idioma que no conocía no la iban a parar. Estaba dispuesta a todo por su hijo, y lo que era más importante, no quería que creciera sin padre. Por desgracia, cuando Tanner nació, sus padres ya no vivían juntos.

La convivencia no resultó tan idílica como ella había previsto. El inglés desaparecía semanas enteras y ella tenía que arreglárselas sola. A principio de cada mes, el casero pedía el importe del alquiler, y después de tres meses sin pagar, la puso de patitas en la calle.

Embarazada de ocho meses, la hermana de Héctor se mudó a un piso para madres solteras financiado con ayudas del gobierno británico. Cuando localizaron al padre del recién nacido, el juez lo obligó a pagar una pensión ridícula a cambio de una visita los miércoles por la tarde, que se mantuvo hasta que Tanner cumplió tres años. Luego desapareció sin dejar rastro.

El niño se crio en un humilde barrio de Londres y, a pesar de los esfuerzos de su madre, sin una figura paterna. Desde que tenía memoria, todos los veranos madre e hijo habían pasado un mes en España con su tío Héctor, por el que Tanner sentía una gran admiración. Por su parte, Héctor trataba de no reprocharle a su hermana que él ya la había advertido sobre las intenciones del inglés, porque había cosas que no hacía falta recordar.

Tanner adoraba España. Cuando acabó los estudios de Microbiología, decidió matricularse en la universidad de Zaragoza para estudiar un posgrado. Tuvo que aceptar empleos que odiaba para pagar el alquiler, y prefería no recordar aquella época en la que había preparado miles de hamburguesas para poder sobrevivir. El olor de la grasa incrustada en la parrilla era el único recuerdo que conservaba, como si el resto se lo hubieran borrado de la memoria.

Por suerte, cuando acabó el posgrado, su tío Héctor le había conseguido un buen trabajo en el laboratorio CliniLabos, uno de los clientes de BCG. Cada vez tenía más responsabilidad y algún día él también se convertiría en socio de BCG.

Héctor mostraba mucho interés en la historia de su sobrino; el joven había hecho bien en ir a hablar con él.

—¿Y cómo te diste cuenta?

—Porque tengo una aplicación que me avisa cuando se produce la más mínima alteración. —El joven trataba de hacerse el interesante. Sabía que aquella noticia no le haría gracia a su tío, y había sopesado no decírselo, pero era algo importante y, además, ya estaba todo solucionado. Contándoselo iba a ganar puntos.

—¿Seguro que está resuelto? —insistió.

—Claro —dijo Tanner, sonriente—, me deshice de las cepas siguiendo los protocolos de eliminación biológica y coloqué muestras de prueba antes de reiniciar el sistema. De momento, todo indica que la configuración se ha reparado.

Cantero meneaba la cabeza, no le gustaba lo que estaba escuchando y tampoco la actitud de su sobrino, como si el fallo fuera un triunfo del que sentirse orgulloso.

—¡Todavía no sé cómo ha podido pasar! —dijo golpeando la mesa.

—Bueno, estas cosas ocurren, todos los programas tienen fallos. Nadie va a enterarse, no te preocupes. Lo detecté la madrugada del lunes, y la comprobación posterior, a primera hora de la mañana, salió bien. No ha habido ninguna incidencia desde entonces.

—¡El lunes! ¡Y me lo cuentas ahora!

—Ninguno de mis compañeros del laboratorio se ha enterado. Todo está controlado.

Héctor apretó los labios y evitó atacarlo con más reproches. Había sido buena idea que su sobrino formara parte de la plantilla de CliniLabos. Con él dentro, siempre era el primero en enterarse de lo que ocurría y no tenía que esperar a los informes oficiales que el laboratorio le pasaba mensualmente para comunicar incidencias.

—¡Eso espero! No quiero ni pensar lo que ocurriría si alguien se entera de que ha habido una fuga en una de las cámaras K18. El nuevo *software* se iría al garete, los laboratorios con los que trabajamos dejarían de confiar en nosotros… ¡Por no hablar del concurso público y de los mexicanos! —Cantero se rascó la barba enérgicamente y miró a su sobrino con una expresión de advertencia—. Mantén la boca cerrada.

—Nadie va a enterarse. Por mi parte, puedes estar tranquilo, siempre fuiste mi tío favorito —dijo divertido guiñándole un ojo.

—¡No seas idiota, Tanner, no estoy para bromas! —exclamó Héctor harto de la inmadurez de su sobrino—. Por cierto, ¿qué virus contenían los tubos?

—No eran virus; eran bacterias. Concretamente, cepas modificadas de *Mycobacterium tuberculosis.*

—¿Tuberculosis?

—Sí.

—Bueno, al menos no es ébola —ironizó.

—Sí, menos mal —respondió Tanner con una mueca—. Si hubiera sido ébola, seguramente no estaría aquí para contarlo.

A Cantero le preocupaba la fuga. Era la primera vez que se registraba un fallo tan grave y debía averiguar por qué se había producido. De salir a la luz, podía acabar con la reputación de BCG.

—Nadie debe enterarse de esto. Ha sido un error puntual sin consecuencias. ¿Te queda claro, Tanner?

Su sobrino asintió.

El viento soplaba, pero no con la fuerza suficiente para estropearle las buenas sensaciones que notaba cuando corría. Eliana oía el sonido que producían las hojas de los árboles más altos. Los silbidos del aire resultaban amenazadores en la oscuridad de la tarde. Estaba en la Ciudad del Viento, ya la habían advertido, y, cuando las rachas eran muy fuertes, el parque se cerraba al público por el riesgo de caída de árboles. Su mayor problema era que nunca había corrido por allí y no se conocía las rutas.

Popularmente se conocía como el Parque Grande, pero oficialmente se llamaba parque José Antonio Labordeta en honor a uno de los personajes más icónicos que la ciudad había dado en los últimos tiempos. Cuando Eliana le contó a su compañero, el subinspector Salcedo, que había empezado a frecuentar el parque, él le explicó que el conocido cantautor era asiduo del lugar y que solía pasear por allí para inspirarse. No obstante, había que reconocer que, aunque Labordeta se había ganado el cariño de la gran mayoría de los zaragozanos, el cambio de nombre no había terminado de cuajar y muchos lo seguían llamando el Parque Grande.

De cualquier manera, el parque era uno de los mejores lugares para correr. Aquella tarde todo estaba desierto y demasiado oscuro. Las farolas no alumbraban más allá de los caminos de tierra y de los matorrales que los flanqueaban y que se agitaban a su paso. Trataba de disfrutar la carrera y desconectar. El aire era puro y necesitaba oxígeno después de tantos días de asfixia. Su plan era trotar cuarenta minutos para desentumecer las piernas y regresar a casa sin cansarse demasiado.

Eliana trataba de memorizar el paisaje mientras corría. La naturaleza la inspiraba. Algunos árboles estaban secos, otros mostraban colores apagados y otros se agitaban vigorosos. Todos crecían bajo el mismo clima y las mismas condiciones, pero cada ser vivo lo experimentaba de manera distinta. No era el sol, la luz o el agua, era la capacidad de adaptación y supervivencia lo que hacía diferente cada especie. Los nutrientes estaban al alcance de todos, sin embargo, no los absorbían de igual manera. Unos florecían y otros se marchitaban, como la vegetación del parque. Así era la vida.

Lo primero que le advirtió su casero nada más instalarse, fue que el clima de Zaragoza era difícil, pero ella estaba dispuesta a plantarle cara al cierzo. Quería ser como uno de esos árboles altos que resisten las rachas de viento, que se agitan vigorosos y que, aunque pierdan algunas hojas y se lastimen, tienen raíces fuertes y están bien anclados al suelo.

Los últimos días habían sido una locura. La mudanza, la lavadora que el casero había tenido que reponer, la nueva comisaría. Se había traído de León las cosas imprescindibles, pero, aun así, eran montones de cajas, varias maletas para organizar y demasiado equipaje el que Eliana pretendía olvidar.

Había conocido a sus nuevos compañeros. Se había obligado a ser amable. Al menos allí no tendría que soportar la vergüenza y la humillación que había sentido los últimos meses. Era extraño. Quería olvidarlo todo, pero al mismo tiempo necesitaba pensar una y otra vez en lo que había ocurrido y, sobre todo, en por qué les había ocurrido a ellas.

Correr era un bálsamo, una meditación en movimiento para no pensar, solo sentir. El aire en la cara le daba vida. Y con cada zancada y cada metro, dejaba atrás todo lo que había pasado. Zaragoza iba a darle otra oportunidad y ella iba a aprovecharla.

Corría tan concentrada en sus pensamientos que no vio un pequeño obstáculo en el camino y tropezó. Dio unos pasos, se tambaleó, agitó los brazos para intentar mantener el equilibrio y finalmente cayó al suelo deslizándose sobre la tierra.

—¡Joder! —Se sentó en el suelo y comprobó que sus tobillos estaban bien. Se examinó las palmas de las manos, las tenía rojas y con algunas pequeñas piedras incrustadas. Se limpió con cuidado para no clavárselas más y se sacudió el polvo de la ropa. En el silencio de la tarde escuchó unos pasos y vio una sombra que se acercaba por detrás. Se puso alerta.

—¿Estás bien?

Era la voz de una mujer.

—Sí, gracias, no ha sido nada —contestó sin mirarla, aliviada. Se sentía avergonzada y enfadada consigo misma por no haber visto la piedra con la que había tropezado. Con el tronco flexionado se limpió de abajo arriba las pantorrillas, los muslos y el trasero. Después se incorporó del todo y observó a la mujer, que llevaba pantalón corto y zapatillas de correr. Tenía las piernas musculosas y poco pecho. Era corredora.

—¿Eres...?, ¿es usted? —acertó a decir nerviosa la chica cuando vio de quién se trataba—. ¿Está bien?

—Sí. Gracias —respondió Eliana tajante. Ella también reconoció a la joven enseguida. Se habían conocido pocos días antes. Aquella chica había salido corriendo tras un ladrón que había robado un móvil. De nuevo se quedaron en silencio durante unos incómodos segundos.

—Tengo que irme.

Eliana echó a andar hacia la salida del parque. Álex la observó alejarse. Vestida con mallas era menos intimidante. Desde que la conoció no había dejado de pensar en la inspectora y en el revoloteo que sintió en el estómago cuando sus miradas se cruzaron. Ahora lo había vuelto a sentir.

—¡Espere! —gritó. Se dijo a sí misma que no tenía sentido llamarla de usted y corrió hasta alcanzarla—. ¿Vienes mucho por aquí? No nos habíamos visto antes. —Álex era asidua al Parque Grande y conocía a casi todos los corredores. Zaragoza era una ciudad mediana y era sencillo coincidir en las carreras o entrenamientos. A juzgar por las piernas de la inspectora, no era la primera vez que salía a correr.

—Acabo de llegar a la ciudad —respondió cortante y sin mirarla.

—Eso lo explica. —dijo Álex, alegre.

—¿Eso explica qué? —preguntó mirando al frente.

—Que no te conozca.

La inspectora se paró en seco y miró a la joven a la cara. Aquella niñata estaba poniéndola nerviosa. ¿Es que no iba a dejarla correr tranquila? Había un código no escrito entre los corredores: no se puede molestar.

—¿Es que conoces a todas las personas que viven en la ciudad?

Álex se encogió de hombros. Para ella resultaba obvio. No conocía a todos los habitantes, pero sí a muchos de los que frecuentaban el parque. Además, era atleta desde niña, y aunque últimamente no entrenaba demasiado, seguía conociendo a la mayoría de los corredores de la ciudad, le explicó.

—Tengo que irme —volvió a decir la inspectora antes de salir corriendo.

—¡Espera! —Álex la siguió de nuevo—. ¿Es que tienes algún problema conmigo? —le preguntó y la cogió del brazo.

Eliana se soltó y la miró enfadada.

—¿Qué dices? ¿Por qué voy a tener un problema contigo?

La otra la miró extrañada y se echó a reír. Se había equivocado, la mujer era una estúpida engreída. No tendría que haberse acercado cuando la vio caer, tenía que haber pasado de ella, pero ya era tarde. Lo que tenía claro es que no iba a callarse.

—Creo que estás siendo un poco borde, inspectora. Solo trataba de ser amable y darte la bienvenida a Zaragoza. ¡Que vaya bien! —Y echó a andar hacia la salida.

Eliana se quedó pensativa, tenía razón. Estaba comportándose como una idiota, la chica solo trataba de ser simpática.

—Perdona —la llamó—, tienes razón, es solo que... no estoy en mi mejor momento... y, bueno, no estoy acostumbrada a que la gente sea tan amable conmigo.

Álex volvió a encogerse de hombros. La disculpa parecía sincera.

—¿Volvemos a empezar? —dijo tendiéndole la mano y sonriendo—. Hola, soy Álex.

—Eliana.

—¿De dónde eres?

—De León.

Hacía poco que la inspectora Eliana Lysander se había trasladado a vivir a Zaragoza. Había dejado la comisaría de León para incorporarse a una plaza vacante en la Unidad de Delitos Violentos. Ella, que solía meditar cada uno de sus pasos, había cambiado de vida en menos de un mes, y trataba de asimilarlo.

—¡Me encanta León! —respondió la otra, risueña. Llevaba la coleta medio deshecha, pero el pelo en la cara no parecía molestarle. Eliana, sin embargo, llevaba un tirante moño en la nuca del que no se escapaba ni un pelo—. Visité la ciudad cuando hice el Camino de Santiago, la catedral es impresionante.

Álex recordaba que ambas ciudades tenían un pasado en común desde que, a principios del siglo XII, Alfonso VII, rey de León y Castilla, había ocupado Zaragoza con el pretexto de defenderla de los musulmanes. Dos años más tarde, el rey Ramiro II recuperó la ciudad no sin antes concederle algunos beneficios al rey leonés. Según afirmaban algunas teorías, este era el motivo por el que el león era uno de los símbolos de la ciudad, formaba parte del escudo y estaba presente en muchos rincones de la ciudad.

Pasaron delante de la estatua de Francisco de Goya y enfilaron el camino hacia la salida. La tarde era muy desapacible y la plaza Emperador Carlos V estaba desierta. Un tranvía bastante concurrido pasó delante de ellas en dirección a la plaza San Francisco. Las mujeres solo llevaban el atuendo para correr y ambas empezaron a sentir frío.

—¿Y si tomamos algo en los porches del Audiorama? —sugirió Álex señalando hacia el otro lado de la plaza.

Eliana asintió, le vendría bien un poco de conversación. Salvo en el trabajo, no había hablado con nadie desde que había llegado a Zaragoza. Tampoco recordaba haber hablado mucho en los últimos días que había pasado en León. Todo había sucedido demasiado rápido y todavía estaba confusa.

A pesar de que no quería hablar de su vida, acabó contándole a Álex su historia con Lur. En verdad, no conseguía pensar en otra cosa, así que no podía evitar el tema. Lo que había ocurrido con Lur no tenía nada de especial. Todos los días sucedían cosas así. Pero aun así, Eliana no lo había visto venir y la había dejado destrozada. Ella, que se dedicaba a investigar crímenes y a desentrañar misterios, no se había dado cuenta de que Lur estaba viéndose con otra mujer.

—¿Qué tomas? —le preguntó Álex.

—Lo mismo que tú —respondió sin pensar.

El camarero les sirvió dos botellines de Ámbar y un plato con frutos secos. Eliana bebió un trago. En Zaragoza todo el mundo bebía esa cerveza. Lur le hubiera preguntado si apreciaba los matices de la cebada y los aromas tostados. Le gustaba presumir de ser una persona culta y cosmopolita, y apreciar las cualidades de la cerveza artesanal estaba entre sus habilidades.

Álex hablaba sin parar. Se fijó en que tenía pecas en la nariz y en las mejillas, y recordó la piel blanca y suave de Lur. Vestía con ropa de marca y siempre llevaba el pelo cortado a la última moda. Álex, sin embargo, no se molestaba en recogerse el pelo de forma decente y no parecía preocuparse mucho por su atuendo. Recordó lo fascinante que era escuchar a Lur hablar de las cosas que la entusiasmaban, y sintió como si le hubieran propinado un puñetazo en el abdomen.

Al principio, ambas eran felices, pero, en el fondo, Eliana sabía que hacía tiempo que no se miraban como lo hacen las parejas que se aman. El tiempo había diluido la pasión y debajo de ella no había surgido un sentimiento lo suficientemente fuerte como para soportar el peso de la relación. Quizá el amor para toda la vida solo era cosa de las novelas.

Cuando le pidió explicaciones, Lur ni siquiera lo negó. Le confesó que llevaba más de seis meses viéndose con otra mujer. La rabia la consumía cuando lo pensaba. ¿Cómo no había sido capaz de darse cuenta? Lur pasaba muchas semanas fuera de casa, pero formaba parte de su trabajo como agente de ventas de la galería, y para ella nunca había sido un problema. Nunca dudó.

Una de las cosas que más le dolían era que había sido la última en enterarse. Sus compañeros en la comisaría lo sabían, León no era una ciudad muy grande, y alguien había visto a Lur con la otra en un bar de moda. Su orgullo se había hecho trizas.

Después de la conversación con Lur, Eliana solo recordaba que la había echado de casa. Cuando cerró la puerta y se marchó con las maletas, ella bebió hasta perder el conocimiento. Estuvo dos días vomitando, sin ir al trabajo y sin salir de casa. Al tercer día, un compañero la fue a buscar, la obligó a ducharse y la llevó a la comisaría. Le recomendó unas pastillas que él había tomado y le dijo que abriera la mente, que las separaciones y los cuernos eran algo que pasaba todos los días. Quizá tuviera razón. Y como una señal divina, aquel día se publicaron las plazas para el concurso de traslados.

11

Lunes, 19 de noviembre

LA ENFERMERA COGIÓ el vial y cargó la dosis exacta en una pequeña jeringa. Se sentó en un taburete con cuidado de no arrugarse la bata blanca y agarró el brazo del hombre. Estiró la piel con el pulgar de la mano izquierda y con la derecha inyectó el líquido en la parte interna del antebrazo.

El paciente, sentado en un sillón de cuero, observó en silencio cómo se formaba un habón que confirmaba que la administración se había realizado en la capa superficial de la piel.

La enfermera, que tenía los ojos rasgados y de color miel, lo miró y trató de explicarle lo que acababa de hacer:

—Es para la prueba de la tuberculina o *Mantoux*. Se realiza para saber si usted ha estado en contacto con la bacteria que produce la tuberculosis. No es una vacuna.

—Ya —murmuró el paciente con desdén. Todavía sentía escozor en la zona del pinchazo, pero no iba a quejarse.

—Para darle el resultado de la prueba, debe volver dentro de cuarenta y ocho horas. Le reservo cita para dentro de dos días a esta misma hora, ¿de acuerdo? —dijo mirando el reloj—. Es importante que no lo olvide, señor Brown.

—¿Acaso cree que soy tonto?

Tanner se bajó la manga del jersey, se levantó y miró a la enfermera con desprecio. Podía adivinar las curvas de la mujer debajo del uniforme: caderas anchas y pechos exuberantes. Era atractiva, pero llevaba el pelo corto y no se había maquillado. La siguió mirando de forma descarada con intención de intimidarla, sin embargo, la enfermera supo mantener la compostura. Había llegado a la conclusión de que aquel tipo era un impertinente y respiró hondo antes de contestar.

—Disculpe, señor, es mi obligación recordarle que debe regresar dentro de dos días a esta misma hora. Si da positivo, tendremos que hacerle más pruebas.

Tanner salió dando un sonoro portazo. La enfermera se encogió de hombros. Tiró la aguja en el contenedor de residuos, guardó el frasco de cristal en la nevera y registró en el cuaderno la fecha y el nombre de la prueba. Aquel paciente tan grosero se merecía que alguien le parase los pies. Había acudido a urgencias muy alterado, pidiendo que le hicieran la prueba de la tuberculina porque tenía que viajar a Estados Unidos de forma inminente. Le informaron de que eso no era una urgencia y que le darían cita para más adelante, pero el tipo exigió a gritos que lo atendieran en Enfermería. Ella pasaba por delante del box y medió en el conflicto. Se ofreció a hacerle la prueba, estaba de guardia y no tenía ningún inconveniente.

El inglés parecía agitado, pero ella no se esperaba una reacción tan fuera de lugar.

—Para que veas —murmuró—, encima de que le hago un favor.

Revisó su historial. No había manifestado que hubiera estado en contacto con un infectado, solo quería la prueba para su viaje. Apuntó la incidencia y pasó a otro tema.

No se dio cuenta de que en el armario de la farmacia faltaban dos cajas de un antibiótico: estreptomicina. Tampoco había desconfiado del paciente cuando lo dejó solo un par de minutos.

A LA UNA del mediodía, la bruma de las últimas semanas dio paso al sol. Por las ventanas del despacho entraban los rayos, que animaban la jornada inusual en el servicio de Epidemiología.

El ambiente en el ISPGA estaba tenso. Todos los trabajadores hablaban en corrillos del asalto del fin de semana. La policía seguía en el edificio inspeccionando e interrogando a toda la plantilla. Decían que habían destrozado el laboratorio y el despacho de Quina, y que se habían llevado todas las vacunas. ¡Menudos sinvergüenzas! A pesar de ser lunes, no habían tenido reunión a primera hora. Se había pospuesto hasta última hora de la mañana a la espera de que las aguas estuvieran más calmadas.

En los días que llevaba trabajando en el ISPGA, Álex había leído la mayoría de los protocolos. Empezaba a pensar que se había equivocado al solicitar ese puesto. Quería pasar a la acción y resoplaba mientras esperaba que le dieran algún caso interesante. Hasta el momento había investigado uno de parotiditis y varias toxiinfecciones alimentarias sin complejidad.

Agarró el móvil para comprobar si tenía algún mensaje. Nada. Entró en el periódico local para ver las noticias. Un breve artículo informaba sobre el accidente mortal del sábado en la céntrica calle Tenor Fleta de Zaragoza. Un joven de dieciséis años que iba en patinete había chocado contra una furgoneta que se encontraba estacionada, se había golpeado en la nuca tras la caída y había fallecido en el acto. La policía estaba investigando las causas del accidente y barajaba la posibilidad de que el joven hubiera sufrido un desvanecimiento, lo que hubiera provocado el fatídico desenlace.

Álex estaba reflexionando sobre lo injusta que era la vida cuando un aviso de alerta apareció en la pantalla de su ordenador.

—Ha llegado información de una residencia. Son datos sobre un brote de gripe —comentó en alto para que la oyeran sus compañeras. Abrió el fichero y leyó el informe. No conocía el protocolo de la gripe, tendría que revisarlo—. Marina, ¿llevas tú este expediente?

En la mesa de al lado, su compañera permanecía en silencio, absorta en la pantalla. Su pelo rubio platino brillaba bajo la luz directa del sol.

—¿Marina?

Al oír la voz de Álex, la mujer giró la cabeza bruscamente, como si acabase de recordar algo.

—¡Maldita sea! —murmuró mientras se dirigía al baño y cerraba la puerta de un golpe.

—¿Siempre es así? —preguntó Álex.

—A veces peor —dijo Pepa y soltó una risa—. Lleva unos días actuando de un modo extraño.

Álex se encogió de hombros y continuó leyendo el informe. Conocía poco a Marina, pero siempre estaba de mal humor, como si estuviera enfadada con el mundo. Era el único garbanzo negro; el resto de compañeros resolvían todas sus dudas y la ayudaban mucho, pero Marina no hacía más que chincharla. Trataba de no hacerle caso y de centrarse en el trabajo. Si se esforzaba, Quina pronto confiaría en ella para darle expedientes de más responsabilidad. Por el momento revisaba el informe que había llegado mientras vigilaba de reojo que Marina no saliese del baño.

—Lidiar con hijos adolescentes no debe de ser nada fácil —justificó Pepa, que sabía que las cosas no estaban bien en casa de Marina. Conocía a su compañera desde hacía muchos años y sabía de sobra que la epidemióloga no soportaba a las personas risueñas como Álex. A su juicio, era buena mujer, pero algo complicada. Le llevaría su tiempo aceptar a la nueva en el equipo—. Álex, será mejor que no hagas nada con el brote, espera a que salga Marina del baño.

—¿Quién te escribe? —preguntó Marina, que se acercaba sigilosa hacia su mesa.

—Nadie —respondió Álex.

—¿Tu novio? —se burló.

—Acaba de llegar un informe de la residencia Boreal. —Álex trató de actuar con normalidad.

Marina se sentó junto a ella y abrió el documento mientras murmuraba frases ininteligibles.

—No entiendo cómo puedes trabajar así. Los jóvenes de ahora no respetáis nada.

El teléfono de Álex vibró de nuevo y Marina hizo una mueca.

—¡Me molesta tu móvil! —protestó.

Álex soltó un bufido, incapaz de contenerse.

—Solo te estoy diciendo que no puedo concentrarme. No estás sola en el despacho. No creo que sea mucho pedir que lo silencies. Acabas de llegar y aquí tenemos unas normas —insistió Marina en un tono muy alto.

—Bueno, tú también hablas por teléfono encerrada en el baño.

Marina se quedó sorprendida ante la insolencia de la nueva.

—¿Me estás espiando? ¡Eso sí que no te lo consiento! —dijo elevando la voz.

Álex reprimió un comentario ácido y se levantó airada.

—Venga, chicas, tranquilizaos —intervino Pepa asombrada porque la chica hubiera plantado cara a Marina—. Dejadlo ya, por favor.

Marina estaba cogiendo aire para seguir con sus ataques cuando Quina entró por la puerta. Las tres callaron y se giraron hacia sus pantallas.

—Reunión en cinco minutos.

Todas asintieron y se prepararon para la reunión semanal. En una atmósfera de preocupación intentaron ponerse al día y Quina les confirmó que, debido al asalto del sábado, el laboratorio estaría fuera de servicio durante unos días. Mientras durasen las reparaciones, se establecería un sistema para enviar las muestras urgentes a otros laboratorios.

—¿Alguna duda? —preguntó antes de dar por terminada la reunión.

—Sí. —Marina levantó la mano con su habitual cara de hastío. Quina le dio la palabra con un gesto.

—A primera hora de la mañana hemos recibido una llamada de la cárcel para notificarnos que el brote de sarna se ha extendido.

—¿De cuántos casos estamos hablando? —quiso saber Quina, que hizo un esfuerzo por ser amable. Marina había aspirado al puesto de jefa, y, desde que Quina había asumido el cargo, su relación era más complicada.

—Según el director de la cárcel, entre internos y trabajadores, unas doscientas personas con síntomas. Durante el fin de semana se han vivido episodios muy tensos. No tienen suficiente medicación para todos los afectados y los trabajadores amenazan con una huelga si no se pone fin a la situación.

Quina frunció el ceño. Una huelga en la prisión significaría salir de nuevo en la prensa, y tenía que evitarlo a toda costa.

—Seguiremos el protocolo. Marina, ¿llevas tú este caso?

—No, es de Laura —dijo tajante y con desgana. Su compañera se encontraba indispuesta e imaginó que le iba a tocar a ella llevarlo. Marina empezó a agitarse en la silla y a protestar entre dientes.

—Yo me encargo —resolvió Quina—. Pásame el expediente completo. Álex, tú puedes echarme una mano. Es un buen caso para que empieces a soltarte.

La joven, que había estado escuchando en silencio, asintió. Marina la miró con hostilidad.

—Hemos terminado. Gracias a todos.

—Álex —la llamó la jefa mientras todos salían—, busca el protocolo de escabiosis y léelo con atención para que tengas claros los pasos a seguir. En una institución, es importante organizar bien los aislamientos. Luego te veo en mi despacho.

De vez en cuando, a Quina le gustaba llevar casos como si fuera una más del equipo. «Para no oxidarme», solía decir en broma. En realidad, lejos de oxidarse, se sabía de memoria todos los protocolos y estaba al tanto de las actualizaciones del Ministerio. Era la máxima responsable de las investigaciones y su deber era supervisar que todo se hiciera correctamente.

Desde la ventana de su oficina contempló el ajetreo de la avenida César Augusto, un enclave céntrico que hacía alusión al nombre del fundador de la ciudad y que discurría desde la Puerta del Carmen hasta el río Ebro. Por las mañanas solía estar muy concurrido. Al Mercado Central acudían de madrugada pequeños comerciantes que se llevaban el género en furgonetas, y a primera hora, amas de casa que buscaban productos de calidad a buenos precios. Más tarde, la calle se convertía en un hervidero de repartidores y ejecutivos que iban de un lado a otro haciendo aspavientos y hablando con el manos libres. De vez en cuando, también aparecían grupos de turistas que recorrían la avenida y se detenían ante el palacio de los Luna o la iglesia Santiago el Mayor.

Una paloma se posó en el alféizar y al batir las alas golpeó el cristal antes de salir volando. Quina, se echó hacia atrás instintivamente. Cuando era pequeña y visitaban Zaragoza, su madre compraba alpiste y ella y su hermana se lo daban a las palomas en la plaza del Pilar. Claudia se adueñaba de la bolsa y su madre acababa comprando otra para evitar la discusión. Ahora las detestaba. Las palomas eran portadoras de decenas de ectoparásitos y podían ser transmisoras de numerosas enfermedades. Eran animales muy sucios y sus excrementos corroían los tejados. Se adaptaban muy bien al medio urbano, por lo que era importante evitar las plagas con medidas preventivas estrictas. Le vino a la cabeza la imagen de las palomas muertas colgando del manillar de su bicicleta y se esforzó por centrarse en el expediente.

Quina esparció los documentos del caso sobre su mesa. La escabiosis, coloquialmente conocida como sarna, la causaba un pequeño parásito llamado *Sarcoptes scabiei.* Era una enfermedad de la piel muy contagiosa y podía afectar a personas de cualquier raza y edad.

Leyó detenidamente los informes de la cárcel. Cuando los redactaron, la escabiosis afectaba a más de un centenar de internos, pero el número de infectados había aumentado durante el fin de semana. Se debía al ciclo vital del parásito.

El servicio sanitario había actuado con diligencia y los presos afectados estaban en aislamiento como medida preventiva. A pesar de todo, los últimos días no debían de haber sido fáciles en la prisión. La sarna era una enfermedad que generaba mucha inquietud y no era de extrañar que el director les hubiera pedido ayuda.

Dada la magnitud del brote, Quina decidió que acudiría al centro penitenciario. Hablaría con el director y el equipo sanitario y trataría de calmar los ánimos entre los funcionarios. Llamó a la secretaría de la cárcel para concertar la visita y se dio la vuelta para contemplar la pared.

El grafiti resultaba inquietante. Su secretaria se había encargado de avisar a la brigada de limpieza y esperaba que lo eliminasen cuanto antes. Quina estaba ensimismada cuando Vicente la telefoneó para que se pasara por su despacho.

—¿Qué tal estás? —preguntó Uriarte. En el perchero descansaban su gabardina y su sombrero. Sobre el escritorio, unos cuantos periódicos.

—He tenido mejores días.

—¿Has leído la prensa?

Quina negó con la cabeza. Ni siquiera le había dado tiempo de ponerse al día. Se había pasado toda la mañana intentando poner en orden su despacho.

—Mira, sales en el periódico. —Forzó una sonrisa mientras leía los titulares.

—¡Lo que me faltaba! —respondió abatida.

—No te vengas abajo, Quina. Yo también estoy preocupado —confesó—. Ha sido un duro golpe para el ISPGA. Las pérdidas económicas van a ser muy elevadas, tardaremos en recuperarnos, pero no podemos dejar que nos afecte.

—¿Se sabe algo de las vacunas que se llevaron?

—Ni rastro de ellas. Los centros de salud han empezado a llamar para preguntar qué va a pasar. Ni siquiera yo lo sé —suspiró—. No confío en que vayamos a recuperarlas, a saber a qué país irán a parar. Tendremos que comprar nuevas partidas. Y arreglar todo este desastre… La policía sigue con la investigación. El grupo de delitos telemáticos está por aquí revisando los equipos, ¿los has visto?

—Sí, al entrar.

—He estado dándole vueltas, Quina... ¿Crees que Montesinos y los suyos serían capaces de hacer algo así?

—Ni idea. ¡Ya no sé qué pensar!

12

Soledad Granados asomó la cabeza por la puerta entreabierta. Llevaba en la mano la mascarilla que le había dado la enfermera del control. La habitación estaba en silencio y el olor a hospital se mezclaba con el perfume que llevaba su amiga. Arturo estaba sentado en la cama, tecleando en su móvil. Paloma, en un sillón, hojeaba una revista con las gafas apoyadas en la punta de la nariz.

—Buenos días —dijo con tono alegre mientras se colocaba la mascarilla y entraba—, ¿cómo está el enfermo?

David le dirigió una mirada cansada y con un encogimiento de hombros contestó: «Bien». Paloma dejó la revista en la mesita y se levantó a recibir a su amiga con un abrazo.

—¡Qué alegría, Sole!

—Hola —saludó Arturo.

—Hola, chicos —contestó la mujer agitando una caja roja—, ¡he traído bombones!

—Muchas gracias —contestó su amiga.

—Estáis enganchados al móvil, ¿eh? —dijo Sole al comprobar que ni Arturo ni David le hacían el menor caso. Dejó la caja de bombones sobre una mesa más grande, la abrió y se comió uno—. ¿Queréis?

El chico negó con la cabeza y cerró los ojos. Arturo seguía centrado en la pantalla.

—¿Qué tal está? —preguntó Soledad en voz baja señalando a David.

Paloma se encogió de hombros.

—Ya lo ves. Han conseguido que le baje la fiebre, y esta madrugada le han hecho unas placas y le han sacado sangre para cultivos. No sabemos qué pensar… No nos han querido decir nada sobre la radiografía. Estamos esperando los resultados.

—¿Salimos a tomar un poco el aire?

Paloma asintió, se sentía angustiada entre aquellas cuatro paredes. La cafetería de la clínica tenía grandes ventanales y estaba al otro lado del aparcamiento. Cruzaron entre los coches y pidieron unos cafés.

En busca de algo de intimidad, se sentaron alejadas de varias mesas que estaban ocupadas. Las dos mujeres se conocían desde la infancia. Aunque ahora fuera socia de Arturo, pensó Soledad, antes que nada, ellas eran amigas. A Paloma le iría bien una charla.

Una vez acomodadas, Soledad observó a su amiga. Las raíces grises comenzaban a asomarse y el pelo rubio, siempre bien cuidado, se veía apagado y sin brillo. Tenía las ojeras marcadas y se notaba que estaba preocupada. Las últimas horas le pesaban como una losa.

Le explicó que David la llamó cuando los síntomas empeoraron porque Arturo no cogía el teléfono. —«Muy propio de él, a saber dónde se habría metido»— y entonces ella regresó a Zaragoza en apenas una hora. Habían pasado la noche en Urgencias.

Durante la madrugada, que se había hecho eterna, Paloma había cometido el error de buscar en Google información sobre los síntomas de David. Lo que había leído la había preocupado todavía más.

—Tengo un nudo en el estómago y en la cabeza un montón de pensamientos que me atormentan y no me dejan pensar con claridad. ¿Qué me está pasando, Sole? Me estoy volviendo loca.

—Paloma, lo más sensato es esperar a que os den los resultados —argumentó la otra tratando de tranquilizarla.

—¿Y si todos esos artículos tienen razón? —Con gesto nervioso, Paloma se colocó las gafas en la cabeza como si fueran una diadema y luego volvió a colocárselas sobre la nariz—. Aún no he asumido lo de Íñigo y ahora esto…

—¿Íñigo?

—El amigo de David, ¿no te has enterado?

Paloma suspiró. El joven había tenido un accidente de patinete y había fallecido en el acto. David y él eran inseparables y su hijo estaba muy afectado desde que se enteró de la noticia. Ella tampoco podía quitarse de la cabeza la voz de la madre de Íñigo cuando la llamó para darle el pésame. Estaba rota de dolor.

—Son dos casos distintos, Paloma —trató de tranquilizar a su amiga—. No te pongas en lo peor.

Pero no era tarea fácil. Su preocupación iba más allá. El día del accidente, Íñigo tenía fiebre, y la policía sospechaba que le ocurrió algo. Estaban pendientes de los resultados de la autopsia. Por Dios, ¿qué estaba pasando? ¿Y si ella también perdía a David? ¿Qué sería de su vida? ¡No quería pensarlo!

Soledad la escuchaba en silencio. Al rato, cuando su amiga se hubo calmado, le preguntó:

—¿Has dormido?

Paloma negó con la cabeza.

—No lo consigo por más que lo intento. Pero estoy bien, Sole.

—Quizá deberías comentárselo al médico, podría darte alguna pastilla. No puedes estar sin dormir muchos más días.

—No quiero. Prefiero estar alerta, mi hijo me necesita.

—Tienes razón, pero te necesita fuerte. Os necesita fuertes. ¿Cómo lo lleva Arturo?

De repente, la expresión abatida de Paloma cambió por completo y se volvió dura y fría en un instante.

—Igual puedes decírmelo tú, porque últimamente apenas lo veo —respondió tajante. El agotamiento le estaba pasando factura. Paloma nunca hablaba de los problemas de su matrimonio. Soledad permaneció en silencio, atónita—. Va del trabajo al gimnasio y casi no nos vemos, ya no sé qué pensar. Dice que tiene negocios muy importantes entre manos, ¿es cierto?

—Sí. Es cierto. ¿Por qué lo preguntas?

—Perdona, Sole —susurró. Se quitó las gafas y se masajeó el puente de la nariz en los puntos donde las plaquetas le habían dejado sendas marcas—. Siento haber sido tan grosera, tú no tienes la culpa.

—Amiga, no tienes que disculparte, entiendo tu preocupación, estás pasándolo mal con David. —Se aclaró la garganta y continuó—. Ahora tenemos mucho trabajo en BCG, estamos pendientes de un contrato público que supondrá mucho dinero y también de unos mexicanos. Arturo está coordinándolo todo, y ya sabes lo insufrible que se pone Héctor con las negociaciones.

Paloma bajó la mirada hacia su taza de café.

—Estoy asustada.

Soledad rebuscó en el bolso, sacó un paquete de tabaco y lo agitó.

—¿Como en los viejos tiempos?

Las dos amigas salieron al aparcamiento y encendieron un cigarrillo para recordar la época en la que tenían que esconderse porque eran demasiado jóvenes. Ahora todo había cambiado y fumar no estaba bien visto. Pero a ellas, en esos momentos, no les importaba nada.

EPIDEMIOLOGÍA ERA UNA sección extraña. Había momentos en los que los teléfonos no paraban de sonar y era imposible concentrarse, y ratos en los que solo leían informes y protocolos. Álex miró a su alrededor: todas las compañeras parecían concentradas en sus pantallas, no quería interrumpirlas. Había estado toda la mañana preguntando dudas y se sentía un poco impertinente.

—¿Necesitas algo? —preguntó Pepa, siempre atenta a todo lo que le ocurría.

La joven negó, sonriente, aunque estaba nerviosa y no podía dejar de pensar en Eliana. Le habría encantado poder gritar a los cuatro vientos lo que sentía por ella, pero era demasiado pronto, y posiblemente no todo el mundo lo entendería. A ella le daba igual. Hacía años que había superado los susurros y los comentarios a sus espaldas cuando alguien se enteraba de que le gustaban las mujeres. Hubo una época en la que las habladurías le habían causado mucho sufrimiento. Un tiempo en el que hubiera querido ser otra persona, incluso desaparecer. Pero ahora se sentía fuerte y segura de quién era. Le había costado mucho, pero lo había conseguido al fin.

—Mira, Álex, acabo de terminar el informe de este caso. Voy a pasárselo a Quina para que dé su visto bueno y lo firme. ¿Quieres leerlo antes?

Cogió el expediente y lo abrió. Al cabo de unos minutos, estaba tan concentrada en la lectura que cuando sonó el teléfono dio un respingo en la silla. Se recolocó unos mechones rebeldes, se ajustó el auricular y descolgó. Por fin un poco de marcha.

—Vigilancia Epidemiológica.

—Buenos días, te llamo de la clínica Santa Elena. Soy Pilar.

Álex reconoció la agradable voz de la doctora preventivista con la que había hablado la semana anterior.

—Buenos días, doctora Bustamante.

—Llamaba para notificar un caso de neumonía en un chico de dieciséis años.

Álex cogió aire y colocó las manos sobre el teclado.

—¿Nombre completo?

—David Bueno Salazar.

Dudó si pasarle la llamada a Pepa o a otra compañera con más experiencia, pero miró de reojo y todas parecían muy ocupadas, así que empezó a anotar la información en la base de datos tal y como le habían explicado. Tras registrar los datos personales, continuó con los datos médicos:

—¿Qué síntomas presenta?

—El chico lleva veinticuatro horas con síntomas de infección respiratoria y escalofríos. Cuando llegó a Urgencias tenía fiebre alta y tos —continuó la doctora—. Le hemos hecho varias analíticas, hemos recogido esputo y estamos a la espera de los hemocultivos.

—Además de la fiebre y la tos, ¿presenta algún otro síntoma?

—Hemoptisis.

—Dices que lleva un día con síntomas.

—Sí, sus padres dicen que empezó a tener fiebre durante el fin de semana. Pensaron que eran simples síntomas catarrales y no le dieron mayor importancia. También se tomó por su cuenta un par de antihistamínicos, pensando que tenía alergia.

—Mmm —murmuró Álex—, espera un momento.

La gente se automedicaba con demasiada ligereza. Abrió una pestaña en el navegador y se introdujo en la historia clínica de David para comprobar algunos datos.

—Las radiografías de tórax muestran una neumonía bilateral —dijo la doctora—. Hemos empezado con antibióticos de amplio espectro hasta que tengamos los resultados del antibiograma y detectemos el agente causal.

—¿Qué antibiótico le habéis pautado?

—Tetraciclina. También le hemos hecho la prueba de la tuberculina.

Álex anotaba todo lo que la doctora le comentaba. Tendría que consultar los pasos a seguir, pues no tenía muy claro qué protocolo debía aplicar si todavía no se conocía el agente causal. Determinar si el origen era vírico o bacteriano resultaba imprescindible para aplicar unas medidas u otras.

—¿Resultado?

—Se la hicimos ayer por la noche, así que mañana a última hora tendremos los resultados.

—¿Estaba vacunado contra la tuberculosis?

—No.

En España la vacunación sistemática contra la tuberculosis se había abandonado en 1980 por ser una enfermedad poco frecuente. Pero, aun así, ante una neumonía de origen desconocido y una tuberculina positiva siempre había que asegurarse y preguntar.

—¿Podrás enviarme la placa de tórax? No la veo en su historia —le pidió Álex.

—Estoy intentándolo, pero no se carga —dijo la doctora Bustamante mientras aporreaba disgustada el teclado. Era de las pocas personas que echaba de menos los tiempos en los que se enviaban las imágenes por fax. Le quedaban un par de años para jubilarse y no se había adaptado a las nuevas tecnologías.

Álex sonrío, intuía que a la preventivista no le había resultado fácil aprender a manejar el programa que ella había dominado en media mañana. El sonido amortiguado de una campanilla le indicó que había recibido el archivo con la placa y se alegró por su compañera.

—Acaba de llegarme, doctora —confirmó Álex.

Echó un vistazo a las imágenes. Guardó los documentos y continuó completando los datos. La doctora añadió los resultados de la última analítica: recuento de leucocitos de más de 10 000/mcl, con numerosos neutrófilos inmaduros. Habían hecho varias pruebas en busca del microorganismo que podría haber infectado a David, y compartió con Álex algunas sospechas. Tendrían que hacer un diagnóstico diferencial y mantener al joven en aislamiento estricto por si se confirmaban sus sospechas.

Álex sintió un escalofrío y en cuanto colgó se levantó para buscar el protocolo. Si se confirmaba la presencia del bacilo que tenían en mente, tendrían un gran problema.

13

UNA VEZ EN su despacho, Eliana Lysander se tomó unos minutos para reflexionar. La visita a María la había dejado preocupada. El comportamiento del agresor indicaba confianza en sí mismo, familiaridad con el entorno y una pauta de actuación. En resumen, no era la primera vez que agredía a una mujer.

Y no sería la última.

Dejó sobre la mesa los expedientes de todos los casos de agresores sexuales con un *modus operandi* similar. Los habían revisado por encima y los habían descartado por diferentes motivos: cumplían condena, tenían coartada o habían demostrado que vivían lejos de Zaragoza. La conclusión no podía ser más desalentadora: no estaba fichado.

No obstante, María les había dado un detalle importante, un hilo del que tirar: era extranjero. Posiblemente inglés, aunque podría tener cualquier otra nacionalidad y que María hubiera confundido el acento.

Llamaron a la puerta y se asomó una cabeza pelada. Era el subinspector Salcedo.

—Lysander, el café ya está preparado, ¿te vienes?

Eliana lo miró. Todavía se sorprendía de que el equipo estuviera tan unido. Solían empezar el turno con una reunión para hablar de los casos que tenían entre manos. Ella repartía las tareas, daba instrucciones y coordinaba las actuaciones. Así lo hacían con el anterior inspector y ella había continuado la costumbre.

El inspector al que sustituía en el cargo se había jubilado. Todos los comentarios que había escuchado sobre él eran muy positivos, una prueba más de que era un buen jefe.

—Buena idea. —Eliana lanzó un suspiro. En el fondo, deseaba meterse de lleno en los expedientes para asegurarse de que no se les escapaba nada, pero sabía que era importante reunirse con su equipo.

El *office* improvisado consistía en una pequeña habitación con estanterías llenas de libros. En esos momentos, en una de ellas una cafetera de filtro goteaba café e impregnaba la habitación con su aroma. Una mesa redonda y unas cuantas sillas completaban el mobiliario.

—Chicos, vengo con la jefa, así que comportaos —anunció Salcedo a sus compañeros. Los cuatro policías la saludaron con una media sonrisa. Uno de ellos sacó una silla y se la ofreció. El subinspector, como todos los días, se sentó a su lado y, cuando el café estuvo listo, le sirvió una taza y le acercó el azucarero mientras el resto de compañeros hablaban de las series y películas que habían visto esa semana. A Eliana no le sonaba la serie que estaban comentando ese día, pero reconoció que aquellas conversaciones distendidas con un café en la mano eran una de las claves del buen ambiente que había en el equipo.

Desde que había llegado, Lysander pasaba mucho tiempo en su despacho para ponerse al día, y a excepción del subinspector Salcedo, apenas hablaba con nadie. Aquellos ratos la ayudaban a conocer un poco mejor a sus compañeros.

Le resultaba curioso que la mayoría siguiesen series policiales. Ella no las soportaba, siempre veía fallos argumentales y mostraban un entorno policial hollywoodiense que poco tenía que ver con la realidad del día a día. ¿Dónde estaba la burocracia asfixiante a la que se enfrentaban? ¿Y las horas leyendo expedientes que luego no servían para nada? Esos detalles nunca salían en las películas porque no interesaban a nadie, pero en la vida real, era lo que más tiempo les robaba.

Eliana miró la hora en su móvil: en menos de un minuto todos se callarían. Así lo tenían establecido, diez minutos de cháchara y luego se centraban en el trabajo. Diez minutos exactos desde que el café estaba listo, ni uno más, ni uno menos. Funcionaban como un reloj suizo.

—Inspectora, ya tenemos la lista de los trabajadores que esa noche estuvieron en la discoteca donde se conocieron María Moreno y el agresor —dijo el agente Martínez mientras daba un sorbo a su café con leche—, básicamente camareros y guardias de seguridad.

—Hablaremos con todos ellos y también con la pareja que dio el aviso a la policía. Son los únicos testigos y, con un poco de suerte, pueden darnos más pistas. —Eliana cruzó las piernas. Aunque todos aparentaban normalidad, cuando se dirigían a ella lo hacían con respeto. Se palpaba la tensión en el aire, como si tuvieran miedo de hacer algo mal o de molestarla. Suponía que eso cambiaría con el tiempo. De momento se estaban conociendo, los miembros del equipo la observaban con atención y procuraban ser prudentes. Ella, por su parte, actuaba con precaución, aunque fuera la jefa era la última que había llegado al grupo y tenía que adaptarse.

—Lo tenemos que coger antes de que vuelva a hacerlo —dijo Escriche, la otra mujer policía del grupo, levantando la vista del informe que estaba leyendo.

Estaba de acuerdo. El intento de violación a María Moreno era su primer caso importante en Zaragoza y nada deseaba más que echarle el guante a aquel tipo. Se tomaba de un modo muy personal las agresiones sexuales. Sabía que en otros tiempos apenas se les había dado importancia a esos delitos, pero, por suerte, todo estaba cambiando, y Eliana les daba el seguimiento que merecían. Además, cada vez había más conciencia dentro del cuerpo de policía y los protocolos estaban más adaptados para proteger a las víctimas.

—Este es el informe de urgencias de María, no he encontrado nada de interés —informó Escriche mientras dejaba las hojas en la mesa—, solo que la chica llegó con una crisis de ansiedad y en estado de *shock*.

—Hablad con los médicos que la atendieron por si saben algo que no hicieran constar en la historia.

Por muy acostumbrados que estuvieran los médicos a redactar informes, siempre había apreciaciones que no se expresaban por escrito.

—Inspectora, si le parece bien, podemos reunir a los trabajadores en la discoteca y tomarles declaración allí mismo —propuso Salcedo.

Eliana asintió, era una buena idea que les ahorraría mucho tiempo.

—Martínez, quiero que volváis a interrogar a los testigos y que estudiéis todo lo que tenemos hasta ahora sobre el caso. Escriche, vosotros dos hablad con el equipo que estaba de guardia en el hospital. Llamad y preguntad a todas y cada una de las personas que atendieron a María esa noche.

—¿También celadores?

—A esos, los primeros. A veces a los celadores se les cuentan más cosas que a los propios médicos. Salcedo, ¿te encargas de coordinar la reunión con los trabajadores de la discoteca?

—Me pongo con ello.

—De acuerdo, si hay novedades, me avisáis. Estaré en mi despacho revisando los expedientes de casos antiguos.

Lysander necesitaba calmarse y coger fuerzas. Le esperaban varias horas de lectura intensa. Habían recopilado los casos de agresiones sexuales cometidos en la ciudad en los últimos cinco años. Quizá más adelante tendrían que ampliar la búsqueda a diez años, pero para empezar tendría suficiente.

La policía no trataba con temas agradables, pero este es uno de los que más la incomodaba. Quizá por su pasado, o porque no lograba mostrarse hermética. Si quería ayudar a la víctima, sabía que le convenía ser lo más objetiva posible. Cuando uno se dejaba llevar por las emociones, las cosas no solían salir bien y se cometían errores.

Se sentó frente a la pila de carpetas amarillas, pero antes de coger la primera, sacó su móvil. Consultó los mensajes de WhatsApp. Leyó el último mensaje de Álex y abrió la foto.

Era del viernes. Ella tenía la tarde libre y Álex se había ofrecido a hacer de guía y enseñarle el recinto de la Expo, situado en el meandro de Ranillas, en la ribera del Ebro. A Eliana no le apetecía mucho, pero había aceptado a regañadientes ante la insistencia de la otra, que opinaba que una inspectora eficiente debía conocer bien la ciudad donde trabajaba.

—¿Vas bien abrigada? —le preguntó al bajar del tranvía frente a los estudios de la televisión autonómica.

—Claro, ¿por qué lo preguntas?

—Iremos paseando por la ribera, hará frío.

Caminaron durante treinta minutos por un camino paralelo al río hasta la pasarela del Voluntariado, un puente peatonal que atravesaron para contemplar las espectaculares vistas de la ciudad.

—¿Echas de menos León?

Eliana se encogió de hombros. Eran tantos los cambios que se habían producido en su vida en los últimos tiempos que no podía distinguir qué era lo que echaba exactamente de menos.

—¿Y tú? ¿Alguna vez has vivido fuera de Zaragoza?

—Nunca, pero no lo descarto. Me gustaría vivir en una ciudad con playa.

—¿Como Alicante?

—O Cádiz.

Eliana había vivido en Alicante hasta los tres años, pero apenas recordaba la ciudad. Era un lugar al que tarde o temprano tendría que volver, pero no era el momento de pensar en ello.

Ya en el recinto de la Expo, dejaron atrás el Palacio de Justicia y llegaron a la plaza del Palacio de Congresos.

—Esa es mi escultura favorita —dijo Álex señalando una enorme figura humana de más de doce metros de altura formada por letras de acero inoxidable entrelazadas— Se llama *El alma del Ebro* y es de Jaume Plensa. ¡Vamos!

Álex miró a su alrededor; la explanada estaba vacía. Se coló dentro de la figura y se tumbó en el suelo.

—¿Estás loca?

—Ven, túmbate, está limpio —insistió señalando el asfalto.

Eliana miró alrededor, vio a lo lejos una familia que cruzaba la plaza y a regañadientes se echó tan larga era junto a ella.

—Mira, tienes que buscar letras unidas que formen una palabra, quien encuentre la palabra más larga, gana.

A la inspectora le parecía un juego ridículo, pero también le hacía gracia que Álex lo encontrara entretenido.

—GOMA —señaló Álex—. ¿Lo ves? La G, luego la O… ahí está. ¿Tú has encontrado alguna palabra?

Eliana soltó una carcajada, aquella situación era absurda.

—No te rías —dijo satisfecha—, de momento, te gano. Pero verás… —Sacó el móvil y tomó una instantánea de las letras—. Puedes llevarte esta foto y, cuando te aburras en casa, te dedicas a buscar palabras.

La otra la miró sorprendida, ¿qué clase de entretenimiento era ese?

—A ver, ¿me enseñas la foto? —le pidió.

Las dos mujeres se acercaron al teléfono y las cabezas chocaron ligeramente. Sin ser conscientes de lo que hacían, se miraron a los ojos y se dieron un beso furtivo.

—Tengo que irme —dijo Eliana levantándose.

Y ahora estaba en su despacho, viendo por enésima vez la instantánea que había tomado Álex desde el interior del hombre de letras. Sonreía porque no encontraba ninguna palabra para ganarle a su «GOMA».

14

Los días se acortaban en invierno. Cuando Santi llegó a casa, ya había anochecido a pesar de que no eran ni las siete de la tarde. Quina y él sacaron a pasear a *Charco*. El ambiente era húmedo y soplaba una brisa heladora.

—El mes que viene es el cumpleaños de mi madre —dijo Santi.

—Todavía falta mucho —contestó Quina, cortante.

—Me gustaría ir a comer con ellos.

—Claro.

—Los dos.

Quina lanzó la pelota a *Charco*.

—¡Vamos, *Charco*! —gritó.

—¿Me has escuchado? ¿Quina?

—¿Qué?

—Te estoy hablando. ¿Puedes dejar de mirar al maldito perro y contestarme?

—¿Qué quieres?

—Me gustaría que vinieras al cumpleaños de mi madre, eso es todo.

—Ya lo hemos hablado, Santi, no me gustan las comidas familiares.

—Sí, lo sé. Te gusta que nuestra relación sea «solo nuestra» —la parodió Santi imitando una de sus frases. —A mi madre le encantaría que fueses a su comida de cumpleaños.

—Los domingos solemos quedar con Hugo.

—Podemos ir después. —Santi empezaba a darse por vencido. Su novia era demasiado testaruda—. Para mí, Hugo es muy importante. Me gustaría que mi familia también lo fuese para ti.

Aquel comentario desató la furia de Quina. Era un chantaje emocional en toda regla y odió que la pusiera entre la espada y la pared. No iba a aguantar que nadie le dijese lo que tenía que hacer. Utilizar a Hugo había sido un golpe bajo.

—¡No metas a mi sobrino en esto!

—¡No se trata de tu sobrino! Se trata de nosotros, ¿no te das cuenta?

—¿Y tú no te das cuenta de todo lo que está pasando?

—¡Claro que sí! Pero te encierras en ti misma y no sé cómo acercarme. No sé si estás preocupada, si te pasa algo.

—¡Ya lo sabías, Santi! Te lo dije desde el principio. ¡Solo nosotros dos!

—Las personas cambian.

No le contestó, pero ella sabía que las personas no cambiaban. Cambiaban las circunstancias, y a veces, las personas se resignaban, pero nunca cambiaban. Y a Santi era complicado hacérselo entender; con él, le costaba encontrar su propio espacio. Lo quería, sí, pero no le gustaba tener que hacer cosas por obligación, y desde que su hermana ya no estaba, odiaba las reuniones familiares. ¿Tanto costaba entenderlo? Simplemente, no se sentía cómoda. Era como si tuviera que fingir que todo iba bien, cuando en realidad sentía que ya nunca iría bien. Por otra parte, y aunque nunca lo admitiría, todavía le dolía el recuerdo de su relación con Manuel.

Cuando Quina terminó Medicina, Manuel organizó una escapada a París. Había sido una sorpresa y ella la recibió con entusiasmo, necesitaba un tiempo para relajarse y dejar atrás la tensión de los últimos meses de carrera. Mientras paseaban por Montmartre, él, en un arrebato romántico que ella no se esperaba, le regaló un anillo de compromiso que la dejó boquiabierta. Se sintió como en una película y aceptó. A la vuelta del viaje, la pareja anunció su compromiso y se fueron a vivir a un pequeño ático que tenían los padres de Manuel.

Estar con él significaba una vida tranquila y eso le encantaba. Por primera vez en su vida, Quina podía dejarse llevar y no tenía que tomar todas las decisiones.

Cuando tuvo que elegir la especialidad, a Manuel le hubiera encantado que Quina fuera pediatra. Le parecía una especialidad con prestigio y de la que podría presumir. Sin embargo, ella tenía pánico a tratar a los niños. Le tocó ver a algunos durante sus prácticas en Urgencias y lo pasó fatal. Cuando veían una bata blanca o los auscultaba, chillaban y lloraban desconsolados. Ella no podía evitar angustiarse. Cuando tenía que tratar a algún niño con cáncer se le cerraba el estómago. No podía comer ni dormir y sufría pesadillas durante días. Admiraba la entereza de los compañeros que trabajaban en la planta de oncopediatría y se preguntaba cómo podían sobrellevar aquellos casos tan duros. ¿Estarían hechos de otra pasta?

Desde el principio tuvo claro que la pediatría no era para ella. Así que, a pesar de la oposición de su novio, estudió la especialidad de Preventiva y Salud Pública, una rama de la Medicina que le había gustado en las prácticas.

Los preparativos de la boda coincidieron con el último año de residencia. Fueron unos meses bastante duros. Además de las guardias en el hospital, estaban las rotaciones por los distintos servicios y las sesiones de casos que Quina tenía que presentar ante sus compañeros. Se esforzaba y se dejaba la piel cada día en el hospital y, por si eso fuera poco, tenía la sensación de que solo ella se encargaba de todos los preparativos de la boda. Conforme se acercaba la fecha, los nervios se fueron apoderando de la pareja. Discutían por todo.

Harto de perder los estribos, Manuel decidió por su cuenta que necesitaban ayuda y contrató a una empresa especializada en organizar bodas. A Quina le pareció una gran idea, siempre que fuera él quien pagara las facturas, pues su sueldo de médica residente no alcanzaba.

El día de la ceremonia, Zaragoza amaneció espléndida. Manuel y Quina se casaron en la iglesia de Santa Engracia. El banquete de bodas lo celebraron en el Gran Hotel, el mismo en el que se alojaban los novios y los invitados que vinieron de fuera.

Todo fue según lo previsto hasta el momento en que sacaron la tarta. Los novios estaban posando para el fotógrafo cuando el abuelo de Manuel se llevó las manos al pecho y cayó fulminado. Tras unos instantes de desconcierto, los invitados reaccionaron armando un enorme revuelo en el salón. Quina y algunos colegas del hospital intentaron reanimar al abuelo con fuertes compresiones en el pecho, pero cuando llegó la ambulancia, los sanitarios solo pudieron certificar su muerte.

Fue necesario distribuir ansiolíticos entre los invitados. Todos estaban en *shock*. La fiesta y alegría del enlace dieron paso a un escenario dramático.

Unos días después del entierro, la familia insistió en que la pareja hiciera el viaje de novios. Al fin y al cabo, la luna de miel estaba pagada y ya nada podían hacer por el abuelo. A regañadientes, subieron al avión y cruzaron el Atlántico fingiendo que serían capaces de olvidar lo sucedido.

No fue así.

Apenas dos años después ya estaban separados y ella vivía sola en un país nuevo. Inglaterra iba a darle la oportunidad de volver a empezar.

Todo eso formaba parte de su pasado. Y ahora que la vida le ha había devuelto a Santi, también regresaban las dudas. Vivían juntos, ¿qué más quería? Siempre le pedía más y ella empezaba a sentirse acorralada.

No la dejaba respirar.

Héctor Cantero leía frente a los ventanales de su casa cuando el timbre de la puerta lo interrumpió. Se levantó con desgana y fue hasta el telefonillo. En la pantalla reconoció el cabello pelirrojo de su sobrino Tanner. Abrió la puerta a regañadientes y se anudó el cinturón de la bata. Cuando el joven entró, lo obligó a restregar sus zapatos en la alfombrilla de la entrada y le ofreció una taza de café.

—No me gusta el café —refunfuñó Tanner mientras daba vueltas por el salón.

Héctor se acomodó en el sillón, al lado de la mesita donde había dejado el ejemplar de *El cementerio de Praga*.

—¿Qué tal estás, sobrino? Tienes mala cara —dijo con parsimonia.

—¡Creo que estoy enfermo! —dijo alterado desde el otro lado de la habitación.

—¿Qué te ocurre?

—¡Algo grave! ¡No lo sé! Tengo fiebre. Me he contagiado en el laboratorio gracias al puto fallo del *software*, ¿has visto esto? —Se sentó frente a Héctor y señaló una costra negra. Tenía mal aspecto—. ¡Joder!

El joven golpeó la mesa y la taza de café bailó sobre el plato. Cantero rio con una sonora carcajada y Tanner lo fulminó con la mirada. A su tío le gustaba humillarlo. Si hubiera podido, lo hubiera cogido del cuello y lo hubiera abofeteado. Pero recordó el dinero que le enviaba todos los meses a su madre y se contuvo.

Le vino a la mente la imagen del chico de la fiesta de fin de curso y sonrió. Por un momento deseó hacerle lo mismo a su tío. Fue en el penúltimo año del instituto. El curso acababa con una fiesta en la que se elegían a los reyes del baile. Tanner deseaba ser el elegido, pero no tuvo suerte. En su lugar escogieron a un chico de su clase. Un engreído con el pelo engominado y dientes de caballo.

El muy estúpido se pavoneó y se rio de él cuando se lo encontró en el baño y Tanner le propinó una paliza. Lo dejó inconsciente. Le había dado su merecido, le dijo a la policía. No iba a permitir que nadie lo humillara de aquella manera. Además, el muchacho era un gallina, iba de chulito y no había aguantado ni un par de patadas. También se había orinado encima. Tuvo que tener cuidado de no mancharse cuando pasó por encima de él y cogió la corona, que había salido despedida con el linchamiento. Se la puso en la cabeza y se miró en el espejo, a él le quedaba mucho mejor.

Salió del baño como si no hubiera pasado nada y bailó con desenfreno en medio de la pista. Era el auténtico rey del baile. Cuando descubrieron al muchacho inconsciente en el suelo, la fiesta se acabó y llamaron a la policía y a una ambulancia.

Después de unas semanas en el hospital, el chico tuvo suerte y se recuperó de los golpes. Los padres, atendiendo las súplicas de la madre de Tanner, no lo denunciaron. A cambio, tuvo que trasladarse de instituto y no acercarse jamás al otro chico. Tanner nunca entendió aquel trato, él era el único que había salido perdiendo. El chico estaba bien, solo había sido una pelea que él había ganado. No entendía por qué todos se habían puesto así.

—Contagiarse era una posibilidad. Podrías habértelo imaginado, eres microbiólogo, estas cosas pasan. Pero no te preocupes, muchacho, mucha gente tiene tuberculosis —aseguró Héctor—. Pero has podido contagiarte en cualquier lugar. Los autobuses públicos van llenos de gente pobre y enferma. Te he dicho mil veces que es preferible ir andando a los sitios que juntarse con esa chusma.

—¡No me jodas, tío, los dos sabemos lo que pasó! No me he contagiado en el autobús. Me he contagiado por el escape de la cámara K18 del laboratorio.

—¡Cállate! —Héctor abofeteó a Tanner con un movimiento rápido. A pesar de que los años no pasaban en balde, seguía estando ágil—. ¡No te atrevas a decirlo en voz alta! Ese fallo nunca sucedió, ¿recuerdas? Si alguien se entera de la fuga, toda la reputación de BCG se irá al garete y con ella los contratos millonarios que tenemos entre manos. Nos jugamos demasiado, ¿te enteras? ¡Cualquier puta ha podido contagiarte! —bramó—, así que no digas estupideces. Lo que tienes que hacer es tener cuidado.

Tanner lo miró con gesto interrogante.

—¿Crees que no sé a lo que te dedicas por las noches?

—¡A lo mejor deberías hacer lo mismo y así se te quitaría esa cara de amargado que tienes! —Sentía tanta rabia que escupía al gritar.

Héctor retrocedió y rio histérico, aunque el tema no era una broma. Si el idiota de su sobrino iba contagiando por ahí una cepa agresiva de tuberculosis, las consecuencias podían ser muy graves.

Tanner trató de calmarse. Estaba atado de pies y manos. Desde que su padre desapareció, Héctor mantenía a su madre, y su trabajo en el laboratorio dependía de él. Le hubiera encantado devolverle el golpe, pero debía contenerse, porque de lo contrario sería su madre quien lo pagaría.

—¡No lo entiendes, tío Héctor! ¡Solo te preocupa el maldito *software*! Para tu tranquilidad, que sepas que no me he acostado con ninguna mujer desde que empecé con los síntomas. Estamos hablando de mi salud, y tú podrías preocuparte un poco por mí ¡Soy tu sobrino y estoy enfermo! —chilló Tanner.

—¡No seas llorón! En España la tuberculosis se cura. Toma los antituberculosos y punto. No vas a morirte.

—¡Qué fácil es para ti! —. «Ojalá fuera tuberculosis», pensó Tanner.

—Solo tienes que tomarlos y descansar. No te conviene alterarte, chico. Ahora márchate, o vas a contagiarme a mí también —dijo alejándose.

—¿Me estás echando?

—¿No querrás que yo también me contagie? Es solo por prevención. —Héctor le señalaba la puerta para que se fuera—. No vuelvas hasta que estés bien.

Héctor hizo aspavientos mientras Tanner lo miraba, incrédulo. Cuando estaba cerca de la puerta, le dio un pequeño empujón, lo sacó al pasillo y cerró la puerta tras de sí. Estaba seguro de que Tanner sabría arreglárselas. Abrió las ventanas para ventilar la habitación y se lavó las manos. Odiaba que lo interrumpieran cuando estaba leyendo.

15

Martes, 20 de noviembre

El día era gris. El cielo estaba cubierto de nubes del color del cemento, pero a Quina le gustaba conducir con gafas de sol. Colgando del retrovisor, una cinta de la Virgen del Pilar se movía con el traqueteo de la vieja Peugeot de color blanco, el único vehículo disponible aquella mañana en el parque móvil del ISPGA.

A su lado, Álex observaba el paisaje en silencio. No había tenido mucho tiempo para hablar con ella, pero parecía que se estaba integrando muy rápido. Las compañeras habían asegurado que mostraba mucho interés.

—¿Qué tal tus primeros días? —preguntó Quina cuando ya habían salido de la ciudad.

—Bien. Aunque me queda mucho por aprender.

—Es normal. En nuestro trabajo siempre hay cosas nuevas, todos estamos aprendiendo continuamente. He visto en tu currículum que llevas varios años trabajando en el Departamento de Sanidad —comentó Quina.

—Sí, aunque el trabajo en cada sección es muy diferente.

—Ya, me imagino. —Desde que regresó de Londres, Quina solo había trabajado en Epidemiología. Ya no recordaba lo que suponía cambiar de lugar de trabajo, pero sabía que los comienzos nunca eran fáciles. En condiciones normales, hubiera estado más atenta a la incorporación de Álex, pero en los últimos días el asalto al Instituto y el robo de las vacunas habían acaparado toda su atención.

—Quina, con todo el jaleo que tuviste ayer, no quería molestarte, pero me gustaría comentarte algo de un caso. Ayer llamó la doctora Pilar Bustamante, ¿la conoces, no?

Su jefa asintió sin desviar la vista de la carretera.

—Tienen a un chico ingresado en la clínica. David Bueno. Dieciséis años. Ingresa por neumonía bilateral de origen desconocido con síntomas graves de inicio brusco. Están pendientes de confirmar el bacilo, de momento le han dado tetraciclina y lo han dejado en aislamiento estricto.

Quina no le respondió. Estaba concentrada en repasar mentalmente todas las opciones de virus y bacterias que podían causar neumonía bilateral en un joven de forma tan brusca cuando un cartel les anunció que estaban cerca del centro penitenciario y se colocó en el carril de acceso.

—¿Has estado alguna vez en una cárcel? —preguntó Quina. Aunque había visitado varias veces aquella prisión, siempre se sentía incómoda.

—No.

—La primera vez impresiona un poco.

Salieron de la carretera por un ramal que señalaba el centro penitenciario y avanzaron unos dos kilómetros por una carretera de grava. Detuvieron el coche junto a la garita de vigilancia y esperaron. Un guardia civil salió a recibirlas y les pidió la documentación.

—Doctora Larrea, la estábamos esperando —dijo después de comprobar los carnés de identidad—. Pasen.

El guardia le hizo una señal al compañero que permanecía dentro de la caseta y la verja se abrió. En el cielo se estaba formando una tormenta. Las nubes se volvieron más oscuras y enrarecieron el ambiente. Sonó un trueno lejano. Quina tuvo un mal presentimiento cuando puso en marcha el vehículo.

La vigilancia de los pabellones de los presos se establecía desde cuatro torres situadas en sendas esquinas. Quina imaginó a los guardias armados y sintió un escalofrío. ¿Qué nivel de alerta mantendrían allí arriba? No podía imaginar la tensión de tener que observar durante horas con un arma en la mano.

Aparcó frente al edificio de tres plantas donde se situaban las oficinas de la prisión. Era el único lugar del recinto que a Quina le daba cierta tranquilidad.

—¡Doctora Larrea! —Dos funcionarios ataviados con pantalón oscuro, camisa blanca y corbata salieron del edificio.

—Buenos días.

Tras unas palabras de cortesía, Quina abrió la puerta trasera de la Peugeot y los funcionarios cogieron las dos cajas que ocupaban todo el maletero. Siguieron a los hombres y entraron en el edificio justo cuando comenzaban a caer con fuerza las primeras gotas.

Atravesaron el control de seguridad y las escoltaron por un laberinto de pasillos hasta el despacho del director de la prisión. Álex observaba en silencio.

El despacho del director era una habitación diminuta en la que se concentraba un desagradable olor a rancio. A juzgar por el hedor, el pequeño ventanuco no se abría a menudo. El papel de las paredes se veía amarillento. Los cuadros, descoloridos.

Encima de la mesa se amontonaban folios y carpetas de forma caótica. En medio de todo el revoltijo de papeles, asomaba un plato con trozos de pan y restos de comida reseca. A Quina se le revolvió el estómago. Intentó mantener la compostura y mostrarse amable.

—Buenos días, señor Sánchez, soy la doctora Larrea. Ella es Orduño, de mi equipo.

Antonio Sánchez extendió la mano y las observó de arriba abajo. Era un hombre gordo con cara de pocos amigos. Bajo los ojos, unas bolsas abultadas le daban el aspecto de estar cansado de forma permanente. Respiraba con dificultad a través de una nariz bulbosa y tenía los dientes diminutos y amarillentos.

Sin levantarse de la silla, el hombre las invitó a sentarse. Apoyó las manos sobre las carpetas que tenía frente a él y miró a Quina fijamente.

—Como ya le comenté por teléfono, doctora Larrea, la situación se nos ha ido de las manos. La sarna se ha extendido y afecta a un gran número de internos y trabajadores. El problema es que no tenemos tratamiento para todos. Hoy ya han dado la noticia en la radio y posiblemente mañana salgamos en el periódico. Los sindicatos han amenazado con una huelga de funcionarios, imagínese. ¿Han traído el tratamiento?

En Salud Pública no solían encargarse de suministrar medicamentos, pero en casos graves como aquel, coordinaban la distribución para que llegase cuanto antes.

—Sí, pero primero deberíamos… —respondió Quina.

—Muy bien —la interrumpió Sánchez—, ¿dónde están esas pomadas?

En un acto reflejo, Álex se echó para atrás en la silla para evitar el aspaviento del director. Quina ni se inmutó.

—Señor Sánchez, no es tan sencillo, necesitamos disponer de un listado con todos los afectados —prosiguió—. Debemos realizar varias aplicaciones y es importante organizarse bien para evitar recaídas.

—Ah, sí, sí… doctora, por eso no se preocupe —aclaró con un gesto de indiferencia—. Aquí trabaja un gran equipo sanitario, no necesitamos que nadie nos venga a decir cómo hacer nuestro trabajo.

La voz arrogante del director le crispó los nervios.

—No me cabe ninguna duda, señor Sánchez. El inconveniente es que debido al periodo de incubación de la escabiosis, puede que aparezcan nuevos casos en los próximos días o semanas, y es mi responsabilidad evitarlo. Hay que gestionarlo bien y por eso necesitamos un listado con nombres y apellidos.

—Ya le he dicho que no es la primera vez que tenemos un brote de sarna —se reafirmó el funcionario subiendo el tono—, conocemos bien los protocolos, no venga a darme lecciones a estas alturas.

Álex contemplaba atónita la escena y miraba a uno y a otro como si estuviera presenciando un partido de tenis.

—Disculpe, no le estoy dando lecciones, son ustedes los que han pedido nuestra ayuda porque se sentían desbordados —cortó tajante Quina, harta de tener que dar explicaciones—. Como acabo de decirle, es importante que disponga de los nombres de todas las personas que presentan síntomas, tanto internos como trabajadores.

—No sé si puedo darle esa información, es confidencial.

Álex pestañeó. Por un momento, dudó. Quizá debía intervenir y echarle una mano a Quina, pero se contuvo. No parecía que su jefa necesitara ayuda.

Esta miró a los ojos al director.

—Estamos hablando de un problema de Salud Pública. Nosotros manejamos información confidencial cada día. Si no quiere darme los datos de los afectados, está usted en su derecho —golpeó la mesa y miró a su ayudante—. Llamaremos al juez y que sea él quien le pida la información.

Sánchez cedió. Refunfuñando, buscó entre los papeles y sacó un listado de nombres que entregó a Quina de mala gana. Estaba leyéndolos cuando una llamada los interrumpió. El director cogió el teléfono y escuchó mientras miraba un punto impreciso de la pared del fondo.

—Llaman de la prensa, quieren saber qué está ocurriendo —dijo cubriendo el micrófono del auricular con la mano—. Un segundo, pásamelos. ¿Sí? Por supuesto que se ha actuado con diligencia. En cuanto se ha detectado el brote, se ha activado el protocolo y se han establecido las medidas oportunas para su control… —Sánchez se metió un dedo en la nariz y se lo limpió en la camisa en un gesto automático—. Estamos trabajando junto con Salud Pública… Entiendo que pueda haber cierto nerviosismo, pero esperamos controlar el brote en los próximos días.

Colgó el teléfono y miró sonriente a las dos mujeres que lo observaban con atención.

—¿Quería hablar usted con los periodistas? —se burló—. Sé que le gusta ir de estrellita…

—¿Cómo dice? —preguntó extrañada Quina.

—Ya sabe, en el fondo le encanta todo este circo, doctora Larrea: salir en las noticias, hablar con los periodistas, ¿cree que no se le nota que le gusta ser la estrella?

Sánchez sonrió enseñando las encías. Bajo los ojos, las bolsas permanecían inmóviles como si fuesen de cera. Arrugó los mofletes y adoptó una expresión extraña. A Quina le dieron ganas de abofetearlo. Cogió aire y se inclinó sobre el escritorio.

—Le ordeno que me haga un informe exhaustivo del brote de escabiosis. Además de los nombres de los afectados, quiero saber qué protocolos sanitarios y planes de contingencia se han seguido, los síntomas, la fecha de inicio y si están recibiendo tratamiento con permetrina. Si hay más información que cree que necesito saber, añádala al informe. Espero tenerlo en mi despacho mañana.

—¿Cómo? —exclamó el director al tiempo que fingía una carcajada.

—Ya me ha oído.

Sánchez se puso tan rojo que parecía que iba a explotar.

—¿Desde cuándo puede darme órdenes? —rugió, y golpeó la mesa.

Quina le aguantó la mirada.

—Le recuerdo que soy la autoridad sanitaria. El brote se le ha ido de las manos, usted mismo lo ha dicho. Y no le estoy exigiendo nada para lo que no esté autorizada. Se lo estoy pidiendo por las buenas, espero no tener que hacerlo por otra vía.

El hombre se había levantado y apretaba los puños.

—¿Quién coño te crees que eres, estrellita de los cojones? —gritó.

—No voy a contestarle a semejante impertinencia. Estoy haciendo mi trabajo.

—¡Estás muy subidita! ¿Crees que esto se va a quedar así? Tendrás noticias mías, doctora Larrea, no sabes lo que has hecho. ¡No lo sabes!

—Eso espero, tener noticias suyas. En concreto, su informe, ¿le ha quedado claro? Que tenga un buen día. ¡Vamos, Álex!

Fuera seguía lloviendo con fuerza. Las dos mujeres subieron a toda prisa a la destartalada furgoneta y salieron de la prisión. Un relámpago se asomó a través de las nubes oscuras que cubrían el cielo. Los limpiaparabrisas se movían veloces con un ruido molesto.

—¡Joder, Quina! Lo has dejado con un palmo de narices. ¡Menudo gilipollas! —dijo Álex sin parar de reír cuando sobrepasaron la barrera y el coche ya estaba fuera de los límites del centro penitenciario.

—No me gusta nada ese hombre. —La doctora trató de mantener la compostura.

—Es un cretino. ¡Le has dado pero bien! ¿Esto siempre es así? —preguntó emocionada.

—Por suerte, no —contestó Quina sonriendo. Hubiera preferido que la chica no hubiera presenciado la escena, pero a veces las cosas no salían como una esperaba—. Por cierto, Álex, te dejaré delante del ISPGA, yo tengo que atender un tema personal.

16

Carlota subió a la oficina de BCG y saludó a la secretaria que le abrió y la invitó a pasar. Tras dar unos golpes en la puerta, entró en el despacho de Arturo enfundada en una ajustada falda azul marino. Lo saludó con una sonrisa y echó el pestillo para que nadie los interrumpiera.

Arturo la observó en silencio. Su mirada era fría. Llevaba una corbata turquesa que resaltaba sus ojos grises.

—¿Qué haces aquí? —preguntó, cortante. No le apetecía ver a nadie. Se había marchado del hospital para trabajar un rato, pero no estaba de humor.

—¡Vaya recibimiento! —exclamó la joven sin disimular que le había molestado su tono—. ¿Siempre recibes así a tus invitadas?

Arturo se había ido demasiado deprisa la otra tarde. Habían pasado de un momento idílico, abrazados en la cama mientras él le susurraba al oído. Solo lo sentía suyo durante un tiempo limitado, después todo eran prisas y excusas. En ocasiones se sentía tentada de ponerlo a prueba, de decirle que ya no se verían más, pero no se iba a dar por vencida tan pronto. Dio dos pasos y se detuvo a mirar los cuadros de la pared como si fuera la primera vez que los veía.

—Ya sabes que no me gusta que vengas a la oficina —se justificó él dando una tregua a su mal genio. El dolor de cabeza lo estaba matando.

—Es la hora de la comida, apenas hay gente. Solo me ha visto la secretaria.

No se había cruzado con nadie más, ni siquiera en el baño de señoras, donde había aprovechado para retocarse el maquillaje y el pelo.

—¿Qué quieres, Carlota? Hoy no tengo ganas de jueguecitos.

—He pensado que podíamos comer juntos —dijo rodeando el escritorio y acercándose.

Lo miró fijamente a los ojos mientras le acariciaba el pelo con suavidad y los mechones se deslizaban entre sus dedos. Despacio, como siguiendo un ritual de seducción que conocía muy bien, le besó el cuello dejando un rastro húmedo. Rozó con los dedos la barba de tres días y dibujó la forma de su mandíbula. Arturo respiraba de forma agitada, los latidos empezaban a dispararsele en el pecho. Notó que estaba perdiendo el control y se apartó de forma brusca.

—Aún estás a tiempo Arturo, si prefieres que me vaya, ahora es el momento —propuso Carlota al advertir el gesto de su amante.

—Sí, es preferible que te vayas. No me encuentro bien.

Lo dijo con sequedad y se arrepintió nada más ver el mohín de disgusto de Carlota. No quería herirla.

Arturo llevaba muchos años con una doble vida porque, a pesar de sus infidelidades, seguía enamorado de Paloma. Sus escarceos amorosos comenzaron cuando nació su hijo. David era el bebé perfecto, un niño precioso con los ojos azules y mofletes grandes.

Su nacimiento fue un gran acontecimiento para la familia. No obstante, a pesar de tenerlo todo, Paloma parecía haber perdido las ganas de vivir, y Arturo no sabía cómo ayudarla. Eran demasiado jóvenes y los médicos decían que era normal sentirse sobrepasado, pero pasaron las semanas y Paloma se pasaba el día llorando, se sentía triste y comenzó a tener poco interés por el bebé. Vagaba como un fantasma por la casa con la mirada perdida, se pasaba las noches viendo la televisión, y cuando el bebé lloraba, si no estaba Marcela, despertaba a Arturo para que le preparara el biberón al niño porque ella era incapaz de hacerlo.

Una mañana, él había salido a trabajar y cuando regresó se encontró a David solo en la cuna, llorando desconsolado y con el pañal roto. El bebé había estado jugando con sus propias heces y las había esparcido por las sábanas y la cuna. Tenía hambre y mientras la criatura berreaba desesperada, su madre, que se había tomado varios somníferos, dormía sin enterarse de nada en la habitación de al lado.

Cuando vio aquello, Arturo la zarandeó para despertarla, pero ella no reaccionó. Estaba semiinconsciente, como si le faltaran las fuerzas, y volvió a desplomarse en la cama.

Después de aquel episodio, Arturo, preocupado, acudió a varios médicos, y todos dijeron lo mismo: Paloma tenía depresión posparto. El diagnóstico lo tranquilizó, era algo que les sucedía a muchas mujeres; las hormonas, junto con diversos factores estresantes, producían tal estado de tristeza que algunas madres se veían incapaces de cuidar del recién nacido. El médico les aseguró que con los antidepresivos mejoraría mucho.

Ese mismo día decidieron contratar a una niñera para que los ayudara a cuidar del bebé mientras Paloma se recuperaba. Marcela no podía con todo y les venía bien una ayuda extra. Carmen era una joven con buenas referencias que trataba con gran cariño al pequeño, y con ella todo comenzó a mejorar.

Una tarde en que Paloma había salido con unas amigas, al niño le subió la fiebre y Carmen, asustada porque la temperatura no bajaba, decidió llamar al trabajo de Arturo para que llevara al niño al hospital.

Arturo y la niñera pasaron toda la tarde en la sala de urgencias y regresaron agotados y cargados de medicamentos, pero con el niño ya sin fiebre. Dejaron al bebé descansar en su cuna y se prepararon algo de cena.

Abrieron una botella de vino y bebieron más de la cuenta. Una cosa llevó a la otra y, sin saber cómo, se besaron.

—Lo siento —dijo Carmen avergonzada antes de marcharse a su habitación.

No entendía por qué lo había hecho. Ella no quería traicionar la confianza de Paloma y ser un problema. Estaba sacando la maleta de debajo de la cama para colocar su ropa e irse cuanto antes, cuando alguien llamó a la puerta.

—Carmen, siento lo ocurrido. No volverá a pasar.

La muchacha lo miró. Tenía el rostro inundado en lágrimas y Arturo sintió mucha lástima al verla tan afligida. Solo había sido un beso inocente. Se acercó a ella para abrazarla con ternura y le dijo que no se preocupase. Carmen era pocos años más joven que él, pero parecía una niña. Era delgada. Olía bien. Después del abrazo, la intimidad que se había creado entre ellos acabó arrastrándolos y, sin proponérselo, acabaron haciendo el amor.

La muchacha lloró desconsolada cuando fue consciente de lo que había hecho, así que ambos acordaron no mencionarlo jamás y decidieron que había sido la primera y la última vez que ocurría algo así entre los dos.

Nunca más volvieron a acostarse juntos. A los dos años, Carmen les dijo que dejaba el trabajo y no volvieron a verla. Después de Carmen, hubo muchas mujeres. Él las conquistaba y ellas se dejaban llevar, a sabiendas de que nunca dejaría a su mujer, ese era el trato.

—¿Qué te pasa, Arturo? —La pregunta de Carlota lo despertó de su ensoñación.

—Ya te lo he dicho, no me encuentro bien. Creo que deberías irte —dijo con la mayor dulzura que pudo.

La chica lo miró con dureza. Enfadada y sin decir palabra se dirigió hacia la puerta, liberó el pestillo y la abrió con ímpetu. Abandonó el despacho sin mirar atrás.

Él no trató de detenerla. Lo había estado pensando y aquella historia no podía continuar. Debían dejar de verse por un tiempo. Carlota cada vez estaba ganando más terreno y él había descuidado a su familia. No le había hecho caso a David durante el fin de semana porque había estado demasiado ocupado. Entre BCG y Carlota no había tenido tiempo para atenderlo. Estaba enfermo y debería haberlo cuidado, pero no, solo se había preocupado de sí mismo, como siempre. Paloma tenía razón cuando le recriminaba que era un egoísta. Pensó angustiado que ojalá David no pagara por sus errores.

17

ESTABA ATRAVESANDO EL puente del Tercer Milenio cuando unas nubes amenazantes cubrieron el cielo. Cada vez que conducía bajo aquel inmenso arco de hormigón, tenía la sensación de cambiar de ciudad. El puente, de estilo moderno, le gustaba mucho, de hecho, se habían rodado varios anuncios en él, pero Quina solo lo atravesaba por cuestiones de trabajo o cuando quedaba con su sobrino.

Aunque era un lugar muy frecuentado por zaragozanos y turistas, a ella la zona de la Expo le quedaba a desmano. Dejó el coche en un aparcamiento de tierra cerca de la Torre del Agua, uno de los edificios más emblemáticos del recinto, que en la actualidad permanecía cerrado al público.

A pesar de los muchos detractores, había que reconocer que la Exposición Universal de 2008 había transformado la ciudad. La había modernizado y había dejado un legado permanente que, de otra manera, no se hubiera construido con tanta rapidez. Las riberas del Ebro se convirtieron en jardines y zonas verdes para pasear, y se llevaron a cabo construcciones como el Pabellón Puente o el Acuario Fluvial, que ahora formaban una parte importante de la oferta turística y cultural de la ciudad.

El parque del Agua Luis Buñuel quedaba a medio camino entre su casa y la de su cuñado, y allí solían quedar si el tiempo lo permitía. Los jardines eran amplios y normalmente nunca estaban muy concurridos. Después de dejar a Álex en el ISPGA, había pasado un momento por casa para recoger a *Charco*. A su sobrino le encantaba jugar con él y el animal disfrutaba correteando por el césped.

Hugo y su padre aparecieron justo cuando ella colgaba el teléfono. Acababa de hablar con su madre y estaba muy enfadada. Primero el energúmeno de Sánchez y ahora esto. ¡Menudo día llevaba! Solo lo olvidó cuando el pequeño corrió hacia ella y la abrazó con fuerza.

—¡Tía! Me estás aplastando —se quejó. Apenas podía moverse envuelto en el anorak mientras *Charco* se enredaba entre sus piernas reclamando caricias.

—Es que me encanta abrazarte, Hugo —dijo ella con una sonrisa—. ¡Te he echado de menos!

—¿Has visto cuánto he crecido? —dijo poniéndose de puntillas.

—Estás muy alto para tener seis años.

—Soy el segundo más alto de la clase —presumió y se estiró todavía más haciendo una mueca.

—Pronto me vas a llegar hasta aquí —dijo mientras le revolvía el pelo y señalaba su propio hombro.

—¡Mira qué grande está *Charco*! —Le lanzó un muñeco de goma.

El perro corrió a buscarlo y Hugo fue tras él riendo. Cuando el niño se hubo alejado, Quina se giró hacia su cuñado, que no había dicho una palabra.

—¿Tienes algo que contarme?

—¿Has hablado con tu madre?

—¿En serio creías que no iba a contármelo?

—Quina, tú no lo entiendes —se excusó—, todo está resultando muy duro. No puedo afrontar los pagos yo solo: el colegio de Hugo, la casa... —siguió protestando mientras sacaba un cigarrillo—. Es demasiado, no trabajo, ¡no puedo desde el accidente! Y tampoco he cobrado el dinero del seguro.

Buscó en el bolsillo interior de su abrigo y sacó un mechero de plástico azul. Encendió el cigarro mientras miraba a Hugo a lo lejos y dio una profunda calada. Quina lo observaba en silencio. Su cuñado lograba sacarla de quicio.

—Te has quedado con todo el dinero de la cuenta común. ¡Heredaste de mi hermana!

—¡Menuda herencia! Hay que pagar la hipoteca del piso, y no puedo venderlo porque la parte de Claudia es ahora de Hugo.

Se quedó asombrada. ¿En serio se le había pasado por la cabeza vender la única propiedad que aseguraba el futuro del niño?

Esta vez Fernando había traspasado todos los límites al pedir dinero a sus padres. Su hermana ganaba un salario alto y había ahorrado una buena cantidad que ahora era de él. Vivía a todo lujo sin trabajar y pretendía que sus padres le pagaran sus caprichos. ¡No lo iba a permitir!

—No es lo que piensas, Quina, se lo devolveré…

—¿Cómo te atreves, Fernando?

Las nubes se movieron por encima de ellos y comenzó a caer una ligera llovizna. Si seguía así, tendrían que irse. Miró a su cuñado. Ese hombre insignificante y apocado la miraba implorando perdón. ¿Era una víctima o se estaba aprovechando de la situación? Nunca lo había tenido claro, pero después de hablar con su madre, sabía que tenía que dejarle las cosas claras para que no les tomara el pelo a sus padres.

—¿Por qué eres tan dura conmigo? Yo también he perdido a Claudia. No eres la única que sufre, ¿sabes? —El hombre apretó los puños.

Quina no lo iba a escuchar. Fernando había rehecho su vida, había conocido a una mujer y trataba de ser feliz. Eso era lo que más le dolía. No podía soportarlo. ¡Si al menos dejara de pedir dinero a sus padres!

—Pues no lo parece, Fernando. Sigues con tu vida como si nada y solo llamas cuando necesitas algo. ¿No has pensado en buscar un trabajo? Esperar solo el dinero del seguro me parece rastrero.

—No puedo trabajar, ¿es que no te cabe en tu dura cabeza cuadriculada? —Fernando se había acercado con una expresión amenazante y la señalaba con el dedo índice, fuera de sí.

—Será mejor que te marches. Tenemos el tiempo justo para comer.

Fernando se dio la vuelta y echó a andar. Cuando caminaba rápido, su cojera resultaba más evidente. Le pareció que huía como lo haría una culebra, y no sintió lástima. Hacía tiempo que no podía sentir nada más que rabia por su cuñado.

El tiempo les dio una tregua. En el trayecto a casa, el niño enmudeció. Quina temía que hubiera escuchado la discusión y le preguntó si le ocurría algo.

—Estoy triste.

—¿Qué te pasa?

—El profesor nos ha dicho que los papás tienen que venir a la escuela mañana a contar en qué trabajan. Pero mi papá no trabaja y yo no tengo mamá.

A la tía le dio un vuelco el corazón. En momentos como ese le faltaban las palabras y nunca sabía qué decir.

—Claro que tienes mamá. Claudia es tu mamá.

—Ya lo sé, pero no puede venir al colegio, está en el cielo.

Quina se quedó en silencio. El semáforo estaba en rojo. Miró a su sobrino a través del espejo que había colocado en la parte trasera del vehículo cuando todavía era un bebé.

—Me ha dicho el profe que puede venir quien yo quiera. Tía Quina, quiero que vengas tú —suplicó el niño.

—Hablaré con tu padre, ¿vale, Hugo? —Odiaba tener que pedirle algo a Fernando, pero por su sobrino se tragaría su orgullo.

—Ya se lo he preguntado —sonrió travieso—, y me ha dicho que sí.

—Entonces no hay nada más que añadir. Me encantará ir a tu clase.

Durante la comida, el niño volvió a su habitual verborrea. Solía comer en el colegio, aquel día había sido una excepción y tenían el tiempo justo para regresar. Mientras el muchacho engullía un buen plato de macarrones, su tía lo miraba pensativa. Ella apenas los probó, había perdido el apetito.

Acercó a su sobrino hasta el portal de la casa de Fernando, donde habían quedado. Él se ocuparía de llevarlo a clase. El niño bajó del coche feliz y se abrazó a su padre. Desde el portal, Fernando levantó la mano para saludarla. A su lado había una persona que no pudo identificar. Quina le devolvió el saludo y arrancó.

De vuelta al ISPGA, no pudo dejar de pensar en la mujer que había visto dentro del portal. Debía de ser la novia de su cuñado. Se le revolvió el estómago.

18

Después de lo que había pasado en la prisión, a Álex le resultaba complicado concentrarse en el caso de David Bueno. No paraba de darle vueltas al comportamiento del director. Había actuado como un auténtico cretino. Se sentía orgullosa de la reacción de su jefa; Quina no se había dejado amedrentar en ningún momento y lo había puesto en su sitio sin perder la compostura. ¿Cómo hubiera reaccionado ella? Posiblemente habría perdido los nervios; no tenía tantas tablas. Tendría que aprender por si le ocurría lo mismo cuando estuviera sola.

—Vamos, Álex, deja de darle vueltas y céntrate —se dijo en un susurro.

Miró su escritorio para tratar de organizarse y poner en orden la información. Había leído todos los protocolos varias veces y el caso de David cumplía los criterios clínicos de varias enfermedades.

La doctora Bustamante la había tranquilizado al comentarle que lo más probable era que se tratara de tuberculosis, una enfermedad de desarrollo lento y que no se contagiaba fácilmente.

En cualquier caso, debían confirmar el caso. Si era una enfermedad infecciosa, se pondrían en marcha para localizar el origen y evitar que la enfermedad se propagara. Además, no solo era importante tratar a David con los antibióticos adecuados, sino que en la misma línea era importante realizar un estricto control de los contactos del joven, realizarles un seguimiento y administrar quimioprofilaxis a las personas que hubieran estado en contacto estrecho.

El estudio de contactos era una de las técnicas utilizadas en los brotes de tuberculosis. Consistía en localizar a las personas que habían mantenido una relación estrecha con el enfermo y realizarles las pruebas para diagnosticar o descartar el contagio lo antes posible. Así se evitaba que enfermaran y que contagiaran a otros. No era una tarea fácil porque había que investigar la vida íntima de las personas y no todos mostraban la misma disposición a colaborar.

La tarde anterior, y para ganar tiempo, Álex había hecho un genograma para aclararse. David convivía con sus progenitores, con Marcela, la cocinera, y con la hija de esta. La doctora Bustamante le había facilitado los teléfonos de los padres. Ahora tendría que localizar a la cocinera y a su hija para indicarles que acudieran a la clínica cuanto antes.

El teléfono sonó y Álex descolgó el auricular.

—Hola, buenos días, ¿hablo con Sanidad?

—Sí, llama usted a Salud Pública, ¿en qué puedo ayudarle?

—¿Son los encargados de epidemias?

—Podría decirse así, señora. ¿Su nombre, por favor?

—¿Para qué quiere saber mi nombre? —preguntó la mujer, indignada.

—Simplemente para dirigirme a usted.

La mujer dio sus datos a regañadientes y continuó. Álex los anotó en la base de datos.

—Nos hemos enterado de que hay un niño en la clase de mi hijo que tiene tuberculosis. ¿Puede haber contagiado a mi hijo?

—Con esos datos es difícil contestarle. Necesitaría más información, ¿está enfermo o solo ha dado positivo a la tuberculina? Es importante hacer esta distinción porque, si el niño no tiene síntomas, no puede contagiar.

—¡Claro que tiene síntomas! ¡Está ingresado en el hospital! Le han hecho la prueba, lo sé de buena tinta porque es mi sobrina la que se la hizo. Estoy muy preocupada. No hace ni dos días que ocurrió lo de Íñigo y ahora esto... ¡Algo está pasando! ¿Y si mi hijo bebió agua de la botella del chico con tuberculosis? ¿Podría ser grave?

Álex anotó en un papel algunos datos, como el nombre de Íñigo, que no le sonaba de nada.

—Entiendo su preocupación, señora. En principio, la saliva no transmite la enfermedad, pero si quiere...

—¡Es una vergüenza! ¿Todavía existe la tuberculosis en nuestro país? —la interrumpió—. ¿Cómo no hacen ustedes nada? ¿A qué se dedican? Estas enfermedades deberían erradicarse, ¡no están haciendo bien su trabajo!

—Señora, debería tranquilizarse.

—Seguro que la han traído los inmigrantes.

—¿Cómo dice?

—¡La tuberculosis! La traen los inmigrantes, ya lo sé yo…

—Hay varios estudios que demuestran que las cepas de tuberculosis en nuestro país son autóctonas, es decir, que las bacterias son de España. Vamos, que aunque los enfermos sean inmigrantes, se han contagiado aquí.

—Eso lo dice para que me calle. Vienen de fuera y traen enfermedades…

La joven trató de reconducir la conversación. Era muy fácil opinar sobre algunos temas sin haberse interesado en conocer las distintas realidades.

—Volviendo al tema que la preocupa, dígame, ¿a qué colegio va su hijo?

—A Nuestra Señora del Castillo.

Álex tecleó la información. Tal y como sospechaba, aquella mujer estaba hablando del caso de David, pero, por motivos de confidencialidad, por el momento no podía dar los datos, y menos por teléfono…

—¡Hace dos días murió un niño de la clase a causa de un accidente ¡Ahora esto! —La mujer la interrumpió de nuevo—. ¿Cómo que no puede decirme nada? ¡Está en juego la salud de mi hijo! Le advierto que, como le pase algo, pienso denunciarla —amenazó.

Gritaba tanto que Álex tuvo que retirarse el auricular. Cuando se hubo callado se lo colocó de nuevo.

—A ver señora, tranquilícese.

—Estoy muy tranquila —recapacitó la mujer—. ¡Pero no es normal! ¿Cómo no nos avisan de que está pasando algo? Estamos todos consternados por Íñigo, creo que deberían tener un poco más de empatía.

—Señora, no sé quién es Íñigo, pero me gustaría aclararle que, a pesar de que los datos son confidenciales, si tuviéramos que establecer alguna medida de salud pública en el colegio, ustedes serían los primeros en saberlo.

—¡Eso espero!

—Entendemos su preocupación y trabajamos...

—¿Trabajar? ¡Ja! Si trabajaran de verdad ya no existiría la tuberculosis… ni el cáncer.

Álex suspiró. Ojalá fuera tan sencillo.

—Señora, no está en nuestra mano erradicar las...

—Ya le he advertido —volvió a interrumpirle—, si a mi hijo le ocurre algo, no pararé hasta acabar con ustedes.

Colgó. Álex escuchó unos segundos el pitido del teléfono y recapacitó. La mujer había perdido los papeles, pero era comprensible. Recordó la noticia del accidente del patinete que había leído el día anterior. Debía de tratarse del joven al que se refería la mujer. Era normal que su muerte los hubiera afectado, era una auténtica tragedia que ya no tenía remedio. Todos tendrían los sentimientos a flor de piel, y ahora que en el colegio sabían que David estaba enfermo, tendrían que actuar con premura. Los síntomas del joven habían comenzado el domingo de forma súbita, algo que no encajaba con la tuberculosis. De cualquier manera, cabía la posibilidad de que la mujer tuviera razón y David hubiera contagiado a sus compañeros del colegio.

Se masajeó las sienes en un intento de ordenar sus pensamientos y trazar un plan. Miró la imagen de los tres círculos concéntricos que utilizaban en los estudios de contactos de tuberculosis. El primer círculo representaba los contactos más íntimos y el riesgo de contagio era alto. El segundo círculo incluía los contactos frecuentes, con riesgo medio. El tercer y último círculo abarcaba los contactos esporádicos y el riesgo de transmisión era medio.

Los primeros pasos los tenía claros. Aunque no tuvieran la certeza del diagnóstico, tenía que empezar cuanto antes a investigar los contactos estrechos. Buscó entre los papeles el número de la cocinera y llamó.

Estaba a punto de colgar cuando una mujer muy amable con acento colombiano le contestó. Álex le explicó el motivo de la llamada y la señora aprovechó para desahogarse:

—¡Ay, mi David! ¿Se pondrá bien mi niño? —preguntó—. Mi pequeño David es un niño muy *requetebueno*, ¿sabe usted? Muy cariñoso, que no se mete en líos, que le gusta ir a la escuela. —La mujer había comenzado a sollozar y tenía que hacer pausas para seguir hablando—. Lo conozco desde que nació. Nunca ha hecho nada malo. Es un niño muy bueno, muy bueno y está enfermito, pero le están poniendo medicación. La señora está con él día y noche, en el hospital. El señor ha dicho que está mejor, tiene que ponerse bien, ¿verdad, señorita?, ¿se pondrá bien? ¡Dígame que sí!

La mujer hablaba atropelladamente, Álex no sabía cómo interrumpirla ni tampoco qué decir. Ella no veía a los pacientes directamente, solo trabajaba con su historial médico, así que, aunque no quería dar falsas esperanzas, trató de reconfortar a la mujer, que estaba sufriendo.

—Claro que sí, el tratamiento es muy efectivo.

—Es usted bacana. Que Dios se lo pague. ¡Lo buena que es usted! Verá, al señorito David lo he visto nacer y siempre estuvo bajo mis faldas. Cuando no estaba conmigo, andaba tras Rosario todo el santo día, es casi como mi hijito, el señorito David es un sol, mi pequeño es muy bueno.

—¿Rosario es su hija?

—No, señorita, Rosario es mi hijo, es un varón —aclaró Marcela—. Allá en mi país Rosario es nombre de varón. ¿Sabe usted? Rosario está bien, es un chico *requetebueno*, me ayuda mucho en la casa y con los señores. Cuida el jardín y lo pone *rebonito*, y está estudiando en la universidad, ¿sabe lo orgullosa que estoy de mi Rosario? ¡Va a la universidad! Es muy listo, será el primer licenciado de la familia, no sabe usted lo feliz que soy.

Rosario no era la hija de Marcela, sino su hijo. Lo anotó en la ficha y siguió escuchando. La colombiana volvió a coger carrerilla y Álex trató de que no se fuera por las ramas.

—Un segundo, Marcela, ¿Rosario vive con usted?

—Pues claro, ya se lo dije, en la casa del jardín. Es pequeñita, pero muy *relinda*. Tiene dos habitaciones chiquitas, pero no nos falta de nada ni a mi Rosario ni a mí. Estamos muy felices en nuestro pequeño apartamento y…

—¿Pasan mucho tiempo juntos Rosario y David?

—Así es, señorita. A veces Rosario juega a baloncesto con el señorito David. Se llevan muy bien los dos. ¿Eso es malo, señorita? David admira mucho a mi Rosario. ¡Ay! ¡Lo bien que se lo pasan juntos! También con el señor Arturo. A veces juegan aquí, otras veces salen fuera. Rosario es bueno en los deportes y también en los estudios, ¿le he dicho que va a la universidad?

El parloteo de Marcela era incesante y Álex comenzaba a perder la paciencia. Una cosa estaba clara: Rosario era un contacto estrecho de David. Si él también estaba enfermo, tendrían que ampliar el estudio de contactos a la universidad. Álex suspiró, aquello complicaría mucho la situación, tendría que consultarlo.

—Señora Marcela, póngase en contacto con su médico de inmediato y dígale que usted y su hijo son contactos estrechos de un caso sospechoso, pero aún no confirmado, de tuberculosis. Le recomiendo que tanto usted como su hijo se queden en casa hasta que tengamos los resultados. Si tienen que salir, eviten en lo posible el contacto estrecho con otras personas o en lugares concurridos. Sería aconsejable que Rosario no vaya a la universidad durante unos días.

—Ay, señorita, ¡me está asustando! ¿Qué le digo al médico? ¡Que tengo tuberculosis? ¡Ay, Dios mío!

—Marcela, tranquilícese, por el momento no hay un diagnóstico claro. Ustedes no tienen que hacer nada, solo cuidarse y vigilar si se ponen enfermos. Yo voy a llamar a su centro de salud y hablaré con su médico para explicarle la situación. Si lo cree conveniente, él la llamará. De momento, aunque sé que es difícil, traten de estar tranquilos.

La comunicación telefónica a veces resultaba complicada. Lo menos conveniente era que la gente entrara en pánico.

19

La bandera de la plaza de España ondeaba vigorosa en el cielo. El viento soplaba con fuerza, el cielo se había teñido de gris y había comenzado a llover de nuevo. Los pocos transeúntes que osaban desafiar el temporal, se apresuraban a buscar refugio. Algunos, los más previsores, abrían con cuidado su paraguas en un intento de que no saliera volando. Arturo se resguardó de la tormenta en los porches del paseo Independencia, delante del escaparate de una tienda de moda juvenil. Esperó unos minutos mientras observaba el horrendo maniquí que combinaba un ajustado vestido psicodélico con botas militares hasta la rodilla. El buen gusto se estaba extinguiendo.

De la tienda de ropa salía un fuerte olor a ambientador barato y una música moderna y estridente. Las dependientas iban de un lado a otro atendiendo a los clientes y recogiendo las prendas que no se llevaban. Una de ellas se había peinado con las mismas trenzas que solía llevar Carlota. Impaciente, miró su reloj de edición limitada. Si la lluvia no cesaba, llegaría tarde. Cada vez más personas se agolpaban a su alrededor, bajo el porche, y, sin pensarlo, echó a andar.

Sin llegar a correr, caminó con ligereza por la calle San Miguel. Pasó delante de la Casa del Libro, situada cerca del antiguo edificio de los cines Goya, que se habían convertido en una moderna academia de inglés. Unos cuantos jóvenes se refugiaban apelotonados en el espacioso porche esperando a que la lluvia amainara. Los desagües de la calle no daban abasto y se estaban formando charcos junto a la acera. Arturo trató de no pisar ningún adoquín en mal estado para evitar mojarse los zapatos más de la cuenta.

Se metió por Isaac Peral, donde los andamios de una obra lo obligaron a caminar un tramo por la calzada y continuó por la calle Zurita. Aquella era su zona favorita de la ciudad, algunos la llamaban la Milla de Oro Gourmet por los exclusivos locales y restaurantes que habían proliferado en los últimos años. A él aquellas calles lo trasladaban a su infancia, invadida por recuerdos agridulces.

Su padre había sido portero en un inmueble residencial de la calle Costa, donde habían vivido muchos años. Ocupaban el último piso de la comunidad, un minúsculo apartamento abuhardillado al que ni siquiera llegaba el ascensor. Como era el hijo del portero, a menudo los demás niños lo llamaban pobre, y él volvía a casa llorando. Su madre lo consolaba con un vaso de leche con galletas y una porción extra de chocolate.

—Pobres, pero honrados, hijo mío. Tú mantén siempre la cabeza bien alta, Arturo —le decía su madre.

Él se enfurecía por dentro. No quería ser pobre, quería ser como todos los demás. Él no había elegido que su padre fuera el portero y tampoco quería que su madre tuviera que destrozarse los dedos remendando su viejo abrigo. Cuando fuera mayor sería rico, y entonces sí que llevaría la cabeza bien alta.

Sus aspiraciones se truncaron cuando la familia se mudó al barrio de Torrero, cerca del cementerio. Arturo odiaba su nuevo barrio y nunca se adaptó a él. La casa que su padre había comprado era mucho más grande que la de la calle Costa, pero en Torrero no se vivía igual. La antigua cárcel, construida a principios del siglo XX para sustituir a la prisión de Predicadores, atraía a todo tipo de gentuza al barrio, por no hablar de calles en muy mal estado por las que ni siquiera se podía pasar.

Arturo levantó la vista, la lluvia no cesaba. Los edificios blancos destacaban sobre el fondo oscuro del cielo. La mayoría los habían construido para la burguesía a principios del siglo xx y eran de estilo variado y ecléctico.

La plaza de los Sitios estaba desierta. La floristería de la esquina, cerrada. Los árboles de alrededor estaban pelados y la tormenta sacudía sus ramas con violencia. La plaza se llamaba así en honor a los dos asedios que había sufrido Zaragoza por parte de las tropas napoleónicas. El monumento central en honor a los caídos estaba rodeado de pinos y mostraba un tono verde oscuro y apagado.

Recordó haber leído que cuando los franceses atacaron la ciudad en 1808, Zaragoza se convirtió en un auténtico campo de batalla. La defendieron hombres, mujeres y niños y la convirtieron en la Inmortal. Cada año, el uno de noviembre, una asociación cultural ofrecía visitas guiadas a los lugares más significativos de la batalla, donde todavía se podían ver las huellas de la guerra. A Arturo le encantaba aquel episodio de la historia.

Soledad y Héctor estaban sentados ante una de las mesas altas de la Monumental, una taberna donde solían almorzar de vez en cuando. El camarero ya los conocía, en especial a Soledad, que era una entusiasta de las tapas que servían. Los dos socios lo esperaban sonrientes y de buen humor. Soledad tenía noticias importantes y por eso los había citado allí.

Arturo, que hubiera preferido reunirse en un lugar más discreto, se quitó el abrigo empapado y se sentó en el taburete al lado de Soledad aparentando normalidad. Quería celebrar las buenas noticias, pero había algo que se lo impedía. Las cosas se estaban torciendo demasiado. De momento, David estaba recibiendo tratamiento antibiótico, pero seguían pendientes de confirmar de qué bacilo se trataba.

El camarero se acercó con una botella de cava y tres copas en una bandeja. Después de mostrarles la botella para asegurarse de que era la adecuada, la abrió con destreza y sirvió el espumoso con elegancia.

Héctor levantó su copa y los tres amigos brindaron por los nuevos negocios y el espléndido futuro de BCG. Los mexicanos habían firmado el contrato.

—¿No os apetece algo de picar? —preguntó Soledad.

Héctor rio a carcajadas, su socia siempre estaba pensando en zampar. La mujer lo ignoró. Se dirigió a la barra, inspeccionó con atención las tapas que había en el expositor y le preguntó al camarero por los ingredientes de las más apetitosas.

—Han estado a punto de descubrirme —susurró Arturo mientras trataba de no quitar ojo a Soledad.

Héctor se echó para atrás en la silla, se apartó y le dio un gran sorbo a su copa.

—Ya te lo dije, Arturo, es el precio que tienes que pagar.

—Voy a dejarlo.

—¡No me jodas! Haz lo que quieras, no soy tu madre. No tienes que darme explicaciones.

—Lo sé, y agradezco tu discreción —dijo acercándose y bajando todavía más la voz—, necesito preguntarte algo sobre...

Justo en ese momento, Soledad se acercó con un plato de alcachofas y una enorme sonrisa.

—¿Qué tal está David? —se interesó después de probar la ración.

—Sigue ingresado. Parece que la medicación le va bien.

Arturo comenzó a toser e instintivamente se tocó el pecho, que le dolía por el esfuerzo. Tenía la boca pastosa y se notaba calenturiento.

La tos no cedía y se fue al baño para no llamar la atención. Tenía cara de cansado. Cogió una toallita de papel para limpiarse la boca y se asustó al ver la sangre.

Cuando regresó a la mesa, sus socios lo miraron con expresión seria.

—Cuéntaselo –dijo Soledad mirando a Héctor.

—Contarme qué —espetó Arturo, que no estaba para muchos circunloquios.

—Bueno. Ahora que los mexicanos han firmado no es tan grave. No quise deciros nada para evitar preocuparos.

Héctor les habló sobre el fallo del *software* y aprovechó para alabar a su sobrino, que les había salvado el pellejo. Sin embargo, esquivó el asunto del contagio. Si llegaban a enterarse, negaría que ya tenía esa información.

Arturo se irritó por la falta de transparencia de su socio. ¿Desde cuándo sabía lo del fallo del sistema? De todos modos, no era ni el día ni el lugar para provocar una discusión. Le estaban empezando a hinchar las narices tanto su socio como Tanner, siempre en el centro de los problemas; por mucho que Héctor quisiera presentarlo como un héroe, era un patán.

Ya llegaría el momento de hablar seriamente con Héctor.

20

CUANTO MÁS LO miraba, más amenazador le resultaba. Quina estaba allí plantada, observando la pared y tratando de encontrarle sentido. El servicio de limpieza había asegurado que la pintura no lo cubriría. Primero habría que aplicar un disolvente para eliminar el maldito insulto, pero tardaban demasiado. Se masajeó las sienes en un intento de pensar con claridad. En realidad, no tenía la más mínima idea de quién podía haberlo hecho, y la policía tampoco tenía a ningún sospechoso.

Todos insistían en no darle importancia, pero era demasiado extraño que solo hubiera sucedido en su despacho: la insultaban con un grafiti, desaparecía la foto de su sobrino, ¿y ella no tenía que preocuparse? No podía ser casualidad, el mundo parecía haberse vuelto loco. ¿Y si le ocurría algo a Hugo? Desechó la idea rápidamente. Los demás tenían razón, no había que darle importancia. Se acercó a la pared y observó las letras de cerca:

—Zorra —leyó en voz alta.

Tocó el grueso gotelé y recorrió la pintura negra con los dedos. No sería fácil limpiar los recovecos. Zorra. Se sintió mareada al tener las letras tan cerca. Seguro que el director de la cárcel estaba de acuerdo con el grafiti. Se le revolvió el estómago cuando recordó el olor de su despacho.

Tenía que hablar con Uriarte. Ya.

La puerta del despacho del jefe estaba entornada. Quina entró y lo saludó. Vicente estaba regando un poto que tenía sobre la estantería. La luz del sol penetraba por las rendijas del estor e iluminaba la maceta. Era la única planta que sobrevivía a su terrible mano de jardinero.

—Qué bien que hayas venido, tenía que hablar contigo —dijo sin mirarla.

Ella empezó a hablar, pero Uriarte la frenó con un ademán. Quina se sentó y esperó en silencio a que su jefe hiciera lo mismo. Se tomó su tiempo. Los segundos a ella se le hicieron eternos.

—Imagino que sabes de qué quiero hablarte —empezó el director, y la doctora dedujo por su semblante serio que algo no marchaba bien—. Esto no es fácil para mí, Quina. Estoy seguro de que tenías tus razones... —Hablaba despacio, como si quisiera retrasar el momento de decir algo que le costaba—. Conozco a Antonio desde hace años y no lo defiendo. Sé cómo es y también te conozco a ti. Pero tengo que decirte que creo que esta vez te has pasado de la raya.

Quina lo escuchaba resignada. Sánchez, el director de la cárcel, la había amenazado y sabía que el asunto la salpicaría por algún lado. Respiró hondo tratando de aclararse las ideas. Lo mejor sería aceptar ante Uriarte que se había equivocado y que había perdido los papeles, recibir el rapapolvo y tragarse su orgullo.

—Tienes razón, Vicente. No debí gritarle. Pero es que me sacó de mis casillas. Lo siento, no volverá a ocurrir.

Quina emitió un suspiro nervioso. No era consciente de hasta qué punto la discusión con Sánchez la había afectado. Seguramente hablar con Vicente le vendría bien. Tendría que haberlo hecho antes para saber su punto de vista y para que pudiera mediar entre los dos.

—No lo entiendes, no es suficiente con que lo admitas, te has metido en un lío muy gordo —dijo él carraspeando para recuperar la voz. Parecía que las palabras se le atascaban en la garganta y no querían salir—. Sánchez es muy orgulloso y tú le has dado donde más le duele.

Las palabras de Uriarte le sentaron como un jarro de agua fría. Quina lo había hecho a propósito, había herido a Sánchez en su orgullo masculino. Sabía que no admitiría una orden suya y se la había dado con toda la intención. Aun así, no esperaba que Sánchez fuese a quejarse a Uriarte como si fuera un colegial, y mucho menos que su jefe se pusiera de su parte.

—Admito mi parte de culpa, y siento haber perdido los papeles, pero Vicente, créeme, él tampoco se comportó bien conmigo. Fue irrespetuoso, me llamó «estrellita», me humilló delante de Álex y me sacó de mis casillas —dijo elevando cada vez más el tono—. ¿Qué se supone que debía hacer? ¿Dejar que me ninguneara?

Vicente levantó las cejas como si tratara de buscar una respuesta. Su rostro reflejaba la preocupación de los últimos días. Se atusó la barba poblada y apretó los labios.

—Tiene contactos en las altas esferas.

—¿Qué quieres decir con eso?

—Tienes un problema muy serio. Me han presionado *mucho* para que te sancione. —Vicente tragó saliva—. Sánchez quiere que te abra un expediente.

Quina lo miró en silencio. Aquella conversación la había pillado desprevenida. ¿Sánchez quería que le abrieran un expediente? La boca se le secó y la cabeza le daba vueltas. Escuchaba la voz de Vicente como un eco.

—Te he defendido hasta donde he podido, pero ha movido hilos y no está dispuesto a dejarlo pasar.

—Tú sabes que esto es absurdo, Vicente. ¿Y él? Ya te he dicho que también se pasó y yo ni siquiera te lo había comentado.

—No es a mí a quien tienes que convencer. Está como loco, y te repito que no va a dejarlo estar. No ha sido fácil negociar con él… pero finalmente hemos llegado a un acuerdo. Tendrás que dejar el caso y cogerte unas vacaciones hasta que se solucione el brote de la prisión y se calmen las aguas.

—¿Cómo?

—Es cuanto he podido hacer. Créeme, es un buen acuerdo. Sánchez estaba empeñado en que te abriéramos un expediente disciplinario y se ha conformado con que te apartes del caso y no verte.

—¡Será hijo de puta! —Se levantó enfadada.

—No lo hagas más difícil. Cógete unos días y todo quedará olvidado. Si Sánchez se entera de que no te has apartado del caso, no parará hasta machacarte. Es lo mejor, descansa unos días, con todo lo que ha pasado necesitas unas vacaciones.

—¿Unas vacaciones? —Quina estaba furiosa. Ella no necesitaba descansar—. ¿En noviembre? ¿Qué hago en noviembre de vacaciones? No las necesito. ¡Joder, Vicente! Lo que necesito es que todo vuelva a la normalidad, que alguien borre el maldito grafiti de mi despacho y que dejen de aparecer palomas muertas en mi bici. Y lo más importante, necesito que mi jefe entienda que solo trato de hacer mi trabajo de la mejor manera, a pesar de que hay incompetentes como Sánchez que solo ponen trabas. ¡No necesito vacaciones, Vicente! ¿Tan difícil es de entender?

El hombre, que había escuchado a Quina sin pestañear y sin inmutarse, se levantó.

—No volveré a decírtelo. Después de lo que ha pasado en el ISPGA, todo el mundo entenderá que te cojas unos días. El motivo no saldrá de aquí.

—No me preocupa eso —respondió con un tono más calmado.

—Hazme caso, te vendrá bien descansar y olvidarte de todo por un tiempo. Cuando vuelvas, el tema será agua pasada.

Ella se dirigió a la puerta y cuando estaba a punto de salir, Uriarte añadió:

—Es mejor que te vayas ya. Pásale el expediente de la cárcel a Marina y que se encargue ella a partir de ahora.

Fue el colofón, lo que más le dolió. Escuchar el nombre de Marina en aquel momento la llenó de una rabia incontenible. Salió del despacho dando un portazo y se dirigió al despacho de su secretaria con pasos enérgicos.

—Me cojo unos días de vacaciones, Isabel. Necesito ver a Marina y a Álex, que vengan ahora mismo.

Quina se puso a recopilar los papeles que estaban esparcidos en la mesa auxiliar de su despacho. A los dos minutos entró Marina. Quina le entregó el expediente de la prisión y la puso al día de las actuaciones que quedaban pendientes. La epidemióloga cogió la carpeta sin rechistar, intuyendo que pasaba algo raro, y se marchó.

Unos minutos después alguien llamó a la puerta y la sobresaltó; tenía los nervios a flor de piel. Respiró hondo y trató de tranquilizarse. Después de unos segundos, dio permiso para que la persona entrara. Era Álex.

—Hola, jefa, ¿vengo en buen momento?

Quina la observó con atención. Le caía bien, Isabel le había comentado que la chica nueva le había plantado cara a Marina. Ya hablaría con ella más adelante sobre eso. Después del episodio con Sánchez, no era momento de dar lecciones sobre la importancia de evitar las disputas entre compañeros.

—Pasa, siéntate.

Álex tenía un semblante serio. Se retiró unos mechones de pelo de la cara, como hacía siempre que estaba nerviosa. Abrió la carpeta del expediente y extendió algunos papeles sobre la mesa de su jefa. Se notaba su experiencia previa en el departamento de Sanidad, llevaba una semana en el servicio y se había adaptado a la perfección.

—Álex —acertó a decir—, quería pedirte disculpas por lo que ha ocurrido esta mañana en la prisión. Ha sido una escena lamentable que no debió suceder. Lo siento, normalmente no suelo perder los nervios así.

—No te preocupes, jefa, demasiado te controlaste —dijo sin darle importancia, y al ver el grafiti preguntó: ¿aún no han quitado esto?

A la joven, la pintada en la pared le parecía mucho más preocupante que el altercado con el director de la cárcel. Quina meneó la cabeza.

—Ya ves. ¿Tienes alguna novedad?

—Ha llamado la madre de un compañero de clase de David, estaba muy alterada. Alguien le ha dicho que la prueba de la tuberculosis ha salido positiva y quería saber si íbamos a hacer algo en el colegio. Ha amenazado con denunciarnos si a su hijo le ocurre algo.

—¿Y cómo se han enterado?

—Por lo visto se lo dijo alguien de la clínica que se ha saltado la Ley de Protección de Datos.

—Y la intimidad del paciente… —Quina se tomaba muy en serio los derechos de los pacientes y le preocupaba que hubiera profesionales que compartieran información confidencial—. Si no tuviéramos tantos frentes, deberíamos investigarlo. Volviendo a la llamada. Es normal que estén preocupados, seguramente recibiremos más. Tenemos que tener paciencia, los padres se ponen muy nerviosos. Actuaremos cuanto antes porque es un menor y puede haber contagios en el centro escolar, pero tenemos que seguir los protocolos. No podemos intervenir sin estar seguras.

Quina le explicó cuáles eran las recomendaciones en estos casos y le dio instrucciones con los pasos a seguir. Lo había pensado mucho, y como no podía acercarse al brote de la cárcel, mientras estuviera «de vacaciones», se encargaría del caso Bueno desde la sombra.

—Hay algo importante que debes saber, Álex, me tomo unos días de vacaciones. El director de la cárcel ha presionado a Uriarte y me han obligado a apartarme del caso por unos días.

La otra protestó.

—No hay nada que hacer, hasta que las aguas se calmen tengo que cogerme unos días libres. Sé que no es un buen momento, pero no está en mi mano cambiarlo. Te quedas a cargo del seguimiento del caso de David Bueno, pero yo te ayudaré en todo. Trabajaré desde casa.

Álex cambió el gesto. No se sentía preparada para asumir un caso como aquel. Quina le leyó la mente:

—No pienses que lo harás sola, lo haremos juntas, pero nadie en la oficina lo puede saber, ¿entendido? Uriarte ha sido muy contundente. Además, está prohibido trabajar desde casa, los ordenadores no tienen cortafuegos y podríamos tener problemas. Es importante que nadie sepa que te ayudo mientras estoy de vacaciones, ¿entiendes?

Álex asintió. Consideraba que la situación era injusta. Ella mejor que nadie sabía cómo se había comportado el energúmeno de Sánchez, y Quina no se merecía ese castigo.

21

Domingo, 11 de noviembre
Siete días antes

TANNER OYÓ LA alarma en el móvil justo cuando estaba a punto de prepararse un sándwich de beicon con pepinillos. Era una de las costumbres británicas que aún conservaba. Miro el teléfono con fastidio, pensando que sería otra falsa alarma. Ya le había sucedido un par de veces desde que se había instalado la aplicación. Solo la tenía él, por supuesto, los jefazos de los laboratorios no tenían por qué saber que contaba con un chivato que le avisaría de cualquier posible fallo en el *software* antes de que ellos se enteraran. Les habían vendido que el sistema era infalible y por tanto cualquier medida de seguridad les produciría desconfianza.

Trató de restaurarlo como siempre, pero en la pantalla aparecía un mensaje de error que no podía desactivar en remoto. La alarma indicaba una alteración en la temperatura de los frigoríficos donde se almacenaban las muestras biológicas. Si no se daba prisa en arreglarlo, se comprometería gravemente la contención de los agentes infecciosos.

Tanner salió a toda prisa y condujo hasta San Valero con los acordes de *Black Diamond* en la radio retumbando en el coche. Escuchar a Kiss lo ponía de buen humor. El polígono donde se ubicaba CliniLabos estaba desierto, demasiado tarde para trabajar y demasiado pronto para cargar mercancías. Aparcó frente a la puerta del edificio de tres plantas y miró a su alrededor. Era de noche y había luna llena. La luz de la farola parpadeaba. La cámara que enfocaba hacia la entrada emitía una luz roja intermitente. Tanner introdujo un código y la puerta se abrió.

Al otro lado del recibidor, el vigilante parecía absorto en la tableta que sostenía entre las manos y se sobresaltó al verlo. Tanner bufó. ¡Menuda vigilancia!

—Buenas noches. Subo un momento a mi despacho. El viernes me dejé un informe que quiero repasar. —Tanner mostró el maletín que llevaba en la mano para que el otro se fijase.

—Sí, sí, señor Brown, aquí estaré cuando baje. ¿Lleva su tarjeta? —El hombre tenía un marcado acento andaluz. Se levantó de un salto como si acabara de darse cuenta de que daba una mala impresión. El guardia, de unos cincuenta años de edad, era alto y desgarbado. Los pantalones del traje le venían grandes.

—Sí, sí por supuesto. Yo me apaño.

Tanner subió en el ascensor y pasó de largo la planta en la que estaban los despachos. Accedió a la del laboratorio, donde almacenaban las muestras biológicas. Recorrió el vestíbulo y abrió las dos puertas de seguridad con su tarjeta. Se detuvo frente al panel de seguridad del congelador. La alarma luminosa estaba, en efecto, parpadeando. Restauró el sistema e introdujo el código de reinicio.

Abrió uno de los compartimentos, en el que se almacenaban algunas de las cepas de tuberculosis, tomó los frascos que podrían haberse visto afectados y los apartó. Aunque parecían estar en buen estado, no podía asegurar que la temperatura de las cámaras se hubiera mantenido por debajo de los setenta grados bajo cero. Si ese era el caso, podría haberse producido la recristalización de las muestras, lo que sería letal para las células. Para evitar problemas, lo mejor sería deshacerse de esos tubos.

Antes de irse, echó un ojo al resto de las cámaras. Las lucecitas verdes indicaban que todo marchaba bien. A través de las ventanas redondas, vio que los cientos de frasquitos numerados estaban intactos en las estanterías. El laboratorio tenía un nivel de bioseguridad de clase II, y después de las comprobaciones podía dar por concluido el trabajo. Todo estaba en orden.

De repente oyó un estruendo. Provenía de la sala contigua, el área de animales. Creía que su tarjeta no servía para abrir esa puerta, pero, para su sorpresa se abrió. Una luz azulada permanecía encendida día y noche, pero aun así la sala estaba en penumbra para que los animales pudiesen dormir. El habitáculo era estrecho y las jaulas estaban a la izquierda. Había cobayas, ratas, ratones y conejos. Algunos animales dormitaban, otros lo miraban con indiferencia. Tanner comprobó que el ruido lo había provocado una de las bandejas al caer al suelo. Se aproximó con cautela preguntándose cómo era posible que el conejo se hubiera precipitado desde la estantería. Acercó la luz que emitía la linterna de su móvil, la caja de metacrilato estaba intacta, pero el animal permanecía inmóvil boca arriba. De repente, el bicho sufrió un espasmo y Tanner se asustó, se echó para atrás y se golpeó la espalda contra una de las jaulas de ratones.

Los roedores se asustaron y comenzaron a agitarse, Tanner se acercó para observarlos. Odiaba a los roedores casi tanto como a los gatos, y más de una vez había disfrutado —mientras nadie miraba— apretando el cuerpecillo de algún pequeño ratón de ojos rojos.

Seis bultos de tamaño medio; tres de ellos acurrucados en un rincón, inmóviles, medio muertos. Otro que parecía estar royendo algo a juzgar por los ruidos y un quinto que permanecía a la expectativa. El sexto, el más grande, se erguía sobre las dos patas traseras, desafiante, y emitía unos grititos desagradables. Tanner sonrió y enfocó al bulto erguido con la linterna para cegarlo y hacerlo rabiar.

Abrió la jaula y agarró al ratón —más bien una rata, a juzgar por su tamaño— con la mano derecha, y tuvo la precaución de cerrar la jaula.

—Te vas a enterar, alimaña. —Apretó y la rata chilló y se revolvió. La desesperación del animal, que se debatía en su mano, lo excitó. Tocó el cuerpecillo caliente con la otra mano para calmarlo, y en cuanto notó que el roedor se tranquilizaba, volvió a apretar. El bicho emitió un chillido agudo, que resonó en la sala, despertó a los otros animales y desencadenó un concierto de gritos y ruidos. Tanner paró. Suponía que no había nadie en la planta de los laboratorios, pero no podía arriesgarse. De buena gana hubiera estrujado a la rata hasta notar cómo le faltaba el aire y se quedaba inmóvil, pero decidió que ya volvería a por ella otro día. Aflojó la presión y lo agarró con la mano izquierda para maniobrar mejor la apertura de la jaula con la derecha. Tuvo cuidado de no irritarlo, lo último que quería era un nuevo escándalo, pero con el movimiento el bicho se asustó y lo arañó con saña en la mano derecha.

—¡Cabrón! Tienes suerte de que no te descuartice ahora mismo.

Tanner abrió la puerta de la jaula y empujó al ratón. En cuanto la hubo cerrado, comprobó la herida a la luz de la linterna: era un arañazo pequeño pero profundo, y sangraba. Cuando llegara a casa tendría que desinfectarlo bien. Le estaba bien empleado por entretenerse con esa bestia chillona.

22

Martes, 20 de noviembre

—ME HE COGIDO unos días libres en el trabajo —soltó de golpe Quina.

—¿Y eso? —preguntó Santi sin levantar la vista de la tableta. *Charco*, que se había acomodado en el sofá entre los dos, emitía pequeños ronquidos.

—En realidad no me los he cogido, me ha obligado Vicente.

Santi la miró sorprendido. Los últimos días, desde el asalto al ISPGA, su novia había estado muy rara, pero la conocía bien y sabía que era mejor dejarle su espacio. Él, por su parte, la escucharía cuando estuviera preparada para dar explicaciones.

Todo indicaba que había llegado el momento. Santi apoyó la tableta en la mesa y Quina le contó todo lo que había pasado durante los últimos días. La discusión con Sánchez, la charla con Vicente... Cuando casi había terminado, el móvil de Santi comenzó a sonar. Él cogió el aparato, que estaba encima de la mesa, miró la pantalla y lo silenció para seguir escuchando a Quina. De reojo, ella advirtió que se trataba de Miranda, una compañera de trabajo a la que había visto en un par de ocasiones.

—¿Por qué no lo coges? —preguntó al comprobar que el teléfono seguía vibrando.

—Es Miranda, la llamaré luego.

Charco, que se había despertado, lamía la mano de Santi.

—Será mejor que vaya a preparar la cena. —Quina se levantó. La interrupción de Miranda la había disgustado más de lo que quería admitir. Santi suspiró, a veces no sabía cómo actuar.

Quina abrió la nevera y sacó un par de tomates para preparar una ensalada. Estaba lavándolos cuando oyó la risa de Santi procedente del otro lado de la casa. Procuró no hacer ruido y se dirigió hacia el despacho. La puerta estaba entreabierta y se acercó para oír mejor.

—Miranda, yo creo que debemos ser más convencionales —lo oyó decir mientras soltaba una carcajada. Al otro lado del teléfono, su compañera hablaba sin parar—. ¡Cómo eres!

Quina regresó a la cocina hecha una furia. Que Santi estuviera hablando con Miranda con esa familiaridad la enfadaba muchísimo. Era lo único que le faltaba para terminar la semana. Ella no se consideraba una mujer celosa, pero pensaba en Miranda y no podía evitarlo.

La compañera de Santi era una mujer voluptuosa y atractiva que llamaba la atención. Él había mencionado que se había separado hacía poco y que su vida sexual era bastante activa. ¿Hablaban de sexo en el trabajo? A Quina no le resultaba difícil imaginar que cualquier hombre se sintiera atraído por Miranda. Y si se comparaba con ella, Quina no tenía nada que hacer. Ella no tenía ni su talla de sujetador ni su trasero, y mucho menos su desparpajo. Ella era reservada y no tenía nada de especial. Bueno, sí, pensó, tenía algo: un carácter que podía sacar de quicio a cualquiera.

«Miranda, ¡cómo eres!» En su cabeza resonaban una y otra vez las palabras de Santi. Encendió la radio en un intento de distraerse, pero no se podía quitar de la cabeza la risa de su novio. Pocos minutos después lo oyó acercarse.

—¡Miranda es la leche! —comentó con entusiasmo mientras preparaba la mesa—, está organizando la jubilación de Mercedes y quiere que vayamos a cenar al Plata.

Ella hizo una mueca de disgusto. El Plata era un cabaret que, además de cenas, ofrecía espectáculos eróticos con un toque de humor. El cineasta Bigas Luna lo había reabierto hacía varios años y se había convertido en un gran reclamo turístico del casco antiguo de la ciudad. A la gente parecía encantarle el espectáculo, pero que una pareja bailara una jota vestida solo con el cachirulo, no tenía nada de artístico. Para Quina, el arte era otra cosa.

—¿En serio vais a ir al Plata para la jubilación de Mercedes?

—Miranda piensa que puede ser original y divertido, ¿te lo puedes creer? ¡Menuda sorpresa se va a llevar Mercedes! ¡Con lo tímida que es!

—Menuda sorpresa... —murmuró Quina.

Se sirvió un vaso de agua y se lo bebió de un trago. Algunas veces beber agua la tranquilizaba, pero en aquella ocasión no bastó. Aunque al menos se hidrató la garganta seca. Sin decir una palabra, comenzó a servir la ensalada. Cuando un trozo de tomate cayó al suelo, comenzó a maldecir.

—Quina. —Santi la cogió por los hombros y la miró a los ojos—, sé que no lo estás pasando bien, pero ni el tomate ni yo tenemos la culpa de lo que está ocurriendo.

—Ya lo sé —contestó abatida, y le dio un abrazo.

En ese momento comenzó a sonar otra vez el teléfono y ella se apartó, enfadada. Era otra vez la señorita «original y divertida». Santi se fue a hablar al despacho.

Quina engulló la ensalada en menos de tres minutos, se puso el pijama y se fue a la cama sin cruzar una palabra con su novio. Le vendría bien dormir y que acabara aquel maldito día.

TANNER CONTEMPLÓ LA imagen de su cuerpo desnudo en el espejo. Estaba pálido. La fiebre alta y los escalofríos que había sufrido los dos días anteriores lo habían dejado demacrado, pero al menos hoy notaba mejoría. Por las noches no dormía bien, tenía un sueño agitado y se despertaba sin haber descansado. Esperaba que los antibióticos funcionaran, de no ser así, se vería obligado a ir a Urgencias y dar muchas explicaciones. Se examinó los bultos de las ingles; aún estaban inflamados. El izquierdo estaba enrojecido y le dolía mucho más que el derecho, que, a pesar de estar sensible, al menos no tenía un aspecto tan preocupante. El ganglio axilar también le dolía, pero no le había salido ninguno más, lo que era una buena noticia.

Los primeros días no sospechó nada raro. Tenía síntomas de gripe, un poco de fiebre, escalofríos, nada de lo que preocuparse. Empezó a temerse una infección cuando vio que el arañazo de la maldita rata no cicatrizaba. El domingo le subió la fiebre hasta treinta y nueve grados y trató de bajarla con antitérmicos, estuvo a punto de ir a Urgencias, pero ni siquiera tenía fuerzas. El pánico se adueñó de él cuando le salió el primer bubón en la ingle. Un ganglio linfático inflamado no podía ser inocuo. Echó mano de sus conocimientos, buceó en internet y ahí empezó el verdadero horror. ¿Cáncer linfático? ¿Una infección? En pocas horas le salió otro ganglio, esta vez en la axila, y en cuanto dio con los síntomas de la peste bubónica, lo supo. El mecanismo de transmisión de la peste era por picadura de una pulga infectada, pero también por mordeduras o arañazos de roedores o animales infectados. ¿Estaría infectado el ratón que lo arañó? Era probable, tenía la herida ulcerada.

Estuvo dándole muchas vueltas a la cabeza. ¿Podían estar haciendo experimentos con la peste en el laboratorio? Él no tenía conocimiento, aunque era cierto que pisaba muy poco el área de animales y estaba poco familiarizado con su línea de trabajo. Por otro lado, la *Yersinia pestis* era un agente potencialmente peligroso que podía usarse en ataques bioterroristas. Si estaban trabajando con este microorganismo, deberían haberlo indicado en la jaula de las ratas, ¿no? Sintió un escalofrío. Había abierto la jaula casi a oscuras, no había comprobado nada.

Al día siguiente madrugó y, antes de que llegara nadie al laboratorio, entró con su tarjeta y fue directo a la sala de los animales. Esa vez se percató de las recomendaciones de utilizar bata larga, gorro y guantes para acceder a la zona, pero volvió a saltarse las indicaciones.

Se acercó hasta la jaula; solo quedaban dos ratas vivas. Una de ellas lo miró abúlica. Recorrió el perímetro con atención. Allí estaba, un pequeño rótulo: *Yersinia pestis*. El temible bacilo que mató a un tercio de la población europea en el siglo XIV.

Y ahora lo tenía él.

Retrocedió con paso tambaleante, no tenía tiempo que perder. Debía conseguir antibióticos cuanto antes. Estreptomicina a ser posible. Pero ¿dónde? No podía atracar una farmacia y en los centros de salud no tenían. ¿Un hospital? No. No podía ir a Urgencias porque en cuanto detectaran los bubones sospecharían y le harían un cultivo.

Salió de la sala de animales y contempló los frigoríficos. Allí no almacenaban antibióticos. Recordó que todo había comenzado con la alarma de un frigorífico y lo maldijo. No obstante, las cepas de tuberculosis le dieron la idea: la prueba de la tuberculina, la excusa perfecta. Tenía que ir a un centro de salud de una zona con alta incidencia en tuberculosis. Era de suponer que tendrían estreptomicina, un antibiótico de elección para la quimioprofilaxis y para los tratamientos. Y eso hizo.

El plan podría haber salido fatal, y más teniendo en cuenta que había entregado su tarjeta sanitaria con sus datos. Fue una locura presentarse en Urgencias y exigir la prueba con la excusa de un supuesto viaje. Podría haberlo examinado un médico —sintió un escalofrío al pensar en un facultativo palpando sus bubones—, pero nadie lo hizo, y la intervención de la enfermera, que se mostró solícita, fue providencial. Le facilitó el paso a la enfermería y dejó descuidado el cuarto de la farmacia mientras se entretenía guardando su historial. Tuvo suerte, mucha suerte. El armario de los antibióticos no estaba cerrado con llave y no tardó ni medio minuto en encontrar el que necesitaba.

23

DESDE QUE LE habían empezado a suministrar tetraciclina, David había mejorado, aunque las placas indicaban que la neumonía aún no había remitido. Paloma seguía durmiendo en la butaca sin separarse de la cama de su hijo. Solo había pasado por casa un momento para darse una ducha.

Pasaban de las doce de la noche y Arturo seguía allí. Ella casi habría preferido que se fuese a dormir a casa. No tenía buen aspecto, de vez en cuando se encerraba en el lavabo y lo oía toser. ¿Tendría lo mismo que David? Esa misma tarde lo había llamado para tratar de convencerlo de que fuera a un centro de salud, pero Arturo le había dicho que tenía mucho trabajo y que solo era un catarro. Ella misma tampoco se encontraba muy bien. Le dolía la cabeza y se notaba la frente caliente. A lo mejor tenía décimas. También podía deberse al cansancio, llevaba dos noches sin apenas dormir; la angustia no la abandonaba. Cuando entrase la enfermera para tomarle la temperatura a David, le pediría un paracetamol.

Justo en ese momento se abrió la puerta y entró un médico con el pelo castaño oscuro ondulado y repeinado hacia atrás. Arturo y ella levantaron la cabeza al mismo tiempo, sobresaltados. El médico llevaba una bata verde de tela, mascarilla ajustada y guantes colocados por encima de la bata. Su presencia a esas horas de la noche indicaba que algo no iba bien. Paloma sintió que el corazón se detenía por un instante. En cuanto el médico habló en un tono tranquilizador, notó que latía de nuevo.

—Buenas noches, soy el doctor Torres, del equipo de la doctora Bustamante —dijo en un tono de voz bajo para no despertar a David, que dormía profundamente gracias a la medicación.

—Buenas noches, doctor —dijo Arturo con voz débil.

A Paloma no le salía la voz, tenía la garganta agarrotada.

—Vengo para informarlos de que vamos a poner en aislamiento estricto a David. Todavía no tenemos resultados definitivos, pero la gravedad de su estado implica que tenemos que tomar medidas contundentes.

El médico hizo una pausa, esperando la reacción de los padres.

—En el caso de su hijo, el bacilo ha atacado los pulmones, lo que nos indica infección por inhalación de partículas respiratorias. Los resultados del antibiograma indican que la bacteria es sensible a la tetraciclina. Veremos cómo responde. Es importante establecer el origen del contagio, eso nos daría muchas pistas. ¿Alguno de ustedes o alguien de su entorno ha tenido síntomas respiratorios en los últimos días?

Arturo se sintió desfallecer. La tos, el dolor de pecho, la febrícula.

—Yo mismo me encuentro mal desde ayer, pero pensaba que era un simple catarro —murmuró Arturo.

El médico asintió.

—Les haremos pruebas a ambos, es posible que también estén enfermos. David permanecerá aislado.

—¿No podremos estar con él? —dijo Paloma angustiada.

—No. Y ustedes también deberán permanecer en aislamiento durante unos días. Al menos hasta que sepamos el diagnóstico definitivo. Les adelanto que les vamos a tener que hacer muchas preguntas. Es importante que mantengan la calma. En un rato vendrá una enfermera que les tomará muestras. También tienen que rellenar una ficha con los nombres de las personas con las que hayan mantenido un contacto estrecho en las últimas cuarenta y ocho horas, por si más adelante tenemos que hablar con ellas y administrarles quimioprofilaxis. David tendrá que rellenarla cuando tenga fuerzas. ¿Han hecho algún viaje al extranjero o han estado en contacto con algún viajero de un país del tercer mundo?

—No, doctor, nada que sepamos.

Paloma asestó una mirada acusatoria a su marido.

—¿Lo he contagiado yo? —preguntó Arturo asustado.

—Lo dudo. Usted empezó con síntomas ayer, lo que indica que primero fue David y que lo más probable es que él los contagiara.

—¡Mi niño! —sollozó Paloma.

—Las enfermedades tienen un periodo de incubación muy variado, por eso es importante conocer el microorganismo. Además, las personas no somos ciencias exactas, cada cuerpo humano puede reaccionar de manera distinta. ¿Han realizado ustedes o David alguna actividad fuera de lo normal en los últimos días?

—Yo estuve fuera. Me fui el viernes al mediodía y no vi a mi hijo hasta el domingo por la tarde, cuando lo traje a Urgencias —dijo Paloma.

—Actividad no sé, lo de siempre. Yo solo lo vi un momento el domingo por la mañana. Le di un beso antes de irme a una reunión de trabajo.

El médico lo miró escéptico. Casi se le podía leer el pensamiento. ¿Reunión en domingo?

—De momento, esto es todo. Despídanse de David porque ustedes tienen que permanecer en otra habitación. Debemos evitar la propagación y existe la posibilidad de que no estén contagiados. Tomen. —Les dio un par de mascarillas FFP2—. Ábranlas y colóquenselas. Cuando estén en la habitación solos, pueden quitárselas.

Ambos se colocaron la mascarilla aún perplejos. Además de enfermos, debían permanecer aislados. Sin duda, sería muy duro para la familia.

—Enseguida pasará una enfermera y les indicará donde están ubicadas sus habitaciones. Dormirán separados como medida de prevención, espero que no les importe. Mañana por la mañana vendrá la doctora Bustamante y hablará con ustedes.

El doctor Torres se despidió y dejó en la habitación a unos padres desolados.

24

Miércoles, 21 de noviembre

El primer día de sus vacaciones obligadas, Quina trató de no darle demasiadas vueltas a la cabeza. Los ojos atentos de *Charco* seguían todos sus movimientos por la casa y el cachorro parecía saber que algo extraño estaba ocurriendo.

—¿Y si te doy un baño? —Si estaban solos, le hablaba como si fuera una persona y pudiera entenderla. El perro no se movió, así que tomó su falta de respuesta como un sí. Metió el barreño en la ducha y después introdujo al cachorro en él. El animal había crecido mucho y pronto tendrían que comprarle un recipiente más grande. Mientras lo acariciaba, llenó el barreño con agua templada y lo enjabonó. Por mucho que intentó evitarlo, Quina acabó empapada y se prometió que la próxima vez lo llevaría a la peluquería.

Charco se dejaba acariciar sin inmutarse. Desenredar el pelo rubio del animal no resultaba nada sencillo, pero dos horas más tarde, estaba limpio y reluciente.

Miró el reloj, tenía el tiempo justo para vestirse y no llegar tarde a su cita.

En el colegio se respiraba un ambiente alegre. Acostumbrada a la frialdad de los despachos del ISPGA, aquel sitio le resultó cálido y acogedor. Se oían risas y voces animadas al otro lado de las paredes, niños recitando poemas y cantando, carcajadas y alguna que otra regañina. Una conserje sonriente la acompañó por los pasillos decorados con manualidades. Reconoció el retrato de Frida Kahlo, poesías de Gloria Fuertes y un diálogo de *El Principito*. Los colegios habían cambiado mucho en los últimos años. Hasta la sala de profesores era acogedora.

—Espere aquí, voy a buscar a Gorka —le dijo la conserje.

Quina se acercó al corcho que cubría la pared del fondo: turnos para llevar el café, horarios de tutorías, la venta de una moto en perfecto estado, la fecha del próximo festival de Navidad...

Cuando era pequeña, ella y su hermana también hacían obras de teatro en el colegio. A Claudia siempre la elegían para hacer el papel principal. Disfrutaba siendo la protagonista, vivía las representaciones como si fuera una auténtica actriz de Hollywood. Había nacido para estar en el escenario, decían los profesores, y era cierto que tenía un desparpajo natural.

Quina la admiraba en silencio. A ella le daban papeles secundarios, pero nunca le importó. Le daba mucha vergüenza salir al escenario y temía quedarse en blanco. Para evitarlo, ensayaba la obra una y otra vez. Los días previos al estreno sufría pesadillas con las frases que debía decir y solo descansaba después de la función. ¡Qué martirio!

Por suerte, Hugo en ese aspecto se parecía a su madre. Era extrovertido, le gustaba disfrazarse, y aunque todavía era pequeño, hablaba con soltura delante de otras personas.

Estaba ensimismada en sus pensamientos cuando la puerta se abrió y entró un chico joven. Quina dio un respingo y sonrió. Era alto, tenía los hombros anchos y el pelo largo, tan rubio que parecía blanco.

—Hola, soy Gorka, el tutor de Hugo —dijo atravesándola con sus enormes ojos azules—. ¿Eres Quina?

Miró a su alrededor, a los veinte niños sentados en círculo. Cuarenta ojos la contemplaban con atención y en silencio. Quina percibía el nerviosismo infantil. Unos movían las piernas, otros, la cabeza y otros llamaban en susurros al compañero de al lado. Una extraña había entrado en el aula y todos la observaban y querían llamar su atención. Ella trataba de mostrarse amable y sabía que cualquier cosa que dijera iba a quedar grabada en su mente.

A su derecha estaba Gorka, que parecía un gigante sentado en una silla minúscula. Sonreía contento, el pelo rubio le caía por la cara. A la izquierda, su sobrino, Hugo, que parecía tan feliz como nervioso y la miraba con orgullo. El niño sería el encargado de presentarla a sus compañeros.

—Hoy ha venido mi tía Quina a contarnos en qué trabaja —comenzó—. Es médica, pero no trabaja en el hospital como el tío Santi. Ella hace investigaciones.

Quina sintió una punzada en el corazón al escuchar al pequeño, y se acordó de su hermana y de lo mucho que le hubiera gustado que fuese ella la que estuviera ahí. Respiró profundamente para coger aire y saludó a la clase. Cuando hubo captado la atención de todos, que la miraban absortos, les explicó brevemente en qué consistía su trabajo. Al acabar, obsequió a cada uno con un hisopo.

—¿Sabéis qué es esto?

—Sirve para limpiarse los oídos —respondió una niña.

—Muy bien. Parece un palito para limpiarse los oídos —dijo Quina—, pero no lo es. Los hisopos se utilizan para recoger muestras y analizarlas.

—¿Qué son muestras?

—Por ejemplo, un poco de saliva de la boca o mocos de la nariz.

Los niños se echaron a reír.

—¡Mocos! ¡Mocos! —gritaron.

—¿Te recojo un moco? —preguntó un niño.

Aquello acabó por revolucionar la clase. Quina les explicó que solo los sanitarios podían recoger muestras. Confió en Gorka y en su capacidad para controlar a veinte niños con un hisopo en la mano y se despidió de todos.

—¡Quina! —la llamó el tutor desde la puerta de su clase.

—¿Pasa algo?

—No, solo quería darte las gracias por venir —dijo mientras se acercaba a ella. Pero había algo más. El maestro no había dejado a veinte niños en clase campando a sus anchas solo para darle las gracias. Cuando la alcanzó, le cogió el antebrazo y la miró fijamente a los ojos—. La directora me ha dicho que el padre de Hugo lleva tres meses sin pagar el comedor. ¿Lo sabías?

—No —acertó a decir.

—Quizá me estoy metiendo donde no debo, pero creía que debías saberlo. Si no paga el comedor, Hugo tendrá que ir a comer a casa.

Fernando había pedido dinero a sus padres, pero no les había dicho que llevaba tres meses sin pagar el comedor.

—Claro, claro. Gracias, Gorka, yo me haré cargo.

25

Nada más sentarse ante su mesa, Álex se encontró con el recado de que debía contactar con la doctora Bustamante. Según la nota que alguien le había dejado, la había llamado dos veces. En ese momento sonó el teléfono de Marina, que dio respuestas cortas y mudó la expresión de la cara.

Nada más colgar, comentó en voz alta para que todas pudieran escucharlo:

—¡Chicas! No os lo vais a creer. —Su semblante serio indicaba que la noticia no era buena—. Acaba de llamar el forense para notificar un caso.

—¿El forense? —preguntó Pepa, extrañada. Aunque de vez en cuando ocurría, no era habitual recibir notificaciones del forense.

—Ha detectado *Yersinia pestis* en los pulmones de Íñigo Ruiz.

—¿Íñigo Ruiz?

—Sí, el chico de dieciséis años que murió el sábado por la noche en un accidente de patinete. Salió en todas las noticias, ¿no os enterasteis? Por lo visto, el accidente fue muy raro y la policía sospechaba desde el principio que al chico le había sucedido algo antes. La autopsia ha revelado que padecía peste neumónica.

—¿Peste neumónica?

Marina asintió.

—Nos enviarán el informe completo en cuanto lo tengan.

—¿Avisamos a Quina? —preguntó Álex.

—No. Quina está de vacaciones —contestó con desagrado—. Esperaremos a tener el informe para avisar a Vicente.

—¿Y si lo avisamos ya? —insistió Pepa, a quien le parecía buena opción que, en ausencia de Quina, Vicente se enterara de la grave sospecha del forense.

—He dicho que esperaremos a tener el informe —espetó y se marchó al baño sin dejar margen para el debate.

Álex llamó de inmediato al número que había dejado la doctora Bustamante, pero no la localizó. Su cabeza empezó a dar vueltas. Sus compañeras elucubraban en susurros sobre la posibilidad de que Marina lo hubiera entendido mal. ¿Cómo iba a ser peste? Sería el primer caso en Europa en años. Y un joven de dieciséis años... No podían dejarse llevar por la aparente gravedad de la situación, esperarían el informe del forense y luego verían qué hacer.

La joven salió de la sala ignorando los comentarios y se encerró en el despacho de Quina. Buscó su número personal en la agenda y pulsó con un dedo tembloroso. Por fortuna, contestó enseguida.

—Quina, soy Álex. Marina no quiere que te avisemos, pero creo que es muy grave. ¿Te enteraste del accidente de patinete del chico de dieciséis años el pasado fin de semana? Se llamaba Íñigo Ruiz, salió en el periódico.

Quina dijo que sí, lo había leído.

—Cuando le realizaban la autopsia, en los pulmones del chico han encontrado una bacteria: *Yersinia pestis*, acaban de llamar para confirmarlo.

—¿*Yersinia pestis*? ¿La causante de la peste? Por Dios, es muy raro. De hecho, es rarísimo, ni siquiera clasificamos los casos como sospechosos. ¿Seguro que no lo han entendido mal? —preguntó Quina.

—Pero hay algo más, lo que más me preocupa es que Íñigo iba al mismo colegio que David Bueno.

—¿Qué?

—Y los síntomas de David coinciden con los de la peste neumónica.

Su jefa trató de reorganizar sus pensamientos.

—Ojalá me equivoque, Quina.

—Ojalá… España es un área no endémica de peste, si estás en lo cierto, tendremos que instaurar medidas urgentes y hacer una investigación exhaustiva. Lo primero que exigen los protocolos es descartar la emisión deliberada de la bacteria, un ataque bioterrorista. —Solo decirlo resultaba espeluznante.

—¿Y cómo está David Bueno? ¿Has hablado con la doctora Bustamante?

—Hoy todavía no he podido localizarla. Nuestras llamadas se han cruzado. Por la información que tengo, que es de ayer, habían comenzado con tetraciclina y parecía que iba bien. Ya no sé más.

—Localiza a la doctora y cuéntale tus sospechas. Pídele que remita muestras de esputo y de sangre de toda la familia al laboratorio del ISPGA. ¿Has contactado con el resto de convivientes de David?

—Sí, pero ayer, supongo que ahora las actuaciones son más urgentes…

Quina no contestó. Su mente comenzó a maquinar. Había un chico de dieciséis años muerto con *Yersinia Pestis* en los pulmones y otro estaba ingresado con síntomas compatibles de etiología desconocida. Ambos iban al mismo colegio. Todo indicaba que los casos podían estar relacionados, pero antes que nada debían asegurarse, que fueran al mismo colegio no significaba nada. Quizá los chicos no habían tenido contacto o incluso podía haber sido una confusión. Las llamadas telefónicas a veces eran como el teléfono escacharrado.

—Averigua la relación que había entre Íñigo y David y si se habían visto en los últimos días. ¿Tenemos el informe del forense? —Álex contestó que no—. Avísame cuando llegue. Y contacta con el colegio, averigua si Íñigo y David iban a la misma clase. Que vigilen bien a los chicos. Ante cualquier síntoma pseudogripal, que nos avisen. No informes aún a Uriarte. Yo me encargo. Y… gracias Álex.

Quina intentó mostrar serenidad, pero lo cierto era que estaba horrorizada. La peste era una de las enfermedades que tenía un protocolo de vigilancia epidemiológica más estricto. No había peste en España, ella no había visto ni un solo caso en toda su carrera, pero la amenaza del terrorismo biológico y la facilidad con que se desplazaban las personas en la actualidad de un continente a otro hacía necesaria una actuación inmediata y contundente.

Repasó mentalmente sus conocimientos sobre ese bacilo, que muchos consideraban ya desaparecido en el siglo XXI, aunque en realidad no fuera así. La peste era una enfermedad zoonótica que podía transmitirse entre seres humanos y animales, como roedores y otras especies pequeñas. Había dos variantes de la enfermedad. La peste bubónica, la más común, llamada así por los bubones o bultos negros característicos, se transmitía por picaduras o mordeduras de animales infectados, como las pulgas, o por contacto directo con fluidos contaminados. Era la causante de las grandes epidemias de la antigüedad. Y la peste neumónica o pulmonar, que afectaba a las vías respiratorias. Una tercera forma clínica era la peste septicémica, una complicación de las dos anteriores cuando la infección se diseminaba a través de la sangre.

Quina descargó el PDF con el protocolo y lo leyó con atención. La peste neumónica era la más grave, virulenta y letal de las tres. Podía transmitirse de persona a persona y era mortal si no se recibía tratamiento, por lo que era muy importante un diagnóstico precoz. En la actualidad, más del noventa por ciento de los casos notificados de peste se daban en dos países: Madagascar y República Democrática del Congo.

Quina llegó a la conclusión de que en España, sin un contacto epidemiológico previo, ningún médico barajaría la posibilidad de la peste. Sin antecedentes de viajes al extranjero ni contacto con animales de riesgo, era probable que nadie sospechase de peste ante un chico de dieciséis años enfermo. David había tenido mucha suerte porque habían iniciado el tratamiento con un antibiótico que había resultado eficaz para la *Yersinia*.

Por otro lado, el forense había confirmado la identificación de la bacteria en un joven fallecido el fin de semana en la ciudad. Los chicos iban al mismo colegio, lo que hacía suponer que seguramente se conocían. ¿Cuál era la relación? Y lo más importante, ¿cómo se habían contagiado? No era probable que el origen fuese animal, porque el mecanismo de transmisión de la peste neumónica era casi siempre de persona a persona. Si había un origen común, tendrían que emplearse a fondo para encontrarlo cuanto antes.

Lo que más temía la doctora era que hubiera otros casos sin detectar. La sombra de que hubieran muerto más inocentes sin diagnosticar la aterraba. Tenían que ponerse manos a la obra de inmediato. Si no controlaban el brote de peste a tiempo, podría convertirse en una auténtica pesadilla, tal y como lo fue en la antigüedad.

En la actualidad, había zonas endémicas en las que la peste seguía cobrándose vidas, aunque no como en épocas anteriores. La Dama Negra seguía matando en algunas zonas de América, África y Asia. En esas áreas, la población debía tomar precauciones contra las picaduras de pulgas y la manipulación de animales muertos, así como evitar el contacto directo con pacientes contagiados. Eran fundamentales las medidas de saneamiento y control sanitario no solo en las áreas endémicas, sino también en barcos y mercancías que podían ser los transmisores.

Que apareciera un caso en Zaragoza la hacía sospechar que nadie estaba a salvo.

26

Quina subió las escaleras de los cinco pisos a zancadas. Era consciente de que ir al ISPGA significaba saltarse las órdenes de Uriarte, y prefería no usar el ascensor para evitar encontrárselo. Sentía que el corazón le latía con fuerza. Un poco de ejercicio físico le vendría bien. La planta del laboratorio era la más luminosa del edificio; el pasillo tenía unas claraboyas circulares que proporcionaban mucha luz natural.

El laboratorio de microbiología estaba situado al final. Tenía las paredes alicatadas en blanco y unos enormes ventanales. Quina observó el hueco donde antes estaban las pantallas y las máquinas que habían dañado en el asalto y que todavía estaban reparando.

Pedro, el microbiólogo, estaba inclinado sobre unas muestras. Ajeno a su llegada, levantaba de vez en cuando la cabeza del microscopio para tomar notas. Quina golpeó la puerta con los nudillos y lo llamó.

—Buenos días, Quina —saludó sonriente—. ¿Qué tal estás? Me alegro de verte por aquí.

Pedro era un hombre reservado que no llamaba la atención. Tendría más o menos su edad, pero apenas sabía nada de su vida fuera del laboratorio. Solo que le gustaba el café con doble de azúcar y que siempre estaba dispuesto a ayudarla.

—Gracias, lo mismo digo —dijo ladeando la cabeza y observando el laboratorio—. ¿Qué tal va todo por aquí?

—Bueno, hacemos lo que podemos —dijo y señaló los huecos vacíos—, ya ves…

—Necesito que analices unas muestras. Llegarán a lo largo del día, es muy urgente —le soltó sin más preámbulos.

—Hay un problema, pensaba que lo sabías.

—No, ¿qué ocurre?

—Todavía estamos a medio gas… Están reparando los equipos de análisis —aclaró Pedro—. No puedo procesar las muestras hasta que no los arreglen.

—¡Vaya! Me dijo Vicente que lo iban a solucionar enseguida.

—Sí, pero como mínimo tardarán dos semanas.

—No puede ser, Pedro, es un brote importante. Un joven ha fallecido y otro está gravemente enfermo. No podemos esperar tanto tiempo.

—Lo siento, Quina. Soy el primero que quiere que todo vuelva a la normalidad —dijo resignado—. Están llegando las muestras de agua de toda la comunidad y tengo que analizarlas manualmente, como antes, cuando no teníamos ordenadores. Es una locura y no damos abasto.

—¿Y lo has comunicado? —insistió.

—Claro, he hablado con Vicente, pero él también hace lo que puede. Los informáticos necesitan su tiempo. Son programas y sistemas muy complejos que no se reparan fácilmente.

Se dio por vencida. Estaba siendo demasiado brusca con su compañero y él hacía cuanto estaba en su mano.

—Lo siento, Pedro, ya sé que tú no tienes la culpa.

Quina siempre se enfadaba cuando tenía que esperar, pero en aquel caso era importante averiguar de una vez por todas si el bacilo que estaba causando la neumonía de David era *Yersinia*. Su intuición le decía que ambos casos estaban relacionados porque los muchachos asistían al mismo colegio, y era demasiada casualidad. Pero, de todos modos, necesitaban analizar las muestras cuanto antes. La vida de muchas personas podía estar en juego.

—Me encantaría poder ayudarte, pero...

—Gracias, Pedro... —suspiró—, no te preocupes, esperemos que lo solucionen pronto.

—¿De qué estamos hablando?

—Puede que de un caso de *Yersinia pestis*.

El hombre silbó.

—¡Madre mía! —Tras reflexionar unos segundos, comentó—: Se me ocurre otra opción. —Quina lo miró expectante—. Podemos mandar las muestras al Laboratorio Nacional para que las analicen allí.

—¿A Madrid?

—Sí, como una excepción. Con un informe que explique el motivo de la urgencia, no creo que pongan problemas. Además, ¿tú no tenías un colega allí?

—¡Andrés! ¡Claro! ¿Cómo no se me había ocurrido antes?

Su colega llevaba muchos años trabajando en el Laboratorio Nacional, en Madrid. Quina y él se habían conocido en la carrera, coincidieron unos meses en unas prácticas y siempre se habían llevado bien.

Se perdieron la pista cuando Quina se instaló en Londres. Alejada de su familia, fueron años duros y solitarios, pero en aquella ciudad gris y lluviosa encontró el espacio que necesitaba para curar sus heridas y conocerse mejor a sí misma.

Realizó varias investigaciones sobre la metodología estadística aplicada a la epidemiología. Tardó varios años en acabar y publicar su tesis y dirigió algunos estudios que la convirtieron en una reconocida investigadora en el panorama internacional.

Cuando tomó la decisión de volver a España, sabía que le resultaría difícil disfrutar de las mismas oportunidades que en el Reino Unido, pues la investigación era la gran olvidada en España. Aun así, estaba dispuesta a intentarlo.

Tras una breve visita a sus padres en Logroño, regresó a Zaragoza y alquiló un pequeño piso. En aquella época, Andrés y ella volvieron a verse. Salían con el mismo grupo y él se le había insinuado un par de veces, pero Quina solo lo veía como un amigo y nunca había pasado nada entre ellos. Disfrutó de su vida de soltera hasta que la Sociedad Española de Epidemiología la invitó a su congreso anual para que diera una ponencia sobre la nueva vacuna contra la meningitis B. Los estudios publicados sobre esa vacuna eran poco concluyentes. Ella había participado en uno de los ensayos preliminares y querían que compartiese su experiencia. Aceptó la invitación y unos días más tarde se subió a un AVE rumbo a Sevilla.

Mientras se estaba registrando en el hotel, sintió que una mano le tocaba el hombro. Le costó unos segundos reconocerlo. Era Santi. La abrazó como si no hubiera pasado el tiempo. Se sintió abrumada y lo observó con detenimiento. Llevaba el pelo muy corto, casi rapado y salpicado de canas. Tenía la piel bronceada y se le formaban arrugas alrededor de los ojos cuando sonreía. Sus facciones eran más afiladas, pero los años le habían sentado bien. Estaba en forma y seguía siendo el Apuesto. Él también estaba en Sevilla por el congreso, le explicó. Quedaron en verse, pero los dos días de sesiones fueron muy intensos.

Quina dio su ponencia, participó como moderadora en una mesa redonda sobre enfermedades tropicales y conversó sin parar con sus colegas. Tuvo almuerzos y cenas con varios grupos de investigadores y hasta la entrevistaron para una televisión local.

Después de la clausura, Santi y ella coincidieron en el AVE. Aprovecharon para ponerse al día mientras tomaban algo en el vagón cafetería, y ya en Zaragoza, quedaron varias veces.

La tercera noche se besaron con pasión al despedirse, y al día siguiente se acostaron. Santi comenzó a hacerse ilusiones, pero ella fue clara desde el principio. Quería su espacio y su prioridad era su carrera profesional. Había una vacante para trabajar en el Instituto de Salud Pública de Aragón y tenía que centrarse en conseguir la plaza.

Su relación continuó, aunque durante mucho tiempo vivieron separados. De vez en cuando, Santi insistía en que debían dar un paso más y compartir piso, pero Quina le daba largas.

En unas vacaciones, Quina cedió y le dijo que podía ser buena idea vivir juntos. Santi no le dio tiempo a arrepentirse, en cuanto regresaron del viaje, cogió sus cosas y se trasladó al piso de Quina. Ahora, junto con *Charco*, formaban una pequeña familia.

Hablaba con Andrés de vez en cuando, la mayoría de las veces por cuestiones de trabajo. Lo llamaba para preguntarle cuando tenía alguna duda e incluso habían quedado en grupo un par de veces cuando él venía a Zaragoza. Aunque la distancia había deshecho los lazos de la amistad y apenas hablaban un par de veces al año, sabía que podía contar con él.

La doctora no esperó ni a salir del laboratorio. Buscó el contacto de Andrés en su móvil y lo llamó delante de Pedro. Apenas dejó caer unas frases de cortesía y fue directa al tema:

—Andrés, te llamo para pedirte un favor importante. ¿Te has enterado de lo que ha ocurrido en el ISPGA?

—Algo he oído, ¿por eso me llamas?

—Más o menos. El laboratorio no está operativo y estoy investigando un caso que implica a menores. Si te mando unas muestras, ¿podrías analizarlas? Necesitamos aislar la bacteria cuanto antes, es muy urgente.

—Claro —respondió—. No hay problema. Mándamelas cuando quieras.

—Gracias, Andrés. Ya sabes que no te lo pediría si no fuera importante.

—No tienes que darme explicaciones, Quina. Lo que no me gusta es que haga tanto tiempo que no nos vemos. ¿Cuándo vienes a Madrid?

Ella suspiró y le prometió sin mucha convicción que se verían pronto.

Dio instrucciones a Pedro para que en cuanto llegasen las muestras de la clínica, las etiquetase y las enviase al Laboratorio Nacional.

Tenía que hablar con Uriarte para que estuviera al tanto. Si se trataba de la peste, tendrían que notificarlo de forma inmediata al Centro de Coordinación de Alertas y Emergencias Sanitarias.

Quina llamó a la puerta del despacho, recelosa.

—¿Puedo pasar?

Vicente la recibió con cara de pocos amigos.

—¿Tú no estabas de vacaciones?

—Verás, Vicente, hay algo importante que debes saber…

—Quedamos en que te cogerías unos días —la interrumpió su jefe de malas formas.

—No habría venido si no fuese importante, se trata de un posible caso de...

—No quiero saberlo. Te has saltado las normas y mis órdenes. Marina está al cargo de tu servicio, si hay algo importante, ya me lo dirá.

—Es que todavía no tenemos los informes, por eso no te han avisado… Pero el forense llamó y advirtió de un posible caso de peste en un chico fallecido.

—¿El forense? ¿Y tú cómo te has enterado?

—Bueno, Vicente, sigo siendo la jefa.

—Mira Quina, no volveré a decírtelo —la miró enfadado. Nunca lo había visto así—. ¡Vete del ISPGA! Si se confirma el caso, ya actuaremos, ¿sabes? No eres la única epidemióloga aquí.

—Pero... —Intentó replicar. La mirada de su jefe se le había clavado como un aguijón y sus palabras habían acabado de rematarla.

—Pero nada, adiós, Quina.

Salió enfadada del despacho y dio un portazo. La impotencia que sentía por que Vicente ni siquiera la hubiera dejado hablar había dado paso a la rabia. Ira que trataba de contener, pero que ahora se había desatado y no podía controlar.

27

Arturo reflexionaba preso de la angustia en la cama del hospital. Había recibido la primera dosis de antibiótico mientras trataba de encontrar una solución a su problema. Estaba enfermo y habían recogido muestras para detectar el origen. La tos no era el único síntoma. Las radiografías habían revelado que tenía afectación pulmonar. Pronto vendría alguien para que rellenase una lista de contactos estrechos. ¿Podía poner el nombre de Carlota sin que se enterase su mujer? ¿Era conveniente dar el nombre de Héctor? Paloma daría el nombre de Soledad, que había pasado la mañana con ellos en el hospital, y si escribía el nombre de Héctor, la empresa se quedaría sin ninguno de los socios al mando.

—Carlota, tengo algo que decirte —dijo en cuanto oyó la voz de su amante en el móvil. No sabía cómo empezar ni qué decir—. Estoy enfermo.

—¿Qué te pasa?

—Me han dicho que tengo neumonía.

La joven soltó una exclamación. Arturo imaginó su cara de sorpresa al pensar que le estaba tomando el pelo.

—¿Pulmonía? Suena a enfermedad antigua. —Se echó a reír, pero el silencio de Arturo no dejaba lugar a dudas.

Él ni se molestó en rectificarla.

—Hablo en serio, estoy enfermo.

—Pero si ayer estabas bien… —dijo sin acabar de creérselo.

—¿Es que no me estás escuchando? Estoy enfermo, Carlota. Tengo una neumonía grave.

—No será muy grave si puedes llamarme —protestó la mujer con desconfianza—. ¿No se habrán equivocado?

—Carlota, tú también tienes que hacerte pruebas, ¿me estás escuchando?

—Yo ¿por qué?

—Porque he podido contagiarte.

—No te preocupes por mí, estoy bien —dijo ella. No noto nada y seguro que cuando nos vimos tú también estabas bien. No te recuerdo muy enfermo, precisamente…

—Han insistido mucho en que todos los contactos íntimos deben acudir al médico cuanto antes. Quizá tengas que tomar algún medicamento o estar en aislamiento unos días. ¿Tienes algún síntoma?

—¿Y a ti qué más te da? —preguntó malhumorada. Era lo último que le faltaba. Siempre recogiendo las migajas que le daba Arturo. Siempre en la sombra. ¿Y ahora le venía con esas, que podía haberle contagiado una enfermedad rara?

—Carlota, no me gustaría que enfermaras por mi culpa. —Arturo empezó a toser. La idea de haberla contagiado lo atormentaba. Muchas veces había pensado que Carlota era una más, pero, en el fondo, aquella chica, además de los salvajes, le despertaba otros instintos, como si quisiera proteger su fragilidad.

—Está bien, me haré análisis —convino finalmente—, me gusta que te preocupes por mí.

—Carlota…

Ella esperó a que continuara.

—Tenemos que dejar de vernos por un tiempo.

Al escuchar esas palabras, Carlota sintió que se ahogaba, pensó que el nudo de la garganta le impediría respirar. Las palabras de Arturo todavía flotaban en el aire cuando la invadió un cúmulo de emociones.

—¿Qué significa por un tiempo?

Carlota temía la respuesta. Sabía que él era un hombre casado y que no debía enamorarse, pero ¿acaso podían controlarse los sentimientos?

—No sé, hasta que me recupere. Hasta que mi hijo se ponga bien. —Y comenzó a llorar—. Quizá deberíamos dejar de vernos para siempre.

—¿Ya no quieres verme más?

—Carlota, es todo muy complicado...

—¿Vas a decirme que no es por mí, que es por ti?

—No es eso... yo te quiero... pero lo nuestro tiene que terminarse.

Carlota colgó sin decir una palabra. En aquel momento supo que el muro que a veces los separaba al fin se había derrumbado.

CUANDO LLEGÓ A casa, Quina se percató de que el día se le iba a hacer muy largo. Santi estaba de guardia en el hospital y ella no tenía planes. La investigación estaba en marcha y no podía hacer nada. Por suerte, Álex la mantendría informada. Limpió la casa de arriba abajo, ordenó las habitaciones y aspiró dos veces el suelo, que estaba lleno de pelos de *Charco*. Cuando la lavadora pitó, tendió la colada en la galería y se sentó en el sofá, derrotada.

Normalmente podía pasar horas delante de un buen libro, pero aquel día le costaba concentrarse. Volvía a leer el mismo párrafo una y otra vez sin enterarse de nada. Cerró el ejemplar con hastío. El brote era muy preocupante y Vicente ni siquiera la había dejado hablar. Había olvidado por completo el asalto al ISPGA, el maldito grafiti y hasta al director de la cárcel.

Barajó varias posibilidades. Que el forense se hubiera equivocado era la mejor opción. En segundo lugar, si realmente Íñigo tenía peste neumónica en el momento de su muerte, podría tratarse de un caso aislado. La última opción era que David también estuviera contagiado de *Yersinia pestis*, lo cual apuntaría a que los casos estaban relacionados. En ese caso, ¿quién había sido el primero? ¿Cómo se habrían contagiado los dos jóvenes? ¿Se habían contagiado a la vez o uno le había transmitido la bacteria al otro? ¿Les había mordido un animal introducido en el país ilegalmente? La posibilidad de que se tratase de bioterrorismo le produjo un escalofrío. En muchos protocolos se señalaba que la *Yersinia pestis* era un agente potencial en ataques bioterroristas, pero Quina nunca se había planteado que una ciudad tan tranquila como Zaragoza pudiera ser el blanco. Si fuera así, habría más casos, ¿no? Y hasta el momento, no tenían constancia, se dijo para tranquilizarse.

Levantó la vista hacia las fotografías de la pared. El recuerdo de su hermana también la atormentaba. Estaba harta de fingir; era incapaz de seguir viviendo con normalidad. «El tiempo lo cura todo» le habían dicho, pero ella no estaba de acuerdo. El tiempo cubría el dolor con un velo de anestesia, pero no curaba nada, si acaso, calmaba los síntomas. El dolor se había convertido en un agujero oscuro que sentía en el pecho, e intuía que, por mucho que se esforzase, no podría escapar de él.

Se había hecho cargo de los tres meses de comedor que su cuñado no había pagado, pero, aun así, creía que le había fallado a su hermana. Frente a las fotografías, con Claudia devolviéndole la mirada, comenzó a llorar.

—Perdóname, te he fallado.

DURMIÓ MEDIA HORA acurrucada en el sofá. Cuando se despertó encendió el portátil y abrió la página del ISPGA. Un aviso advertía que la red era poco segura. Accedió con su contraseña, entró en la pestaña del laboratorio y revisó el listado de muestras hasta encontrar las del caso de David Bueno.

Comprobó que las habían recibido y que estaban preparadas para su envío. Según constaba en el programa, Pedro las había etiquetado y embalado siguiendo los protocolos de seguridad. Revisó la última columna:

Muestra no enviada

Presionó enfadada la tecla F5 para actualizar la pantalla. De nuevo, el mismo mensaje:

Muestra no enviada

Miró el reloj. Odiaba esperar. Quizá las muestras se habían enviado, pero Pedro no lo había registrado en el programa. No le quedaba más remedio que esperar un poco más.

Accedió a la historia clínica de David Bueno para comprobar cómo estaba el chico, quería seguir su evolución más de cerca, por si empeoraba. Sin novedades.

Salió del historial y clicó de nuevo en la pestaña del laboratorio. Volvió a ver el mismo mensaje:

Muestra no enviada

Se desesperó. Era necesario analizar las muestras cuanto antes y ni siquiera habían salido del laboratorio. Impaciente, cogió el teléfono y llamó. Pedro no respondió. A los diez minutos, volvió a insistir. Cuando ya comenzaba a desesperarse, el microbiólogo descolgó el teléfono.

—¿Has enviado las muestras a Madrid?

—Quina —respondió dubitativo—, no puedo enviar las muestras hasta el jueves. Son órdenes de arriba.

—¿Órdenes? ¿De Uriarte?

—Sí. Vicente ha ordenado realizar un solo envío a la semana con todas las muestras, lo enviaremos mañana —contestó con toda la firmeza de la que fue capaz y rezó para que Quina no insistiera más. No quería meterse en líos con el jefe.

—De acuerdo, no te preocupes, hablaré yo con Uriarte. Gracias por todo, Pedro —le dijo antes de colgar y marcar el número de Vicente.

Tras varios tonos de llamada, dio por hecho que Vicente no estaba en su despacho y lo llamó al teléfono móvil, pero tampoco contestó.

Se sentía impotente. Su jefe estaba ilocalizable, o a lo mejor no le cogía el teléfono aposta. La discusión con el director de la cárcel había creado entre ellos una fisura que tardaría en repararse. Pero no se trataba de algo personal, y en un brote como aquel, era urgente analizar las muestras cuanto antes. ¿A nadie le parecía urgente que hubiera un brote sospechoso que podía ser peste? «Solo es un día, solo es un día.» En un día podían ocurrir muchas cosas. Estaba harta.

Tuvo una idea. Si el ISPGA no iba a enviar las muestras a Madrid hasta el día siguiente, las llevaría ella misma. Entró en Google y buscó la localización del laboratorio donde trabajaba su amigo. Guardó la ubicación en favoritos y marcó un teléfono:

—¿Andrés?

—¡Quina! —la saludó— ¿Me llamas por tus muestras o es que no puedes vivir sin escuchar mi melódica voz?

Su amigo siempre la hacía sonreír. Aunque no era el momento ideal para el humor.

—Ha habido un problema con el envío. ¿Qué te parece si yo misma te las llevo?

—¿Estás de broma? —dijo sorprendido.

—Lo digo en serio, voy a buscarlas y salgo de inmediato para Madrid con mi coche.

—¡No me lo puedo creer! ¿Voy a verte hoy mismo?

Quina le explicó todo lo que había ocurrido en los últimos días. Andrés le aseguró que la esperaba con los brazos abiertos aunque llevase la peste con ella. Solo tenía que tomar medidas para hacer el traslado en condiciones de seguridad. Ella era la primera interesada. Colgó con una sonrisa. La siguiente llamada no iba a ser tan fácil. Respiró profundamente y llamó. Después de dos tonos, contestó.

—¿Santi?

Se oía de fondo una risa femenina. Era otra vez la señorita «original y divertida».

—Perdona, no te oigo muy bien, espera... Hay mucho jaleo en la cafetería.

—Escucha —dijo Quina—, voy a Madrid a llevar unas muestras al Laboratorio Nacional.

—¿Cuándo? ¿Mañana? Tengo el día libre, puedo acompañarte —propuso Santi.

—No. Me voy ahora mismo. Además, tú estás muy ocupado organizando la fiesta de jubilación.

—Pero, Quina, ¿qué te pasa? —preguntó perplejo.

—Nada, Santi, te voy informando.

Y colgó.

Quina metió el neceser, algo de ropa y su ordenador portátil en la mochila. Llenó de agua y pienso los cuencos de *Charco* y se despidió del *cocker*. El cachorro la miró y agitó la cola.

Aparcó el coche en la calle Albareda, a la altura de una tienda de pinturas, y fue caminando hasta el Instituto. Pasó por delante de la Comandancia de la Guardia Civil y miró a los agentes de la puerta, que hablaban casi en susurros. Cruzó el paso de peatones con ligereza y entró en el edificio. Saludó al guardia y se dirigió al ascensor lateral, que era el menos concurrido. Lo último que quería era meterse en más problemas. Solo necesitaba recoger las muestras y largarse de allí.

Se sentía como una delincuente. El corazón le latía con fuerza en el pecho. El ascensor se abrió. Estaba vacío. Subió a la quinta planta y contuvo la respiración cuando las puertas se abrieron. El pasillo estaba vacío. Con pasos rápidos se dirigió al laboratorio.

—¡Pedro! —susurró.

—Qui-Quina… —tartamudeó al verla—. ¿Qué haces aquí?

—Vengo a por las muestras.

—Esto… —El hombre se rascó la cabeza, nervioso—. No podemos enviar nada a Madrid hasta mañana.

—No te preocupes, yo me hago responsable. Las llevaré al Laboratorio Nacional.

—¿Tú?

Pedro la miró perplejo y ella le sostuvo la mirada para mostrar confianza.

—Conozco bien todas las medidas de seguridad y los protocolos, no te preocupes. Estás hablando conmigo.

—Está bien. —Se dio por vencido. Si él no le daba las muestras, Quina las cogería de la nevera—. Toma, pero yo no te las he dado.

—Tranquilo, te debo una.

Pedro meneó la cabeza. Solo esperaba que aquello no lo salpicase. Las órdenes de Uriarte habían sido claras: el ISPGA no realizaría envíos hasta el día siguiente. Quina no estaba incumpliendo las órdenes en sentido estricto, pues era ella misma quien iba a encargarse de llevarlas al laboratorio de Madrid. Pedro sabía lo testaruda que era la jefa de Epidemiología; si quería llevarse las muestras, nada ni nadie podía impedírselo. Ni siquiera Uriarte.

28

Álex condujo el coche del Instituto hasta la urbanización donde vivía la familia Bueno. Era la primera vez que visitaba aquel barrio, es más, ni siquiera había oído hablar de él. Tuvo que fiarse totalmente del GPS para llegar. Cuando le faltaban unos metros para alcanzar su destino, redujo la velocidad y husmeó con curiosidad. Detrás de los setos había podido distinguir casas y chalets elegantes; era evidente que allí vivían personas acomodadas.

Al acercar el vehículo, la valla se abrió de forma automática. El pequeño y viejo Peugeot 206 que conducía contrastaba con los jardines de la finca. Sintió vergüenza de que la vieran conduciendo un coche tan modesto. A decir verdad, la flota del Instituto no contaba con ningún vehículo ostentoso, pero podría haber elegido uno más nuevo o que no fuese de un tamaño tan ridículo.

Frente a la casa principal se extendía una explanada de grava con algunos olivos plantados estratégicamente. Una mujer regordeta y morena la saludó sonriente. Llevaba el pelo recogido y cubierto con gomina y vestía un uniforme blanco holgado. Envuelta en una chaqueta de punto azul marino, abrazaba su cuerpo para mitigar el frío. Cuando respiraba, le salía vaho de la boca. Álex detuvo el motor y se colocó una mascarilla. La mujer se acercó y esperó a que abriese la puerta.

—Buenos días, señorita Álex —le dijo con una amplia sonrisa—, soy Marcela, hablamos por teléfono, es un gusto conocerla.

La joven le devolvió la sonrisa detrás de la mascarilla, le dio las gracias y le preguntó qué tal estaba. La colombiana hizo un gesto de asentimiento y comenzó a hablar deprisa. Álex tuvo que concentrarse para entenderla.

—Ya charlé con el médico. Mi Rosario y yo estamos bien, y de momento no tenemos que hacer nada hasta que no sepan más del señorito David. Nos avisarán para que nos hagamos pruebas. Estamos todos muy preocupados por el señorito. Nadie me lo dice, pero sé que es algo grave y que las cosas no van bien. Usted es doctora, ¿cree que el señorito se pondrá bien?

—Claro que sí, Marcela —respondió Álex con menos convicción de la que hubiera deseado—. Perdone, pero tengo que llevar la mascarilla por protocolo. Me gustaría hablar con el señor Bueno. ¿Está en casa?

—Ay, no, lo siento. Se fue anoche al hospital y todavía no ha vuelto. Los señores están ingresados. No pueden salir, ¡pobrecitos los señores!, solos, cada uno en una habitación. Me han telefoneado hace un ratito, ellos están bien, muy preocupados por el señorito David. Pero, pase, pase adentro un momentito, que aquí hace mucho frío.

Álex tomó nota de la habitación donde estaba ingresado Arturo y se preguntó por qué nadie la había informado de su ingreso y mucho menos del motivo.

Entraron por la puerta lateral de la casa hasta un espacioso recibidor. La temperatura era agradable y contrastaba con el frío de la calle.

—¿Le guardo el abrigo, señorita Álex?, ¿quiere un café calentito?

—No es necesario, gracias.

—Sí, sí, yo le preparo. Siéntese usted.

Atravesaron un pasillo y llegaron a una sala de estar que parecía sacada de una revista de decoración. No había ni un solo objeto fuera de lugar y Álex se preguntó si en realidad alguien podía vivir en una casa como aquella, o simplemente era un salón para impresionar a las visitas. Aun así, lo que más le gustó fueron los enormes ventanales, que cubrían toda la pared y estaban orientados hacia la parte trasera de la finca.

Las vistas al jardín eran impresionantes. Observó con fascinación el pequeño paraíso que tenía delante de sus ojos y trató de retener todos los detalles, porque era probable que nunca volviera a visitar una casa tan lujosa. Vivía en un piso diminuto de una sola habitación, decorado con muebles de Ikea y con un balcón de un metro cuadrado en el que al menos podía darse el capricho de respirar aire fresco.

La piscina, que estaba protegida por una lona, estaba rodeada de cactus y arbustos exóticos, y contaba con un *jacuzzi* para cuatro personas. Al fondo, junto a una pequeña casa de una sola planta, había una pista de baloncesto desierta.

—Marcela, ¿conoce usted a los amigos de David? —le preguntó mientras la mujer dejaba en una mesa auxiliar una taza de café y un platillo con galletas.

—Solo a los que vienen a casa. —De repente su expresión se volvió seria, como si hubiera recordado algo—. ¡Ay señorita, qué pena más grande! ¿Sabe usted lo que le ha pasado al señorito Íñigo? ¡Qué desgracia más grande! Tan joven... ¡Malditos chismes! Solía venir por casa a jugar a baloncesto con el señorito David. ¡Pobrecito, pobrecito!... —dijo sonándose con un pañuelo—. ¡Dios lo tenga en su gloria!

Álex la consoló y tomó nota. Sin darse cuenta, la mujer le había proporcionado un dato importante: Íñigo y David no solo eran compañeros de colegio, también eran amigos. Lo que significaba que era probable que hubieran pasado tiempo juntos antes del accidente mortal de Íñigo.

—Marcela, esto es importante, ¿sabe si David estuvo con Íñigo la semana pasada?

La mujer se encogió de hombros.

—En casa no estuvieron, eso seguro. Hacía días que no veía al señorito Íñigo.

Sin probar el café, la joven se despidió apresuradamente de Marcela y condujo hasta la clínica Santa Elena mientras hacía algunas llamadas con el manos libres.

ENTRÓ EN LA habitación protegida con una mascarilla. Arturo Bueno reposaba semiincorporado en la cama. Álex se quedó pasmada al verlo y se recolocó la mascarilla con nerviosismo. El hombre que tenía delante le recordaba a un actor de Hollywood. Moreno, engominado y con una mirada penetrante. No se lo había imaginado así cuando escuchó su voz por teléfono. Su aspecto de galán —a pesar de la bata de hospital—, no concordaba con la tos cavernosa y el mal genio que gastaba.

Álex se colocó lo más alejada que pudo y trató de ganar autoridad ante el hombre que la miraba con desdén. Se colocó unos guantes, sacó algunos documentos del portafolios y trató de calmarse.

—Tengo que hacerle unas preguntas, señor Bueno —comenzó a decir con voz débil—, todo lo que hablemos es confidencial. Es importante que responda con absoluta sinceridad.

Él asintió. Había aceptado aquella entrevista porque no le quedaba otro remedio. Formaba parte del protocolo. Álex lo interrogó sobre todo lo que había hecho desde la semana anterior, sus horarios, con quién había mantenido contacto. Y también le preguntó por David, si había quedado con Íñigo o con otros amigos, y dónde había estado.

—Muy bien, señor Bueno, ya casi hemos acabado. Me ha quedado claro que solo estuvo en contacto estrecho con su hijo el domingo por la mañana, cuando entró en su habitación, y que ignora dónde estuvo David el viernes y el sábado, puesto que usted solo fue a casa para dormir y David ya estaba acostado. ¿Hay alguien más que debamos añadir en la lista de contactos estrechos?

—Ya te he respondido. No vi a nadie más —dijo Arturo tuteándola para demostrar su superioridad.

—Me gustaría que hablásemos de Íñigo Ruiz, ¿lo conoce? —De camino, había hablado con Pepa, que la había informado de que no iban a la misma clase pero que, según sus compañeros, eran amigos.

—No me suena.

—¿No le suena? Pues Marcela, su cocinera, dice que Íñigo es amigo de su hijo y que ha ido a su casa a jugar a baloncesto en varias ocasiones.

—Bueno, sí… tal vez, sí, me suena.

—¿No sabe lo que le ha ocurrido?

—¿Es el chico que ha tenido un accidente?

Álex asintió. Arturo le estaba mintiendo descaradamente. ¿Cómo podía ser tan cínico?

—No entiendo, ¿qué tiene que ver el accidente de Íñigo en todo esto?

—Puede que sea importante para la investigación. —Álex revisó algunas notas. Pepa le había dicho que los compañeros del colegio no presentaban ningún síntoma, lo que la hacía sospechar que quizá el contacto se hubiera producido fuera—. ¿Sabe usted si David vio a Íñigo el fin de semana?

Arturo comenzó a toser con violencia y ella se sobrecogió. Era como si de repente le faltara el aire. Se levantó y abrió la ventana. Enseguida entró una brisa fresca que se extendió por la habitación.

—Creo que es hora de que te vayas —logró decir en medio del ataque de tos, y señaló la puerta.

—Señor Bueno… es importante, ¿sabe si Íñigo y David estuvieron juntos? —preguntó mientras se levantaba y recogía los papeles con urgencia.

El hombre le señaló la puerta y la invitó a marcharse.

—Eres muy insolente. Mi hijo está muy grave. No sé qué importancia puede tener eso en estos momentos.

—Señor Bueno, es posible que haya un vínculo entre la muerte de Íñigo Ruiz y la enfermedad de su hijo. Estamos investigando todas las posibilidades. Nos ayudaría mucho si colaborase.

—¡Pero Íñigo murió de un accidente de patinete! —gritó visiblemente alterado—. ¿Acaso los accidentes también son contagiosos?

—No se ponga así, está usted alterándose demasiado. Si no nos ayuda, puede que cuando lo averigüemos sea demasiado tarde. David no está ahora en condiciones de hablar.

Estaba sudoroso. Su semblante había cambiado y parecía dudar si hablar o no.

Álex salió de la habitación y desechó la mascarilla y los guantes en un contenedor marcado con una etiqueta que ponía «Residuo peligroso». Después se lavó las manos con jabón desinfectante y volvió a colocarse mascarilla y guantes antes de entrar a hablar con Paloma, que descansaba en una habitación al otro lado del pasillo. David estaba demasiado débil para que le hicieran preguntas; esperaba que se recuperase y que pudiera hablar con él más adelante.

Solo cuando salió de la clínica respiró tranquila. Entró en el coche y dio marcha atrás haciendo saltar algunas pequeñas piedras del aparcamiento, todavía enfadada porque Arturo la había echado de la habitación. ¿Por qué había sido tan antipático? Había respondido con evasivas y con agresividad cuando le había preguntado, al contrario que Paloma, que se había mostrado muy colaboradora y había dado enseguida el nombre de

Soledad, su único contacto estrecho. Desde que había llevado a Urgencias a David en su propio coche, solo había tenido contacto con miembros del personal sanitario, y a estos les harían pruebas si fuera necesario.

Pisó a fondo el acelerador del viejo Peugeot. No le gustaba aquel tipo, pero estaba decepcionada consigo misma porque él la había menospreciado y ella no había sabido defenderse.

De repente, vio el *flash* del radar por el espejo retrovisor y fue consciente de dos cosas. La primera, que la acababan de multar y la segunda, que aquel caso le venía grande y no tenía a Quina para ayudarla.

29

Quina encendió la radio, le quedaban por delante tres horas de viaje, con parada incluida. Condujo por el paseo María Agustín y accedió a la avenida de la Ciudad de Soria. Las gotas de condensación resbalaban por el cristal y accionó el limpiaparabrisas, que se movía de forma intermitente con un ruido sordo.

Dejó a la izquierda el inmenso edificio de la estación Zaragoza Delicias, las tiendas y los hoteles. La Intermodal era el punto de partida y llegada de la mayoría de trenes y autobuses de la ciudad, y siempre había afluencia de personas. En aquel mediodía gris había mucho movimiento de vehículos y taxis.

La bruma ocultaba los llamativos arcos blancos de la cubierta y, sin ellos, se convertía en un edificio más. La fachada blanca e impoluta parecía sucia debido a la humedad.

Dirigió la vista al retrovisor para mirar el maletero. Allí iban las muestras que le habían extraído a David y a sus padres. Sabía que no estaba bien que se las hubiera llevado, pero ante la gravedad del caso, le parecía la solución más rápida. Además, conocía los protocolos de transporte y había seguido todas las medidas de seguridad.

Se había asegurado de que Pedro utilizara el sistema de envasado triple. El primer recipiente, el tubo que contenía cada muestra, era estanco y a prueba de filtraciones. Como marcaba el protocolo, había envuelto las muestras en unas bolsas de un material que garantizaba la absorción del fluido en caso de que hubiese una fuga o una muestra se derramara. Para proteger el paquete, un segundo recipiente estanco con capacidad para contener todas las muestras. Y, por último, el recipiente exterior, provisto de un material amortiguador para evitar daños durante el transporte.

A pesar de que nadie más que ella iba a tocar las muestras hasta que llegaran a manos de Andrés en Madrid, el envase estaba perfectamente marcado, etiquetado y documentado, con la señal de peligro biológico bien grande y visible.

Abrió la ventanilla en un intento de respirar aire fresco. El viento le heló la cara y las manos al instante y volvió a subirla. Había recorrido varias veces el trayecto hasta Madrid, pero se sentía intranquila. Seguía dándole vueltas a los últimos acontecimientos: unas imágenes se sucedían a otras, sin parar. La cara del director de la cárcel. Su despacho destrozado. Las palomas muertas. Su cuñado. Santi. Miranda. Juntos. No podía soportarlo más. Las palabras de Uriarte: «Unas vacaciones». La foto de su sobrino Hugo. Claudia. Sintió un nudo en el estómago, los ojos se le nublaron y sintió que le faltaba el aire. Abrió de nuevo la ventanilla y miró el paisaje que discurría al otro lado. De repente se acordó de las palabras que le solía decir su hermana: «Quina, cuando sientas que te falta el aire es porque en tu cerebro hay mucho ruido y poco oxígeno. Concéntrate en tu respiración y en nada más».

Solía funcionar. No estaba segura del rigor científico de esa recomendación, su hermana lo había aprendido en una clase de yoga, pero concentrarse en su respiración la hacía sentirse más calmada. Era como si Claudia volviera a estar junto a ella, susurrándole al oído que todo iría bien.

Cuando estuvo más calmada, se concentró en el caso de David Bueno. Álex ya había hablado con el padre, que, para su sorpresa, se había mostrado poco colaborador, algo que era poco frecuente. Le había tocado un caso complejo nada más incorporarse al servicio, pero se las arreglaba muy bien. Cuando regresara de Madrid, hablarían. No tenían mucho tiempo. Tenían que actuar rápido. «Cogerse unos días de fiesta» no era una buena opción, pensó enfadada.

Cuando Uriarte se enterase de que se había llevado las muestras, se enfadaría, pero ella sabía que estaba haciendo lo correcto, por mucho que su jefe no lo entendiera. Andrés la estaba esperando para analizarlas cuanto antes. Sonrió al pensar en su amigo y en toda la ayuda que le estaba prestando.

El viaje duró lo previsto, con parada en Medinaceli incluida, donde comió algo y se tomó un café. En la entrada a Madrid, el tráfico era fluido y enseguida encontró el aparcamiento público que su amigo le había indicado.

El Laboratorio Nacional era un inmenso edificio acristalado de reciente construcción que contrastaba con el hospital de hormigón y ladrillo que tenía al lado.

Cogió con cuidado las muestras del maletero, entró en las dependencias y preguntó a un celador por el laboratorio de Enterobacterias. Siguiendo las indicaciones, subió por las escaleras mecánicas hasta la segunda planta y continuó por un entramado de pasillos donde orientarse parecía misión imposible. Quince minutos más tarde, encontró el laboratorio y entró.

—¿Hola? —gritó Quina—. ¿Hay alguien?

La sala era amplia, en el centro se agrupaban los bancos de trabajo, bajo una enorme campana de extracción. Al otro lado de la habitación, en una cabina de seguridad, un hombre alto y delgado se inclinaba sobre una muestra. Llevaba una micropipeta en la mano y se movía de un lado a otro.

—¿Andrés? —lo llamó de nuevo al comprobar que seguía absorto. Como no podía oírla, le mandó un mensaje al móvil.

El hombre sintió la vibración, levantó la cabeza y el rostro le cambió al reconocerla.

—¡Quina! ¡Qué alegría que hayas venido! —gritó contento. Sin soltar la micropipeta salió de la campana para poder hablar—. Perdona, ¿puedes esperar a que acabe con esta muestra?

—Claro —respondió ella mientras depositaba las bolsas sobre un banco—. Dejo esto por aquí.

—No puedo distraerme —continuó Andrés—. Ahora mismo tengo entre manos la cura de todas las enfermedades —bromeó y agitó la pipeta—, y sería una pena perder la fórmula, ¿no crees? Quina sonrió, aprovechó para sacar el móvil y le envió un mensaje a Santi en el que le decía que había llegado a Madrid. Antes de guardar el teléfono, suspiró y rogó por que no la llamara.

—Cuéntame, estoy deseando saber más detalles —le dijo Andrés después de darle un efusivo abrazo—, tiene que ser un caso muy importante para que hayas venido hasta aquí.

—Lo es, y he podido venir porque me han dado unos días libres en el trabajo. Como siempre estás quejándote de que no vengo a verte, me pareció un buen momento.

—Gracias, doctora Larrea, es todo un honor para este laboratorio recibir su visita —dijo haciendo una cómica reverencia—. Vamos a ver qué regalitos me has traído.

Cogió las muestras con expectación, las colocó en una de las bancadas y examinó con curiosidad la caja exterior. Aquel no era el lugar adecuado para manipular las muestras.

—¿*Yersinia pestis?* Es rarísimo. No la he visto en mi vida. Solo se dan unos pocos casos en medios rurales de EE. UU. o países del tercer mundo. ¿En serio traes ahí la peste?

Quina se encogió de hombros.

—Ya no sé qué pensar, Andrés, pero me temo que sí.

—¿Alguna idea de cómo se han contagiado?

—Estamos en ello. Sospechamos que el caso está relacionado con la muerte de otro chaval de su mismo colegio que murió en un accidente. En la autopsia parece que han hallado muestras de la bacteria en los pulmones. Todavía no tenemos la confirmación y por eso necesitamos analizar estas muestras cuanto antes. Primero para descartar que el chico tenga la peste y, en caso contrario, para activar los protocolos con urgencia.

—¿Y el paciente cero?

—No está claro —afirmó Quina—, al parecer no es el padre, porque comenzó con síntomas más tarde…

—¡Vaya! ¡Qué horrible! Haré todo lo posible para analizarlas cuanto antes. No puedo decirte cuándo estarán los resultados, hoy ya se ha hecho un poco tarde. Pero ya que has venido, te pongo la primera en mi lista de prioridades y empiezo mañana a primera hora —se comprometió Andrés guiñándole un ojo.

Andrés no se atrevía a decir nada hasta que no tuviera los resultados. A lo largo de su carrera, había visto casos de lo más sorprendentes. El microbiólogo recogió las cajas y las guardó en una cámara con un código de seguridad.

—Ahora hablemos de lo importante. ¿Te quedarás unos días en Madrid?

—Solo esta noche. Estoy demasiado cansada para regresar a Zaragoza en coche. Dormiré en un hotel cerca de la estación.

—Ni lo sueñes. En mi casa tengo una bonita habitación de invitados... Y si quieres, en mi cama también hay sitio… —bromeó mientras se ponía una cazadora acolchada que guardaba en la taquilla.

—¡Andrés! —protestó.

—¡Es broma! —gritó desde la puerta.

—¿Dónde vas?

—A casa, ¡es hora de cenar!

Quina negó con la cabeza y lo siguió. Ella no tenía hambre. El café que se había tomado durante el trayecto le había revuelto el estómago, pero se puso el abrigo y salió con él.

El autobús rojo rodeó la rotonda de la Puerta del Carmen y se incorporó con un movimiento brusco al paseo María Agustín. La inspectora Lysander se agarró a la barra superior y trató de mantener el equilibrio. Sería la primera y última vez que se montara en aquel trasto para ir a trabajar. Los frenazos y bandazos que daba el vehículo eran más propios del transporte de ganado que de personas. Tenía que buscar otra alternativa para moverse por la ciudad.

Bajó frente a la farmacia, en la parada más cercana a la Jefatura de Policía, junto a un nutrido grupo de personas. El viento le golpeó bruscamente las mejillas, respiró unos segundos el aire de la calle y se envolvió la nariz con la bufanda. Por suerte había tenido tiempo de ir a comer a casa y coger ropa de abrigo.

Subió las escaleras y accedió al edificio gris en el que apenas llevaba unas semanas trabajando. El vestíbulo era diáfano y no tenía ventanas. Saludó al compañero que estaba en el mostrador y subió al ascensor.

Su despacho estaba situado en la tercera planta, al final del pasillo. Se cruzó con un par de agentes a los que saludó con un gesto de cabeza; no recordaba sus nombres. Todo estaba muy tranquilo y silencioso. No sabía cuáles eran las costumbres en la comisaría, así que ella trataba de no llamar demasiado la atención. El suelo vinílico amortiguaba el sonido de sus pasos.

Pasó por delante del despacho del inspector Garrido y se le ocurrió que tal vez se hubiese ido ya. Llamó con cautela.

—Sí, ¿qué pasa?

—Buenas tardes, Garrido, soy Lysander —dijo Eliana a la vez que abría la puerta—. Me preguntaba si habéis avanzado en el tema del asalto al ISPGA. Como ocurrió durante mi primer fin de semana en la ciudad, no puedo evitar sentirme implicada, la epidemióloga con la que hablé parecía muy afectada.

—Gracias por tu interés. De momento mucho trabajo y pocos resultados. Interrogamos a Montesinos, el médico antivacunas, y a gente de su grupo, pero parece que están limpios. Estamos interrogando a todos los trabajadores del ISPGA y vamos a localizar a los extrabajadores del laboratorio de los últimos años. Te sorprenderías de la cantidad de personas que ha pasado por allí, desde personal encargado de la limpieza y la seguridad hasta técnicos de laboratorio, investigadores… en fin, un trabajo extenuante.

—¿Sospechas de alguien de dentro? —indagó Lysander.

—Bueno, es probable, el culpable evitó forzar la cerradura y sabía muy bien lo que hacía. O bien ha trabajado en el ISPGA o tiene un cómplice.

—¿Y el guardia? Me cuesta creer que no viera nada.

—Era el primer sospechoso, pero parece inocente. Además, constatamos que manipularon las cámaras. Se tomaron muchas molestias.

—¿Cómo lo hicieron?

—Burlaron las medidas de seguridad y accedieron al circuito para dejar la imagen congelada. Es decir, el vigilante veía una captura en las pantallas y no se percató de que el reloj no cambiaba de hora…

—¿Algún vecino que viera algo?

Garrido negó.

—Nos quedan por revisar las cámaras de tráfico, pero el camión llevaba la matrícula tapada. Demasiadas molestias para unas vacunas…

—Están bien cotizadas en el mercado negro.

—Imagino. ¿Tú cómo vas?

—Bien. También liada con un caso… —Eliana recordó todos los expedientes que le quedaban por leer—. Te dejo, Garrido, ya iremos intercambiando información.

—Nos vemos por aquí.

La inspectora Lysander tenía una idea en la cabeza y quería comenzar a trabajar cuanto antes. Encendió el ordenador y se sentó frente a la pantalla oscura. Tamborileó con el bolígrafo sobre el bloc de notas hasta que la pantalla se encendió por fin y un cartel le indicó que podía acceder al sistema.

Entró en la base de datos y buscó en los expedientes antiguos algunas palabras clave. Los agresores sexuales solían ser reincidentes, así que, para empezar, quería revisar otros casos para compararlos con la agresión que había sufrido María Moreno.

No es que desconfiase de sus compañeros, que seguramente habían hecho un buen trabajo, pero tal vez buscaron el mismo perfil de víctima, y ahí podía estar el error. No sabía lo que buscaba, pero si aquellos expedientes guardaban alguna pista, ella iba a encontrarla. Aunque existía la posibilidad de que no descubriera nada. Ella solo necesitaba un pequeño indicio, algo que delatase al depredador.

Había una parte negativa de su trabajo, cuando algunos casos se quedaban inconclusos. Eliana no podía soportarlo. Si una investigación quedaba sin resolver, sentía que había fracasado. Y había ocasiones, cuando se encontraban ante un muro infranqueable, en las que no quedaba otro remedio que archivar el caso y rezar para que más adelante alguien hallase alguna prueba.

Eliana nunca dejaba una pista sin investigar, por muchas horas o mucho trabajo que le costase; era incansable. «Un poco obsesiva», le decían sus compañeros. León era una ciudad muy tranquila en la que se cometían pocos delitos, pero durante los años que estuvo trabajando allí, todos los casos que habían pasado por sus manos y las de su equipo los habían resuelto. No tenía ni una mancha en su expediente.

Zaragoza era diferente, la comisaría era grande y su grupo de trabajo más numeroso. Todavía tenían que conocerse mejor y ganar confianza, y eso solo se lograba con el tiempo. En ese momento recordó que no los había saludado. Estaba tan concentrada en empezar a revisar expedientes que se había olvidado de decirles que había llegado.

Apuntó algunos números de expediente en un papel. En la base de datos solo estaban indexados, pero la documentación de los casos antiguos no estaba digitalizada. Tendría que bajar al sótano, donde estaba el archivo.

Apenas había recorrido unos metros cuando se dio de bruces con el subinspector Salcedo.

—Iba a bajar al archivo —dijo señalando la nota con los expedientes que quería revisar.

—Te ayudo a buscarlos. Conozco bien el sótano.

BAJAR ALLÍ ERA como adentrarse en una película de terror de los años setenta. Las puertas metálicas estaban oxidadas en los bajos y dudaba que aquellos extintores descoloridos estuvieran preparados para apagar ni el fuego de una papelera ardiendo. La pintura de los pasillos estaba descascarillada, en los techos había telas de araña y localizó algunas cucarachas muertas. Salcedo aplastó con la bota uno de los bichos que estaba bocarriba y meneaba las patas. El animal emitió un crujido desagradable.

El almacén con los archivos se ubicaba al lado de la sala de máquinas. La caldera estaba encendida y emitía un ruido molesto que traspasaba la pared. Eliana observó los armarios y estanterías que llegaban hasta el techo y trató de descifrar la forma en que estaba organizado aquel cúmulo de cajas. Fue imposible.

Si no hubiera sido por el subinspector Salcedo, le hubiera costado horas encontrar los expedientes que buscaba. El sistema de organización era un poco caótico, pero su compañero lo controlaba y sabía cómo localizar las carpetas. Llevaba muchos años trabajando en aquella comisaría y conocía cada rincón como la palma de su mano.

Lo observó trabajar. Parecía un tipo agradable, de esos que sabían cuál era su lugar. Era pocas palabras, pero se había mostrado amable desde el principio. Calculó que no le quedaba mucho tiempo para jubilarse, e imaginó que a él también le interesaba que Eliana se adaptara lo antes posible al nuevo puesto.

Regresaron a su despacho con una gran pila de carpetas y archivadores para revisar. Estaban llenos de polvo y Eliana los limpió con una servilleta de papel. El polvo quedó suspendido en la habitación, lo que le provocó una retahíla de estornudos.

Extendidos sobre la mesa del despacho, parecían que hubieran aumentado. ¿Cuántas horas les llevaría revisarlos todos? Era incapaz de calcularlo, pero cuanto antes empezaran, antes acabarían. Salcedo se llevó la mitad.

Tenía que leer las transcripciones de las declaraciones, los informes médicos y periciales y el resto de documentos. Que sacasen algo en claro, dependería de lo concienzudos que hubieran sido los compañeros en la primera investigación.

No sabía con exactitud lo que estaban buscando, pero si había alguna pista que los condujera al agresor que había estado a punto de violar a María, tenían que encontrarla.

Tras pasar varias horas leyendo los expedientes, Lysander tenía la cabeza embotada. Cerró los ojos y recordó la conversación que habían mantenido con la joven. Escucharla la había afectado más de lo que quería admitir. Las lágrimas le habían acudido a los ojos en varios momentos y había tenido que disimular. Podía conectar con el dolor de la chica a través de su propio dolor. Lo de Lur era todavía muy reciente.

Ella otra vez. ¿Sería capaz de olvidarla algún día? A veces pensaba que no, que Lur siempre estaría ahí, y en cierta manera, la aliviaba pensar en ella. Se despertaba por las noches recordando las últimas conversaciones, pero luego se imaginaba que toda la comisaría se reía a sus espaldas y la rabia la consumía. Ella podía rehacer su vida, cambiar de trabajo y de ciudad, pero sabía que en cualquier momento, cuando menos se lo esperara, Lur podía aparecer y echarlo todo a perder. Así era ella, permanecía en la sombra, e incluso en la distancia tenía la capacidad de colarse a través de cualquier hueco e invadirlo todo.

Hizo un esfuerzo por concentrarse de nuevo en los expedientes y en la declaración. Cuando habían hablado con María, todavía estaba muy conmocionada, pero había dado bastantes detalles. Parecía frágil, enferma, sin embargo, se había defendido mordiendo al agresor y había demostrado mucho valor al denunciar la agresión.

Cogió un nuevo expediente; este tenía poco grosor, apenas cinco hojas en total. La investigación, realizada dos años atrás, había sido breve. Un hombre le había propinado una paliza a una prostituta y la había dejado herida de gravedad. Leyó las declaraciones de la mujer y el informe de los médicos que la atendieron en el hospital. La prostituta estaba inconsciente cuando ingresó, pero finalmente no había interpuesto ninguna denuncia y el caso se había archivado sin que detuvieran al agresor.

Sacó todos los documentos. Desplegó unas cuantas fotos devastadoras. Eliana las examinó con detenimiento. Un primer plano donde se veía la nariz rota de la víctima, con unas gasas en los orificios y restos de sangre. Una foto del cuerpo lleno de moratones. Varias imágenes en primer plano de las heridas. ¿Cómo pudo no denunciarlo? Imaginó todo lo que habría sufrido la mujer y cómo debió de sentirse mientras le hacían las fotos para documentar la denuncia, y al final no habían servido para nada.

Había víctimas que no interesaban, víctimas a las que nadie defendía. Se estremeció y volvió a leer el informe.

—La víctima menciona que el agresor podría ser inglés, pero no está segura... —leyó en voz alta.

Eliana se frotó la barbilla y volvió a estornudar. Guardó las fotografías con el resto del expediente. Si no encontraban pronto una pista sólida, sería difícil resolver el caso.

30

ARTURO SE CONECTÓ a la oficina de BCG muy malhumorado. Le habían traído su ordenador portátil y, aprovechando que en ese momento no tenía fiebre y se encontraba relativamente bien, había decidido trabajar un rato después de la cena. Todo estaba complicándose demasiado. La visita de la epidemióloga le había puesto sobre aviso. Demasiada insistencia. Algo estaba pasando y él iba a averiguarlo.

Héctor leía el periódico en su despacho. Le gustaba estar al tanto de todo lo que ocurría en el mundo. Su teléfono comenzó a sonar. Aceptó la llamada con desgana y escuchó atento la voz atropellada de Arturo. Contestó con varios monosílabos, escueto, y encendió su ordenador. Su socio estaba al otro lado de la pantalla.

—¿No me vas a preguntar? —Arturo tenía una expresión seria.

El otro lo miró y alzó una ceja.

—¿El qué? Ya me has dicho que estás ingresado con neumonía.

—¡David está grave!

Héctor lo miró imperturbable.

—¿Me has oído? —gritó Arturo—. ¿Es que no me oyes? ¡Mi hijo está grave, está en la UCI!

—Ya lo he oído. ¿Qué quieres que haga yo? Aunque te diga que lo siento, eso no va a cambiar las cosas —dijo mirándolo fijamente. Los ojos oscuros eran impenetrables—. Y tampoco soy médico intensivista. Dime, ¿no es más sensato mantener la calma en estos momentos? ¿Qué otra cosa puedo hacer?

—¡Nada! —repuso dando un golpe en la cama. El portátil se desestabilizó—. ¡No tienes que hacer nada! —Arturo barrió la sábana con la mano y tiró al suelo un bolígrafo, la agenda y el teléfono—. ¡Solo actuar como una persona normal! ¡Maldita sea! ¡Una puta persona normal que empatiza! ¡Joder, Héctor! ¿Es que eres un psicópata?

Héctor lo miró confundido. No se esperaba aquel numerito de Arturo. Estaba fuera de lugar y empezaba a perder la paciencia.

—Tranquilízate, amigo. En la clínica estaréis bien cuidados —dijo con tanta amabilidad como pudo.

Héctor no entendía por qué algunos se preocupaban por cosas que no podían solucionar. La preocupación desembocaba en sobreprotección y convertía en débiles a las personas. Lo veía en muchos padres. Él sabía de lo que hablaba porque tenía el ejemplo en casa. Su hermana, a la que sus padres se lo habían dado todo, no había aprendido a cuidar de sí misma. La habían mimado tanto que la habían convertido en una persona pusilánime incapaz de protegerse a sí misma. Él, sin embargo, había salido adelante sin la ayuda de nadie y no le había ido mal en la vida.

Sus padres murieron pronto. Si no hubiera sido por él, no sabía que habría sido de su hermana. Recordó las veces que le había advertido de alguna situación y ella no había seguido su consejo. En todas las ocasiones, su hermana había regresado envuelta en un mar de lágrimas pidiendo ayuda. Entre ellas, cuando nació Tanner.

—¿Cómo puedes decirme que me calme? —El aire denso de la habitación le secaba la garganta. Arturo respiraba con dificultad. Se acomodó en la cama y se llevó las manos a la cabeza.

Desesperado, comenzó a llorar preso de la impotencia. Se restregó la cara avergonzado y, después de sonarse la nariz, empezó a toser y a ponerse rojo. Sentía una fuerte presión en el pecho.

—¿Sabes que yo también estoy enfermo? —preguntó cuando se hubo calmado.

Héctor lo miró con cara de fastidio. El otro tosió, cogió un pañuelo y expulsó una flema. Héctor pensó que el numerito que estaba montando su socio era ridículo, propio de un niño de ocho años. ¿Por qué todo el mundo se empeñaba en contarle sus problemas? ¿Es que acaso tenía cara de médico? Arturo pareció leerle el pensamiento.

—¡Qué cínico eres, Héctor! En realidad, quería avisarte de que me han pedido una lista de los contactos que he mantenido durante este fin de semana. No pienso dar tu nombre. Paloma ha mencionado a Soledad, que estuvo con ella en el hospital, y es probable que la aíslen. Ahora que tenemos en marcha el contrato con los mexicanos, alguien tiene que controlar la empresa. Pero me tienes que jurar que, si tienes síntomas, irás al médico y te harás analíticas, y que durante siete días procurarás no ver a nadie.

—Ya sabes que no tengo mucha vida social, por eso no te preocupes.

—También quiero hacerte una pregunta. Hace días que no veo a tu sobrino Tanner, ¿jugó con vosotros el viernes?

—Sí. ¿Y eso qué tiene que ver?

—¿Sabes dónde se ha metido estos días?

La expresión que adoptó Héctor confirmó las sospechas de su socio.

—No sé dónde está Tanner, no soy su niñera— respondió con sarcasmo.

—¡No me jodas, Héctor! ¿Dónde coño está Tanner? —gritó Arturo, desencajado—. ¡Respóndeme! —Golpeó con fuerza el colchón y su rostro quedó a unos centímetros de la pantalla—.

¿Está enfermo? ¡Contéstame! ¿Sí o no? ¿Ha sido él quien ha contagiado a David?

—Bueno. —Se apartó hacia atrás—, está un poco acatarrado —admitió.

—¿Está enfermo y no me has dicho nada, Héctor? Sabías lo de David y ¿no has sido capaz de decirme nada?

—¿Qué quieres que haga? ¿Qué te pase un informe de su estado de salud cada vez que Tanner se acatarra?

—¡Sabes tan bien como yo que lo de tu sobrino no es un catarro! —espetó—. Han venido a la clínica a interrogarme, ¿sabes?

—¿Y qué les has dicho?

—¡Nada! Pero insistieron mucho y me hizo sospechar.

—Está bien. Invéntate algo y habla con tu hijo. A estas alturas a BCG no le interesa que haya un escándalo, y si Tanner es el origen de un brote importante, lo habrá. A ninguno de nosotros le interesa que eso suceda, ¿a que no?

Arturo lo miró. No reconocía los ojos de su socio. Se veían oscuros y profundos; le dio un poco de miedo.

—Ahora no te preocupes más, amigo —dijo Héctor cambiando de tono—. Vivimos en España, aquí las enfermedades contagiosas se curan.

—Eso espero, si no, te juro... —Un nuevo ataque de tos le impidió seguir hablando.

—Amigo, estás muy alterado, no te conviene ponerte así. —Se levantó y caminó unos pasos por su despacho—. Lo importante es que todos estáis en tratamiento y que en unos días estaréis bien.

A Arturo le dieron ganas de propinarle un puñetazo. Héctor nunca mostraba la más mínima preocupación por nadie que no fuera él.

—Por cierto —dijo ya camino de su escritorio—, también deberías preocuparte por otros temas... más personales, ¿recuerdas?

Quizá hayas contagiado a otras personas…, por ejemplo, a Carlota.

—Ya se lo he dicho. Va a hacerse las pruebas.

—¿Cómo que se lo has dicho? —preguntó el otro, enfadado.

—No te alteres, le he dicho lo mismo que a ti, que vaya al médico por si acaso.

Héctor volvió a sentarse ante el ordenador, disgustado.

—¿Así, sin más? ¿Te has asegurado de que no dé tu nombre?

Arturo se encogió de hombros. Ni siquiera estaba seguro de que Carlota fuera a ir al médico, pero tampoco lo podía asegurar. Si Héctor le hubiera avisado de la fuga a tiempo, él hubiera tomado precauciones.

—Vas a echarlo todo a perder. —Ahora el que estaba furioso era Héctor. ¿Cómo podía su socio ser tan estúpido y exponerse a perderlo todo por unas bragas?—. Te lo advierto, asegúrate de que tu amante no se vaya de la lengua. «O lo haces tú o lo hago yo», pensó antes de colgar la videollamada.

Andrés vivía solo en un pequeño piso de Madrid. Todo un lujo teniendo en cuenta el precio de los alquileres en la capital y el sueldo que cobraba el microbiólogo. Durante el trayecto habían hablado de lo difícil que era llegar a fin de mes y vivir sin compartir piso. De no ser por las guardias, el salario base en el laboratorio era un tanto escaso.

El apartamento era pequeño, pero estaba muy bien distribuido. Andrés lo mantenía ordenado y con pocos elementos decorativos. Quina pensó que le faltaban algunas fotos, era tan aséptico que parecía un hotel. Quizá le faltaba una mano femenina.

—Esta es la habitación de invitados —señaló—. Es toda tuya. Sería un crimen dormir en un hotel teniendo una cama libre en mi casa.

Quina dejó la mochila y sonrió. Su amigo tenía razón, allí estaría bien. Cuando cerró la puerta, se sentó en la cama. Desde que había llegado a Madrid no se había parado a pensar. A lo mejor se estaba equivocando.

Se sentía intranquila y, después de darse una ducha, le envió un mensaje a Santi para decirle que estaba bien y que se quedaba a dormir en Madrid. Volvería a casa al día siguiente. Al escribir el mensaje sintió punzadas de remordimiento. No le gustaba mentirle. Y aunque no le había dicho ninguna mentira, estaba omitiendo que se quedaba a dormir en casa de Andrés. Sabía de sobra que si se lo decía, Santi se enfadaría. Sería como echar más leña al fuego, y era lo último que quería, y lo último que necesitaba, su relación.

A la espera de una respuesta, pasó el rato hojeando un libro de fotografía que Andrés tenía en la mesita de noche. Pasaba las hojas sin mirarlas hasta el final y sin prestar atención a ninguna de las imágenes. Tal y como esperaba, su novio no contestó. Quizá fuera lo mejor.

Se enfundó unos vaqueros ajustados y una camiseta, se soltó la oscura melena y se maquilló un poco los labios. Había adelgazado y el escote de la camiseta dejaba a la vista las clavículas, demasiado marcadas.

—¡Fiuuu! —dijo Andrés cuando la vio aparecer—. ¡Estás muy guapa!

—Gracias, tú también. Me encanta como te queda ese polo, ¿es nuevo? —Cuando le decían un piropo, lanzaba rápidamente otro y así dejaba de ser el centro de atención; era un truco infalible.

Caminaron hasta un restaurante italiano situado a veinte minutos del piso de Andrés. La noche madrileña era fresca, pero mucho más apacible que en Zaragoza.

La cena fue divertida. Entre el vino, las bromas y los recuerdos de anécdotas del pasado, no dejaron de reír.

—¿Te acuerdas de cuando entramos en la sala de autopsias por primera vez y casi te desmayas?

—Pero ¿tú recuerdas cómo olía? —preguntó divertido tapándose la nariz y poniendo una voz aguda.

—Cierto, mejor no recordarlo —dijo Quina riendo antes de dar un bocado al pan de aceitunas.

—Eran buenos tiempos, ¿verdad?

Ella asintió y siguió comiendo. Nunca sabía qué decir a ese tipo de frases. Para ella era bueno cualquier tiempo en el que su hermana todavía estuviera viva.

De regreso a casa, Quina se dio cuenta de que en algunas calles ya habían puesto luces navideñas. Le gustaba la ciudad, siempre se sentía acogida. Estaba limpia y había un ambiente festivo entre la gente. Por unas horas, podía olvidarse de los fatídicos días que había vivido últimamente.

Cuando llegaron al apartamento, Andrés se ofreció a prepararle un *gin-tonic*. Quina miró el reloj que llevaba en la muñeca. Había bebido demasiado lambrusco y lo veía ligeramente desenfocado. Pestañeó unos segundos y volvió a centrar la vista. Eran las doce. Andrés la miraba con atención, esperando una respuesta.

—Prométeme que solo uno —contestó ella—. Al día siguiente tenía que conducir y no quería hacerlo con resaca.

—Hecho —dijo él ofreciéndole la mano a modo de pacto—. Conecta el móvil al hilo musical y pon algo que te guste mientras preparo las copas.

Quina siguió sus instrucciones y conectó el *bluetooth*. Con más torpeza de la habitual, navegó durante unos minutos por la plataforma de música hasta que encontró una lista de reproducción de los noventa. Buscó alguna canción conocida y le dio al *play*. Sonó *You oughta know*, de Alanis Morissette.

And I'm here, to remind you
Of the mess you left when you went away
It's not fair, to deny me
Of the cross I bear that you gave to me
You, you, you oughta

Cerró los ojos y se dejó llevar por el ritmo y la voz melancólica de la cantante. Le gustaba la letra en inglés. La cabeza le empezó a dar vueltas y se percató de que no oía a su amigo trastear en la cocina. Abrió los ojos y se lo encontró de frente, muy cerca de ella. El corazón le dio un vuelco.

—Tu *gin-tonic* —dijo mirándola a los ojos.

Quina sonrió nerviosa. Se sentía incómoda.

—No me mires así.

Andrés levantó las cejas.

—¿Así, cómo?

—Tan fijamente.

Sus manos se tocaron al coger el combinado. Un escalofrío recorrió el cuerpo de Quina. Sintió un golpe de calor debajo del ombligo que se le extendió por el vientre, y dio un gran sorbo a la copa tratando de calmarse. Miró a su amigo mientras disfrutaba del sabor amargo de la ginebra y del líquido frío bajándole por la garganta.

—¿Está bueno? —preguntó Andrés.

Ella asintió. Todo era extraño, todo era nuevo. Se sentía libre. Se apartó de Andrés unos centímetros y se dejó llevar por la música. Volvía a sentirse joven. Bailando, bebiendo, riendo. No tenía que controlarlo todo, a veces estaba bien dejarse llevar.

Se escuchaban los últimos acordes de la canción, y la voz de Alanis Morissette inundó la habitación. A medida que Andrés se acercaba e invadía su espacio, su cuerpo comenzó a reaccionar. Le costaba respirar con normalidad. Sentía el bombeo del corazón en las sientes. La casa se quedó en silencio.

Cogió aire. Comenzó a sonar *Believe*, de Cher.

31

Jueves, 22 de noviembre

Álex estaba frente al ordenador sin saber qué hacer. Tal vez necesitaba un poco de ayuda, pero sus compañeras trabajaban concentradas y no quería molestarlas. Había realizado varias llamadas y de momento solo tenía que esperar.

Los padres del colegio no habían parado de llamar durante toda la mañana. Sabían que David estaba ingresado, se mostraban preocupados y lo pagaban con ella. Les había transmitido que no era tuberculosis, pero no les había contado sus sospechas. Esperarían los resultados definitivos.

Comprendía la intranquilidad de los padres y trataba de ser amable, pero comenzaba a cansarse de sus ataques. Ella no tenía ninguna culpa y la gente la interrogaba como si tuviera que tener todas las respuestas. Aunque las compañeras habían respondido a algunas llamadas, estaba agotada mentalmente y sentía que no había avanzado nada durante la mañana.

Disgustada, empujó la silla, y las ruedas la alejaron unos centímetros del escritorio. En ese momento surgió una ventana emergente en la pantalla que le anunció que el antivirus de su ordenador necesitaba hacer un análisis. Leyó el aviso con incredulidad, la tecnología era siempre tan inoportuna...

—Perfecto, ¡lo que faltaba! —Se levantó a por un café de la máquina. Cuando regresó, el aparato seguía con el análisis. Bebió un trago, se sentó y marcó el número de la doctora Bustamante.

—Justo te iba a llamar. Tenemos una buena y una mala noticia. ¿Cuál te cuento primero?

Odiaba aquella frase. Las buenas noticias nunca eran buenas del todo si había una mala que las empañaba.

—La buena.

—David está respondiendo bien el tratamiento.

Álex se alegró al escuchar aquello. Tenía la esperanza de que el muchacho se recuperara poco a poco.

—La mala es que ha dado positivo en la prueba de *dipstick*.

—¿Eso qué significa?

—Es una prueba rápida para detectar la peste en personas sospechosas de haberse contagiado. La F1RDT detecta el antígeno F1 de la superficie exterior de la bacteria *Yersinia pestis*.

—¿Y tiene validez?

—Por desgracia, sí, los estudios indican que tiene una sensibilidad del cien por cien para la peste neumónica, es decir, es una prueba fiable para detectar a los enfermos. Aunque es cierto que siempre hay que andar con cautela en la interpretación de los datos, así que vamos a esperar el resultado del cultivo para confirmarlo.

Álex respiró profundamente. No estaba todo perdido. Quería agarrarse a la posibilidad de que la prueba rápida hubiese fallado, pero ya había demasiados indicios y no podía negar la evidencia. La peste neumónica era la más virulenta de las formas clínicas, la bacteria podía transmitirse por inhalación y podía causar grandes brotes o epidemias. Tendría que volver a leer el protocolo que tenía delante y rezar.

—Bueno, vamos a quedarnos con la parte buena, y es que David responde bien a los antibióticos —contestó Álex, abatida.

—Supongo que esto modifica la investigación, ¿no? —preguntó la doctora.

—Ya contábamos con esa posibilidad. Hemos comenzado a hacer el estudio de contactos en la clase de David para ver si hay más contagios entre sus compañeros, y de momento no tienen síntomas, así que creemos que David e Íñigo pudieron contagiarse durante el fin de semana.

—Eso es una buenísima noticia.

—Todos están muy nerviosos, y eso que no saben que podría tratarse de peste. No me quiero ni imaginar cuando se enteren. Llevo toda la mañana respondiendo llamadas.

—Buf, no quiero ni pensarlo. ¿Has averiguado dónde se han podido contagiar?

—Todavía no. Estamos entrevistando a contactos estrechos, pero el padre es bastante hermético.

—¡Qué me vas a contar! Tiene a todas las enfermeras fritas; trata a todo el mundo como si fueran sirvientes. Lo han apodado Diego de la Vega. Ya sabes, el Zorro.

Álex permaneció en silencio unos segundos. Sabía que Arturo Bueno podía ser insoportable cuando se lo proponía y sonrió pensando en la guasa del personal.

—¿Habéis hablado con los padres de Íñigo?

—Sí. Como te puedes imaginar, están destrozados, pero no presentan síntomas respiratorios ni de ningún tipo. Aun así, hemos hablado con ellos, están haciéndose pruebas y permanecen en vigilancia. De todos modos, parece que pasan muchas horas en el restaurante que regentan y apenas habían visto al chico desde el miércoles.

Cuando colgó el teléfono, percibió una mirada clavada en ella.

—¿Quieres algo? —le preguntó a Marina, que la observaba con un brillo amenazador en los ojos.

—No llevas ni diez días aquí y ya te encargas de un gran caso. Espero que no la cagues, Alexita.

¿Alexita? Álex la fulminó con la mirada. Desde que se había incorporado, en vez de ayudarla, Marina la ponía a prueba constantemente y trataba de ridiculizarla. Por suerte, no la necesitaba, llevaba varios años en el Departamento de Sanidad y sabía en qué consistía su trabajo. Si, tal y como su compañera decía, era un caso demasiado grande para ella, nunca lo admitiría delante de Marina. Esa mujer no era ejemplo de nada. Estaba quejándose todo el día y diciéndole a todo el mundo lo que tenía que hacer. Por suerte, las compañeras la conocían y no le hacían demasiado caso. Álex temía que, con Quina de vacaciones, le hiciera la vida imposible, pero no iba a dejarse pisotear.

Marina había preguntado sobre ella en su anterior trabajo y la había oído murmurar a sus espaldas. Era una cotilla y le gustaba mucho meterse en los asuntos de los demás. Podía entender su frustración, pero que se inmiscuyera en su parcela privada no lo iba a aguantar. Álex ya había soportado demasiadas habladurías a lo largo de su vida y estaba harta de ese tipo de personas.

—De todos modos, tengo claro que la ingratitud es una constante en el servicio de Epidemiología. Tengo más de veinte años de experiencia en la profesión y, desde luego, si yo estuviera al mando, ni de coña habría confiado la investigación de un brote tan grave a una recién llegada —espetó Marina con amargura y maldad en la mirada.

—Por suerte, tú no estás al mando —replicó Álex.

A ojos de Marina, era injusto que aquella mocosa se encargara de un caso que afectaba a adolescentes y que debía seguirse con estricta meticulosidad, mientras que a ella le habían asignado el de escabiosis. Álex sospechaba que en cuanto tuviera la más mínima ocasión, iría a quejarse a Uriarte, pero le daba igual.

En la cárcel el brote ya estaba controlado y quedaba pendiente la tediosa tarea de asegurarse de que todos y cada uno de los afectados hubieran recibido sus dosis de permetrina. Una tarea aburrida y sencilla, mucho más propia de una recién llegada que de una experimentada epidemióloga. Marina cerró la boca y fingió concentrarse en su trabajo.

Álex dio un suspiro, le quedaba mucho trabajo por delante. Organizó la documentación y e hizo algunas llamadas.

En su mente las piezas del rompecabezas daban vueltas y no terminaban de encajar. Por ahora eran puntos sin conexión y solo podía confiar en su intuición. Que Íñigo fuese quien había contagiado a David era una posibilidad, pero no la única. Tenía que encontrar el origen del brote, no para señalar al culpable sino para evitar más contagios.

Una idea le rondaba desde hacía rato. Tenía que averiguar cuándo y dónde se vieron Íñigo y David. Esa era la clave. Paloma se había marchado al pueblo el viernes por la tarde y parecía que no se enteraba de nada. Arturo le había dejado claro que él no iba a hablar de nuevo con ella, ya había accedido a la entrevista y era más que suficiente. Álex tampoco quería insistir, al menos de momento. El tipo se había mostrado poco colaborador y no quería volver a enfrentarse con él.

Marcela. El día anterior la cocinera había resultado de mucha ayuda y tenía la esperanza de que podría darle algún dato más. Decidió intentarlo y, aunque estaba agotada, realizó una última llamada.

—Hola, Marcela, soy Álex, ¿cómo estás?

—Bien, bien, señorita Álex. Ahora no puedo hablar, tengo mucho trabajo —contestó la mujer, nerviosa.

—No quiero molestarla, quería hacerle unas preguntas muy rápidas. ¿Sabe si el viernes o el sábado David quedó con Íñigo?

—El señorito se vistió para jugar un partido de baloncesto el viernes por la tarde.

—¿Con Íñigo?

—No le pregunté.

—Pero me fijé en que tienen cancha en la finca, ¿no los vio jugar?

—Ay, no, señorita, yo estaba a mis labores.

—Marcela, me dijo que su hijo Rosario y David se llevaban muy bien, ¿juegan juntos a baloncesto?

—Sí, muchas veces, cuando el amigo del señor no viene. Aunque ahora lleva tiempo sin jugar, ha estado de exámenes y mi Rosario es muy responsable.

—¿Ha dicho el amigo del señor?

—Ay, no sé, me he confundido, quería decir el señor.

—¿Qué amigo, Marcela?

—Señorita, no quiero meterme en problemas...

—Marcela, la vida de David y la de otras personas podría estar en peligro. No se preocupe, no diré que me lo ha dicho usted. Por favor, ¿qué amigo?

Marcela tardó tanto en contestar que Álex pensó que había colgado.

—Se llama Tanner, pero no sé nada más —susurró como temiendo que alguien la escuchara.

—¿Cómo ha dicho?

—Tengo que colgar, señorita, tengo una olla en el fuego —dijo precipitadamente antes de colgar.

Álex se quedó mirando el teléfono. Estaba claro que allí pasaba algo raro, ¿quién era el amigo del señor que jugaba a baloncesto?, ¿por qué Marcela se había comportado de ese modo tan extraño cuando le había preguntado?

«Tanner» escribió en el papel. Su intuición le decía que estaba muy cerca. Echó un último vistazo a las notas. Los tres círculos concéntricos. Los nombres. Las conexiones. El partido. Ya sabía por dónde continuar la investigación.

Sin saber el apellido de Tanner, era posible que no encontrara nada, pero aun así decidió intentarlo, con un poco de suerte no habría muchas personas con ese nombre en Zaragoza. Introdujo el nombre en la base de datos. Estaba de suerte. Una coincidencia.

Tanner Brown. Entró en su historia clínica. Recientemente se había hecho la prueba de la tuberculina antes de hacer un viaje a Estados Unidos. El paciente no había acudido a la consulta para saber el resultado.

Entró en sus datos personales y buscó su número de teléfono. Probó suerte, pero no contestó nadie.

32

Carlota recibió un mensaje que la citaba en el Torreón de la Zuda a última hora de la tarde. Había tenido que mirar en internet para comprobar dónde estaba aquel torreón, que no conocía por ese nombre. Al verlo en Google enseguida localizó la torre, estaba junto a la plaza del Pilar; la había visto cientos de veces, pero no sabía que se llamaba así. Era una torre situada junto al río Ebro, entre la iglesia de San Juan de los Panetes, la que tenía la torre inclinada, y las murallas romanas.

Salió de casa y llegó a la entrada de la torre a la hora exacta. Caía la tarde, ya era prácticamente de noche y la humedad del río se le colaba hasta los huesos. Empezó a tiritar. Las banderas del hotel situado enfrente se agitaban con fuerza.

Miró a su alrededor; no había nadie cerca. Escuchó unos pasos que se acercaban, pero el hombre pasó de largo. Una mujer con dos perros. Tres jóvenes que corrían. Todos caminaban deprisa, tenían un lugar al que ir. Quizá alguien los estaba esperando. Pensó en Arturo, el recuerdo fugaz de la primera noche que pasaron juntos le produjo un dolor casi físico. Se dobló sobre sí misma y gimió. El pitido del tranvía que se dirigía al Mercado Central, que estaba en obras, la devolvió a la realidad.

Se acercó a la puerta de la entrada del torreón para investigar qué había allí. El cartel anunciaba los horarios de la oficina de turismo. Según el letrero, hacía un buen rato que ya no había nadie dentro. Aguzó la vista para ver el interior de la torre a través del cristal, pero estaba demasiado oscuro.

Rodeó el torreón y llegó hasta la barandilla para echar un vistazo a las ruinas. Muchos turistas visitaban aquellos restos de las murallas romanas, pero ella solo veía piedras viejas. Le pareció divertido. Procedían de la ciudad romana Caesar Augusta, pero ella no estaba segura de cómo podían saberlo. Allí abajo no había nada interesante.

El móvil le vibró en el bolsillo. Se quitó los guantes para leer el mensaje. Sintió frío en las manos y abrió la aplicación con dedos torpes.

—Te espero en el parque infantil de Macanaz —leyó.

El corazón comenzó a bombearle con fuerza en el pecho. Cruzó el puente de Santiago encogida para resguardarse del frío. Bajó las escaleras hasta la famosa arboleda y miró a su alrededor. Nadie la esperaba. El Ebro, oscuro y sigiloso, se dejaba ver tras los matorrales de la orilla. Sus aguas en calma parecían un espejo negro. Al otro lado, la basílica del Pilar estaba rodeada de neblina, más densa en las cuatro torres de las esquinas. Bajo el puente, un hombre y un perro se detuvieron y poco después continuaron su camino.

Carlota se sentó en un banco frente al río. El silencio retumbaba en el ambiente. Emitía vaho al exhalar. Se frotó las manos, que incluso con los guantes sentía heladas. Las metió en los bolsillos y comenzó a mover las piernas para entrar en calor. Al cabo de diez minutos el frío se había apoderado completamente de su cuerpo y la nariz le empezó a moquear. El calor que le habían aportado las dos copas de vino que se había tomado antes de salir de casa se disipaba en la atmósfera helada.

Sacó el móvil para comprobar si había recibido algún mensaje. Nada. Se levantó dispuesta a marcharse y entonces escuchó algo. Se quedó quieta y aguzó el oído. Caminó despacio tratando de no hacer ruido y una sombra se agitó entre los arbustos. Un gato salió huyendo despavorido. Carlota se llevó la mano al corazón. Se había llevado un buen susto.

Una figura había estado vigilándola en la oscuridad. Se acercó hasta ella por detrás. Estaba muy cerca, tanto que Carlota pudo sentir su respiración. Se volvió y lo miró a los ojos acuosos.

—Eres tú, me habías asustado. —Ajena a las intenciones del hombre, la joven forzó una sonrisa.

33

El timbre sonó con insistencia y Tanner se levantó del sofá con desgana. Vestía un viejo chándal gris de algodón e iba sin afeitar. La barba pelirroja se veía oscura y sucia. Abrió la puerta y se encontró a su tío con cara de pocos amigos.

—¿En qué nuevo lío te has metido? —preguntó Héctor desde la puerta.

—Hola, tío. Estoy mejor, gracias por preguntar —ironizó.

Héctor miró a su alrededor. El salón estaba desordenado. Sobre la mesita se acumulaban varias latas de cerveza y servilletas sucias, un par de cajas de pizza y una revista porno. Tanner intentó ocultarla con un movimiento rápido.

—La he visto, chaval. No hace falta que la escondas.

Héctor no soportaba el desorden. La limpieza y la pulcritud no eran cualidades que caracterizaran a su sobrino y eso lo irritaba. Tampoco compartía los gustos vulgares de Tanner. Le resultaba repugnante y poco conveniente. El sexo era el punto débil de casi todos los hombres, les nublaba la mente, los hacía vulnerables. Arturo era el claro ejemplo de su teoría. Ponían en peligro toda su vida por una mujer. Y su sobrino Tanner era mucho peor; lo suyo era enfermizo. ¿Cuándo se iban a dar cuenta de que el sexo era algo absurdo, irracional y propio de seres inferiores?

Él pertenecía al reducido grupo de personas que sentían absoluta indiferencia por los asuntos carnales. Y aunque no alardeaba de ello, sabía que era algo exclusivo y se sentía orgulloso. Llevaba así muchos años y estaba seguro de que había sido una sabia decisión.

Grandes personajes de la historia como Newton, Dalí o Kafka habían reconocido públicamente su asexualidad. También se había especulado en numerosas ocasiones sobre la falta de interés sexual de Hitler. Y Héctor pensaba que, si los más grandes habían elegido esa opción, era por sus múltiples beneficios. Al fin y al cabo, para el sexo se precisaba mucha energía que bien podía emplearse en otras cuestiones más rentables.

No podía negar que a veces había sentido impulsos sexuales, sobre todo en la adolescencia. Su miembro iba algunas veces por su cuenta y algunos días se levantaba erecto. Pero con el tiempo había aprendido a dominarse. En algunas ocasiones había tenido que recurrir a la masturbación solo para que su cuerpo dejara de atormentarlo, pero era algo justificado y que solo le había pasado cuando era más joven.

Él no había venido a este mundo para darle placer a una mujer. En toda su vida no había conocido ninguna que mereciera la pena. Todas estaban cortadas por el mismo patrón, y, si querías evitar problemas, era mucho mejor mantenerse alejado de ellas. Sherlock Holmes dijo: «La mujer más fascinante que he conocido cometió un infanticidio para cobrar el seguro». Él estaba completamente de acuerdo.

—¿A qué has venido? ¿A sermonearme por leer una revista porno?

—¿Leer?

Héctor, enfadado, se acercó a Tanner y le agarró la cara con una mano. Apretó tan fuerte que los ojos de su sobrino comenzaron a inundarse de lágrimas.

—Estoy enfermo —lloriqueó—, y no veo que te preocupes por mí.

El joven se apartó. Fue hacia el sofá y se tumbó. Estiró una manta y se cubrió con ella. Con gesto enfadado se giró hacia la televisión, ignorando a su tío. Este se preocupaba por todo el mundo menos por él.

—¡Déjate de tonterías, Tanner! Ya no eres un crío —dijo Héctor—. La situación se nos está yendo de las manos. Arturo y su hijo están enfermos. La cosa se está poniendo fea y de ninguna manera quiero que nos salpique. Están estrechando el cerco. Me acaba de llamar Arturo. Marcela, la cocinera, le ha confesado a la epidemióloga que jugaste al baloncesto con David y ahora sospecha.

—Y qué más da. Solo fue un puto partido.

—¡En el que contagiaste a dos chicos! ¡Y ahora uno está muerto y el otro en la UCI!

—¡Y yo también estaría muerto si no hubiese tomado la iniciativa! —chilló Tanner.

—¿No es tuberculosis, ¿verdad? —murmuró Héctor mirándolo a los ojos.

—No, no lo es, ¡tengo la jodida peste! ¿Te enteras? Me arañó un ratón, una bestia asquerosa con la que estaban probando vacunas.

—Santo Dios…

—Pero ya estoy mejor. Estoy tomando antibióticos. Si me vienen a ver diré que no tengo síntomas. Y si me toman muestras no detectarán la bacteria después de haber tomado antibióticos durante tantos días.

—¡Estúpido! Tendrías que habernos avisado. Yo también puedo estar contagiado, ¿recuerdas?

Héctor sintió un escalofrío que le recorrió la columna. La peste. Le vinieron a la mente imágenes de grabados medievales espantosos. Las fosas inmensas cubiertas de cal viva donde enterraban a decenas de muertos en la novela de Albert Camus. Las asquerosas ratas.

Tanner observó burlón la expresión aterrada de su tío. Nunca lo había visto tan vulnerable.

—Toma, tengo una caja para ti —le dijo mientras sacaba del armario unos blísteres de estreptomicina. Tómate un gramo al día durante una semana. No tienes síntomas, ¿no?

Héctor agarró el antibiótico con rabia y recompuso su expresión.

—BCG está en un momento muy importante. No pueden descubrir que entraste en el laboratorio por un error del *software*.

—¿Arturo sabe algo?

—Claro, no es tonto. Les tuve que contar lo del fallo a él y a Soledad. Y hoy me ha preguntado por ti. Con Íñigo muerto, su hijo en el hospital y él enfermo, sabía que algo estaba pasando. Cuando vio que la epidemióloga insistía tanto, ató cabos.

—Tranquilo, tío...

—Tranquilo no estoy, si averiguan que tú eres el paciente cero te presionarán para que les digas cómo te contagiaste. Hay que pensar bien la coartada. Todo se irá a la mierda si averiguan que tú eres el culpable.

—Eso es imposible de demostrar. Nadie sabe que estoy enfermo. No pueden relacionarme con el brote. Negaré que jugara con ellos el partido. Íñigo está muerto, y David y Arturo no van a decir nada. Habla con ellos para que cierren la boca... por la cuenta que les trae. Todo está bien, no seas paranoico.

—Yo no estoy tan seguro. Fuiste a hacerte la prueba de la tuberculina... Estás haciendo mucho ruido.

—Necesitaba los antibióticos, esos que ahora vas a tomarte —presumió Tanner con una media sonrisa—. Creo que he sido muy sutil. El plan es perfecto.

—No estés tan seguro, Tanner.

—Lo tengo todo controlado, tío Héctor. Nadie podrá relacionar el brote conmigo y nadie se enterará del fallo del *software* de BCG. Arturo y su hijo se habrían podido contagiar en cualquier lugar, y contamos con la baza de que él es el primer interesado en que BCG no caiga.

—No me tomes por tonto, Tanner. —Héctor se llevó las manos a la cabeza—. Espero que a partir de ahora tengas más cuidado. No hagas más de las tuyas, ¿me has entendido? En adelante, no quiero que hagas nada. Yo me encargaré de todo.

Tanner miró a su tío. Odiaba que lo tratara como a un crío, pero en el fondo le gustaba que se preocupara por él. Pocas veces iba a visitarlo a su casa. Puede que fuera buena idea ponerse enfermo más a menudo. La desechó. Sabía que Héctor, en realidad, no se preocupaba por su estado de salud, solo por sí mismo.

En cuanto Héctor se despidió, Tanner miró el teléfono. Tenía varias llamadas perdidas de un número desconocido. No pensaba devolverlas. Mantuvo el móvil en modo silencio y se tumbó en el sofá.

—LOS HE REUNIDO a ambos porque tenemos noticias importantes.

Miraron con asombro a la doctora Bustamante, que iba enfundada en un equipo de protección que incluía bata, calzas, gorro, guantes y mascarilla.

—Vengo para informarlos de que vamos a ponerlos en aislamiento estricto. David ya lo estaba, pero ahora también a ustedes. Aunque todavía quedan algunas pruebas, después de realizarle una prueba rápida hemos detectado antígenos de la bacteria *Yersinia pestis* en el esputo de David.

La médica hizo una pausa, esperando la reacción de los padres, pero ni Paloma ni Arturo entendieron de qué les hablaba.

—En el caso de su hijo, el bacilo ha atacado a los pulmones. Eso nos indica infección por inhalación de partículas respiratorias y que ha contraído la peste neumónica.

—¿Cómo? ¿Peste? —balbuceó Arturo—. ¿Qué quiere decir?

—Aunque suene muy mal, en la actualidad tiene tratamiento con antibióticos.

—¿Me está diciendo que mi hijo tiene la peste? —dijo Arturo, alterado, a pesar de que con la mascarilla el grito se había ahogado.

—En efecto. La cuestión es que en Europa es sumamente rara y tenemos que averiguar cómo se contagió y dar parte a las autoridades sanitarias. Es una enfermedad que puede propagarse con rapidez y que puede tener graves repercusiones de salud pública. Estamos colaborando estrechamente con Vigilancia Epidemiológica y sé que os han entrevistado; no obstante, tengo que insistir. ¿Alguno de ustedes ha notado que se le hayan inflamado los ganglios de las axilas o de las ingles?

Ambos lo negaron.

—Les haremos pruebas a los dos, pero a David vamos a cambiarle el tratamiento antibiótico y lo mantendremos en aislamiento en la UCI hasta que se recupere y dé negativo.

—¿No podremos estar con él? —dijo Paloma angustiada.

—No. Y ustedes también deberán permanecer en aislamiento estricto e ingresados durante siete días. Les vamos a tener que hacer muchas preguntas. Es importante que mantengan la calma. En un rato vendrá una enfermera que les tomará muestras. También han de rellenar una ficha con los nombres de las personas con las que hayan mantenido un contacto estrecho en los últimos días.

—¿Otra vez? —preguntó Arturo.

—Lo haremos las veces que sean necesarias si con eso ayudamos a nuestro hijo, ¿estamos? —rugió Paloma saliendo de su letargo.

—Es una enfermedad muy rara. ¿Tienen alguna idea de cómo pudo contagiarse? ¿Han adoptado recientemente algún animal de otro país? ¿Han hecho algún viaje al extranjero?

—No, doctora. Ni animales ni viajes.

—La neumonía primaria puede aparecer de uno a cuatro días después del contacto con aerosoles contaminados. No es algo exacto, pero si comenzó el domingo con los síntomas, hemos calculado que el contagio pudo producirse entre el miércoles y el sábado. ¿Qué actividades hizo su hijo durante la semana?

Paloma miró confusa a su marido.

—Entre semana no lo recuerdo bien, supongo que lo normal: asistió a clase y por la tarde hizo deberes. Yo estuve fuera el fin de semana. Le mandé un mensaje el viernes por la tarde para decirle que había llegado bien a casa de los abuelos, pero no me contestó hasta el día siguiente. El sábado me dijo que se quedaba en casa—explicó Paloma.

—¿Suele hacer eso David? ¿No contestar enseguida a sus mensajes? —interrogó la doctora.

—Depende. Si está con amigos se le va el santo al cielo —respondió la madre—. Ya sabe, son adolescentes, me considera una pesada.

—Yo solo lo vi un momento el domingo por la mañana. Le di un beso antes de irme a una reunión de trabajo.

—Sí, veo que ya se lo dijo al doctor Torres. De momento, eso es todo.

34

Álex miró el reloj una vez más; eran casi las seis de la tarde. Escribió una nota, guardó el expediente de David Bueno en el archivador y lo cerró con llave.

Guardó el móvil en el bolso tras comprobar que no tenía mensajes nuevos ni llamadas y se metió en el baño. Todas las puertas estaban cerradas. Entró a la primera cabina y, justo cuando se estaba desabrochando el pantalón, sonó la melodía de su teléfono móvil, que retumbó en el baño vacío. En la pantalla aparecía el nombre de Eliana.

—Hola, inspectora Lysander —dijo Álex con sorna—, cuánto tiempo sin hablar con usted. —En realidad, se habían visto la noche anterior.

Escuchó la propuesta de Eliana y sonrió. Se habían conocido en las circunstancias más inesperadas y, aunque no quería precipitarse, le encantaba estar con ella. Y a pesar de que Eliana lo detestaba, le gustaba provocarla llamándola inspectora.

—De acuerdo, inspectora. Quedamos así. Salgo en cinco minutos. Yo también tengo muchas cosas que contar. Hoy he descubierto algo que puede dar un giro al caso.

Le tomó poco tiempo perfilarse los ojos y ponerse rímel y un poco de brillo de labios. Si no podía pasar por casa antes de su cita con Eliana, al menos estaría presentable.

Salió del baño y se sobresaltó al oír ruidos en Vigilancia. Asomó la cabeza:

—¡Ay! Pensé que os habíais ido todos. Hasta mañana —se despidió cuando vio a dos compañeros que comentaban algo frente a un ordenador.

—Espera un momento, Álex —dijo uno de ellos, un hombre recio de mediana estatura y semblante serio. Le sonaba de vista, pero no recordaba su nombre—. La joven creía que era un médico de otro equipo. Y como si le hubiera leído la mente, se lo aclaró—: Soy Manuel, de la sección de Viajeros Internacionales. ¿Sabes cuándo se reincorporará la doctora Larrea?

—Lo siento, no sé la fecha exacta. Si es urgente, podemos llamarla al móvil.

—No, de momento no es necesario, gracias. Si en un par de días las cosas se complican, se lo comentaremos a Uriarte —dijo Manuel, que se volvió hacia el ordenador.

Álex quería ser amable, pero tenía prisa y apenas se entretuvo con ellos. Tomó nota mentalmente de que debía esforzarse por conocer mejor al resto de compañeros y bajó por las escaleras hacia la calle.

Todos sabían que peinarse en Zaragoza era algo inútil, pues nada más pisar la calle, el viento le revolvió su melena rebelde. El suelo estaba mojado, al mediodía había llovido y quedaban algunos charcos. El otoño no daba tregua.

Sumida en sus pensamientos, cruzó por el paso de peatones cuando el semáforo se puso en verde. Un coche de color oscuro apareció por la calle de Ramón y Cajal y aceleró a medida que se acercaba.

—¡Cuidado! —gritó una mujer.

Álex giró la cabeza hacia la izquierda y vio que el coche se dirigía directo hacia ella, pero fue incapaz de moverse. Estaba paralizada. Notó un fuerte tirón en el brazo que la impulsó hacia atrás y luego vino el golpe. Salió despedida unos metros. La mujer que lo había visto todo gritó asustada cuando la joven cayó al suelo de costado y rodó por la calzada. Se escuchó el frenazo del coche que venía detrás, que se detuvo a tiempo de evitar más desgracias. Algunas personas que habían visto el accidente se acercaron para ver qué sucedía.

Álex trató de entender qué había pasado y levantó la cabeza, confundida. El coche que la había atropellado continuó su camino. A la altura de la Puerta del Carmen, dobló la esquina y desapareció.

—¡Dios mío, Dios mío! —gritó la mujer—. ¡No te muevas! ¿Estás bien? ¡Que alguien llame a una ambulancia!

Álex la miró aturdida por el golpe. Su cerebro intentaba comprender lo que acaba de suceder.

—¿Cómo te llamas? —le preguntó un chico.

Intentó contestar, pero las palabras no le salieron. Observó a la mujer, que movía los labios. Tenía los dientes ligeramente manchados por el pintalabios y los ojos maquillados. Movía la boca, sin embargo, no emitía ningún sonido. Álex trató de concentrarse y empezó a escuchar un pitido agudo. ¿Por qué continuaba hablando aquella mujer? El zumbido se hizo cada vez más intenso y comenzó a sentirse muy cansada.

Trató de decir que la dejaran tranquila, que se fueran, pero solo le salió un balbuceo. Se hizo oscuro a su alrededor y entonces se acordó de Eliana. Después, todo se desvaneció.

35

De vuelta a Zaragoza, Quina no podía sacarse de la mente las imágenes de la noche anterior. Le dolía la cabeza. Hacía muchos años que no bebía tanto alcohol y no le había sentado bien; tenía el estómago revuelto.

Andrés se había ido a trabajar sin despertarla y ella se había olvidado de poner la alarma. Cuando al fin abrió los ojos, eran las nueve de la mañana. Le parecía mal irse de Madrid sin despedirse de su amigo, así que se había duchado y había ido al laboratorio. Al final había comido con él y, entre unas cosas y otras, eran las seis de la tarde cuando salía de Madrid.

No tenía noticias de Santi, que ni siquiera le había contestado al mensaje del día anterior. En parte se sentía aliviada. Por el momento no tenía fuerzas para afrontar una conversación con él. Le debía una explicación, pero tenía que aclararse primero. Tampoco sabía nada de Álex, durante el trayecto la había llamado un par de veces, pero no se lo había cogido. Y según le había dicho Marina esa misma mañana, Vicente tampoco se había pasado por el despacho.

Cuando estaba a pocos kilómetros de Zaragoza, el sonido del móvil la sacó de su ensimismamiento.

—Hola, Quina, soy Álex.

—Hola, ¿qué tal? ¿Alguna novedad?

—Sí, ha ocurrido algo.

—Dime.

—Estoy en el hospital. He tenido un... accidente, me han atropellado. —No había encontrado una manera más delicada de darle la noticia.

Quina se quedó paralizada. ¿Había escuchado bien? ¿La habían atropellado? Al ver que su jefa no respondía, Álex continuó hablando:

—Pero no te preocupes, jefa, estoy bien. Tengo un golpe en la cabeza, dos costillas fisuradas y la muñeca fracturada —enumeró—. Me la han escayolado, pero me han dado analgésicos y ahora mismo no siento dolor.

Quina sintió un calor sofocante que le subía por el cuello y empezó a sentir picor mientras la escuchaba. Le vino una arcada de bilis.

—¿Estás ahí? —A veces, la cobertura se perdía.

—Sí, sí... es que no puedo creerlo —reaccionó—, pero, ¿estás bien?

—Sí, sí, solo estaré una noche en observación, por lo del golpe en la cabeza. Me recuperaré...

—No sé qué decir, ¿dónde fue el atropello?

—Saliendo del trabajo, en la puerta del ISPGA. Cruzaba por el paso de peatones de César Augusto y un coche se me echó encima. Ya no recuerdo nada más. Dicen que el conductor no hizo ningún intento de parar, directamente se dio a la fuga.

—¿Qué quieres decir? ¿No te vio?

—Los testigos aseguran que el coche aceleró en vez de frenar. La policía cree que fue intencionado. Dicen que es imposible que el conductor no me viera. Un chico que cruzaba un paso por detrás de mí me tiró del brazo y evitó que me diera de pleno. Él sí vio de refilón al conductor, pero dice que no sabe si era un hombre o una mujer. Cree que tenía el pelo corto y oscuro.

NADA MÁS PISAR Zaragoza, Quina se dirigió al hospital. Alguien había atropellado intencionadamente a Álex en la puerta del ISPGA y temía que no fuera casualidad.

Subió la cuesta de entrada al Clínico y atravesó las puertas automáticas. El intenso olor a hospital le provocó náuseas. Se prometió a sí misma no volver a beber y dio un sorbo al botellín de agua que llevaba en el bolso.

Preguntó en el mostrador por el número de habitación de Álex y subió las tres plantas por las escaleras. Lo último que necesitaba en aquel momento era compartir un ascensor con más gente.

Llegó con la respiración entrecortada, golpeó la puerta y entró en la habitación sin esperar respuesta. En una de las camas estaba Álex. Llevaba un gotero y tenía aspecto de cansada, con ojeras y algunas heridas en su pecosa mejilla. Al moratón del ojo, que empezaba a desaparecer, se le habían sumado otras magulladuras. Cuando la vio, la joven se esforzó por sonreír.

—Álex, ¿cómo estás?

—Bien —dijo señalando con la cabeza hacia la escayola.

En ese momento alguien tiró de la cadena del baño. La cama de al lado estaba hecha y elevada para que nadie se sentase. A Quina le extrañó.

—¿Tienes compañera?

—No.

Una mujer salió del cuarto de baño y se quedó mirando a Quina. Ambas se reconocieron al instante. Era la inspectora Lysander. La mujer llevaba el pelo recogido como la noche que la conoció y esbozó una media sonrisa. Era la primera vez que la veía sonreír.

—Es Eliana, mi... amiga —soltó Álex. Todavía se estaban conociendo y no se atrevía a ponerle etiquetas a su relación porque no quería precipitarse. Además, Eliana tenía muy reciente lo de Lur. Habían quedado varias veces desde que se encontraron en el parque, se habían acostado, pero todavía no habían definido qué eran.

Cuando Eliana se enteró de que la habían atropellado, fue la primera en acudir y no la había dejado sola ni un momento. Aunque podía parecer cursi, Álex sentía el corazón pleno y agradecido por tenerla a su lado. ¿Sería el amor? No estaba segura, pero si lo que sentía era amor, la fractura y los golpes dolían mucho menos estando enamorada.

—Buenas noches, inspectora Lysander —saludó Quina, que nunca olvidaba un nombre ni una cara.

—Hola, Quina, aquí prefiero que me llames Eliana.

—¿Os conocéis? —preguntó Álex.

—Sí. Nos conocimos el sábado. Estaba haciendo un recorrido por la ciudad y nos dieron el aviso de un robo en el ISPGA. Me encargué del caso hasta que el inspector Garrido tomó el mando.

Quina sintió cómo el calor le ascendía de nuevo por el cuello y se quitó el abrigo. Le hubiera gustado preguntar si la policía había averiguado quién había asaltado el ISPGA, robado las vacunas y destrozado su despacho, pero se contuvo. Primero quería asegurarse de que Álex no corría peligro; con los traumatismos craneoencefálicos siempre había que ser cautelosos.

—¿Cómo estás?

La chica le relató de nuevo cómo había sucedido el atropello según el testimonio de la mujer y del joven que lo habían presenciado. Ella apenas recordaba nada. Se esforzaba por evocar el color del coche, la matrícula, la cara del conductor… pero nada. Los recuerdos brillaban por su ausencia.

Tampoco lograba acordarse de las horas previas al accidente. Ese día había quedado borrado de su memoria por completo. Si hacía un gran esfuerzo, podía recordar vagamente qué había cenado la noche anterior. Había estado con Eliana en su casa. Habían hablado durante horas y después habían hecho el amor entre las cajas de la mudanza que todavía estaban sin colocar.

Qué caprichosos eran los recuerdos. Sintió que se ruborizaba y sonrió al mirar a Eliana, que hablaba con Quina de lo sucedido.

—¿Recuerdas qué hacías en el ISPGA antes del accidente?

Álex meneó la cabeza y el movimiento le provocó un fuerte dolor en las costillas. Quina se quedó mirando fijamente el cabestrillo mientras se le agolpaban los pensamientos. Lo mejor sería dejarla descansar.

EL REGRESO A casa se le hizo eterno. Se había producido un pequeño choque entre dos vehículos y se había formado un gran atasco en San Juan Bosco. Respiró profundamente tratando de calmarse y bajó las ventanillas para que entrara el aire fresco. Le dolía la espalda como si llevara una mochila de media tonelada. Sentía una gran presión en la cabeza, como si estuviera a punto de estallarle, y hasta las piernas las sentía débiles cuando pisaba los pedales del coche.

La conversación con Álex y la inspectora Lysander en el hospital la había dejado preocupada. Ella no era la única que pensaba que podía haber algo más. La policía lo estaba investigando. Si al menos Álex pudiera recordar algo. O si algún testigo hubiera visto la matrícula...

Suspiró, se sentía exhausta. Solo quería llegar a casa y descansar un poco. La cabeza no le funcionaba bien. Necesitaba tomarse algo, darse una ducha y dormir.

Cuando entró por la puerta, *Charco* acudió alegre a su encuentro. Lo abrazó y le acarició el abundante pelaje. Adoptar al cachorro había sido una buena decisión. Podía sentir su amor incondicional y su alegría cada vez que la veía.

En su cabeza aparecieron como un relámpago imágenes de la noche anterior con Andrés. Sintió el estómago revuelto y fue a vomitar al baño. Pensó que después de hacerlo se sentiría mejor, pero no fue así. Se miró al espejo y se asustó. Le lloraban los ojos, tenía restos de rímel y el pelo grasiento y revuelto. *Charco* la observó desde la puerta sin acercarse.

Después de lavarse la cara y peinarse, se tumbó en el sofá, cerró los ojos y se durmió. No sabía cuánto tiempo había pasado cuando escuchó que alguien entraba en casa.

—¡Ya has llegado! —saludó Quina.

—Sí —contestó Santi mientras dejaba las llaves en el recibidor y pasaba de largo.

—¿Vas a ignorarme? —preguntó Quina intentando no gritar.

—Es lo que has estado haciendo tú estos días —le reprochó Santi desde la cocina—. ¿Qué has hecho? Huele fatal.

Fue tras él un poco avergonzada. Se le había olvidado abrir las ventanas para que se fuera el olor a vómito. Pero eso no era lo que la preocupaba. Tenían que mantener una conversación y aclarar las cosas. Sabía que le había hecho daño, pero no había sabido hacerlo mejor.

Pero Santi se equivocaba, no había estado ignorándolo. Necesitaba su espacio. ¿Es que no lo entendía? Él también había estado ocupado con otros asuntos junto a la señorita «original y divertida», pero ahora no era momento de hablar de eso.

—¿Dónde has estado?

—Ya te lo dije. Fui a Madrid a llevar unas muestras al Laboratorio Nacional.

—¿Estuviste con Andrés? —Santi sabía que el viejo amigo de Quina trabajaba allí.

—Sí —admitió—, nos está ayudando con los análisis.

Santi sacó tres huevos de la nevera, los cascó uno tras otro y comenzó a batirlos con rabia en un bol metálico. El ruido taladraba la cabeza de Quina.

—Deja eso un momento —dijo en tono suplicante. Él la miró sorprendido y ella suavizó el tono—. Por favor. Tú también has estado muy ocupado con tus asuntos y yo no te he pedido explicaciones, ¿no crees?

—¿Qué estás diciendo? —Santi la miró ofendido sin parar de batir los huevos—. ¿Es que te has vuelto loca? Has sido tú la que se ha ido a Madrid sin dar explicaciones. ¿Creías que no iba a enfadarme?

—¡No lo pensé! —rompió a llorar—, lo siento. Estaba furiosa. He tenido que tomarme unas vacaciones forzosas, ¿lo ves normal? Y me han destrozado el despacho, me han insultado... y ahora han atropellado a Álex... ¿Es que el mundo se está volviendo loco? Te veía tan atento con Miranda... pensé que a lo mejor te habías cansado de mí.

—Espera... ¿Estás diciendo que te has comportado así porque tienes celos de ella? —preguntó confuso.

La miró en silencio y dejó el batidor sobre la encimera. Quina llenó un vaso con agua y bebió. Beber la ayudaría a tragar el nudo que sentía en la garganta.

—¡No lo sé! No sé lo que me pasa. No me encuentro bien. No puedo pensar con claridad. Me duele la cabeza.

Se apoyó en la encimera y se masajeó las sienes. Las tripas le rugieron. Santi la observaba en silencio.

—Todo lo que ha pasado durante los últimos días me ha superado. El asalto al ISPGA, la discusión con el tipejo de la cárcel... ¿Sabes lo humillante que ha sido que Vicente me haya obligado a tomarme unas vacaciones? Tuve que pasarle el expediente a Marina, y me mortifica la idea de que hable con Sánchez sobre mí.

Charco apareció en la cocina y se los quedó mirando. Quina se agachó a acariciarlo y Santi se sentó en el suelo junto a ella.

—Además está el caso. Estamos investigando un brote muy grave en chicos jóvenes. Uno ha muerto y otro permanece muy enfermo en el hospital. Estamos seguras de que están relacionados, pero eso no es suficiente, necesitamos pruebas que conecten los casos. Necesitamos saber dónde demonios se han contagiado. Teníamos que analizar las muestras cuanto antes, por eso me fui a Madrid a llevarlas yo misma. No podía quedarme de brazos cruzados, ¿lo entiendes?

Santi la abrazó. Era la primera vez que veía a Quina sin su armadura. Vulnerable, vaciando todo el dolor que llevaba dentro.

—Sé que estás pasando por un momento difícil. Te conozco bien. Pero no entiendo tus celos. Nunca te he dado motivos para desconfiar. Si te sentías mal, podríamos haberlo hablado. No entendí que te fueras a Madrid sin darme explicaciones.

—Lo siento —dijo sonándose la nariz.

—Escúchame, Quina, solo te quiero a ti, no tengo ojos para nadie más. Ya no somos dos adolescentes —sonrió ante la idea—, ¿de verdad pensabas que podía pasar algo con Miranda?

—No lo sé, Santi. Todo esto me está afectando mucho, me siento sobrepasada.

—Eres de carne y hueso, no puedes controlarlo todo por mucho que te moleste admitirlo. Cuando la situación se te ha ido de las manos, has huido hacia delante sin mirar a los que nos dejabas atrás. Pero no puedes hacerlo todo sola.

Quina meneó la cabeza y lo abrazó. Sentía como si se hubiese liberado de cincuenta kilos de peso. La armadura que habitualmente la protegía, había acabado por oprimirla, y Santi tenía razón, no podía enfrentarse a todo ella sola.

—Tienes razón —lloró Quina—, perdóname, Santi. ¿Podrás?

Los ojos de su novio se llenaron de lágrimas con la esperanza de que no fuera demasiado tarde para ellos.

—Quina, te perdono. Pero, lo siento, necesito saber si ha ocurrido algo en Madrid con Andrés. No puedo continuar como si nada, quiero que me cuentes si ha pasado algo entre vosotros.

Ella cogió aire.

—Estaba furiosa contigo. Me fui de malas maneras porque quería llevar las muestras cuanto antes, pero en Madrid no pasó nada. Salimos a cenar y nos tomamos una copa, pero no pasó nada con Andrés. Jamás te traicionaría, Santi. No por ti, sino por mí. No podría perdonármelo.

La miró a los ojos y supo que decía la verdad. Se abrazaron. *Charco*, que estaba entre ellos, se revolvió, y de pronto Santi se acordó de algo.

—Por cierto, ¿has dicho que habían atropellado a Álex?

Quina asintió.

—¿Y quién es ese?

—Esa. Álex es una mujer, es la nueva epidemióloga de mi servicio. Se incorporó hace unos días, la pobre ha llegado en un momento bastante peliagudo, y la atropellaron ayer a la salida del trabajo.

—Vaya mala pata. ¿Ha venido al Servet?

Santi trabajaba en las Urgencias del Hospital Miguel Servet, el más grande de la ciudad, y no había oído hablar de ningún atropello.

—No, está en el Clínico, en observación. Sufrió un traumatismo craneoencefálico y tiene fractura de muñeca y dos costillas fisuradas. He ido a verla nada más llegar de Madrid y al parecer está bien.

36

Viernes, 23 de noviembre

VICENTE LLEGÓ PRONTO al despacho, pero enseguida salió a dar una vuelta. Tenía que comprarse otro móvil, el anterior había quedado inservible cuando se le cayó a un charco y no había habido modo de resucitarlo, ni metiéndolo en un recipiente con arroz ni con ninguno de los trucos absurdos que circulaban por las redes.

Las obras de un edificio cercano se estaban alargando y se entretuvo en mirar a los obreros mientras trabajaban. Habían cubierto con cemento gran parte del solar y varios obreros estaban perforando las placas con una enorme y ruidosa máquina.

Entró en el estanco y se compró un puro que guardó con cuidado en el bolsillo interior de su chaqueta. Si su mujer se enteraba de que seguía fumando de vez en cuando, lo regañaría como a un niño chico, así que no tenía más remedio que ocultarlo. De momento, la pobre no estaba para regañinas, pues habían enterrado a su padre el día anterior.

Entró en el ISPGA, atravesó el vestíbulo y se dirigió a las escaleras. Tras él, a lo lejos, comenzó a escuchar unas voces que poco a poco se hicieron más fuertes y llamaron su atención. Los gritos subieron de tono hasta que los sintió a su espalda. Cerca.

—¡Apartaos! ¡Fuera!

Vicente se giró y vio horrorizado que a solo unos metros un hombre lo apuntaba con una pistola. Se quedó paralizado y sin respiración. Una oleada de pánico le recorrió el cuerpo desde las piernas.

—¡Hijo de puta! ¡Me jodiste la vida! —gritó el tipo fuera de sí escupiendo al hablar. Y dirigiéndose a los guardias de seguridad, que se acercaban por detrás, les dijo: ¡Quietos os he dicho! ¡No os mováis que disparo!

El brazo que sujetaba la pistola temblaba descontrolado. El hombre estaba muy nervioso. Balbuceó algo. Dos disparos resonaron en el vestíbulo. Vicente sintió un golpe que lo arrastró hacia el suelo. Su cráneo impactó contra las baldosas y todo se oscureció.

Los dos guardias se abalanzaron sobre el tipo y forcejearon hasta que lo inmovilizaron.

—¿Dónde está la zorra? —Los gritos del hombre se mezclaron con el alboroto que se había formado.

A unos metros, Vicente abrió los ojos. Percibió un sabor metálico en la boca, era sangre, se había mordido la lengua. Se tocó el abdomen y notó un líquido caliente. Después todo comenzó a darle vueltas. Alguien se acercó y le apretó la herida en un intento de detener la hemorragia.

—¡Una ambulancia! —gritó—. ¡Que alguien llame a una ambulancia!

Estaba perdiendo mucha sangre y sintió que todo se ensombrecía. Alguien lo llamó por su nombre. Era una voz familiar que no podía reconocer. Sintió frío y quiso moverse, pero sus brazos no reaccionaron, gimió.

—Aguanta, te pondrás bien, enseguida viene la ambulancia.

Tardó tres minutos en llegar. Un equipo de sanitarios le comprimieron la herida, le colocaron un gotero y unas cánulas de oxígeno y lo subieron a una camilla.

Paloma agarraba la foto de su hijo con la mirada perdida. Estaba sola en aquella habitación. Solo la acompañaba el molesto ruido de la cisterna del baño, que ella ni siquiera advertía. Era asintomática y había comenzado a recibir quimioprofilaxis, pero aun así tenía que permanecer aislada durante una semana. Al contrario que Arturo, ella sí podía irse a casa, pero prefería quedarse cerca de su hijo.

Recorrió con los dedos los rasgos de David en una imagen reciente. Recordaba su nacimiento; la primera vez que lo vio, pequeño y arrugado, se había sentido muy asustada. Aquel bebé dependía totalmente de ella para sobrevivir y ella no tenía fuerzas ni para sostenerse en pie. Los primeros meses fueron caóticos, no la avergonzaba admitir que había necesitado ayuda. Convertirse en madre no fue como ella había imaginado.

Algunas mañanas le faltaba energía para levantarse de la cama y por las noches no podía dormir si no se tomaba una pastilla. La culpa la invadía y la hacía sentirse todavía peor. En aquel momento le falló a su hijo. Durante mucho tiempo no fue la madre que David necesitaba, pero aquello era agua pasada. Los años la habían hecho fuerte y ahora no iba a fallarle de nuevo, esta vez no. Estaría a su lado y haría lo que fuera por salvarlo.

Temía recibir noticias. Cada vez que escuchaba los pasos de alguien que se acercaba se le encogía el corazón. Lo que sucediera en el mundo le daba igual, nada le importaba salvo que su hijo saliera con vida. Si alguien le hubiera clavado una aguja en el pie, tampoco lo habría notado. Seguramente habría soportado mejor el dolor físico. A veces sentía el impulso de pellizcarse fuerte y de hacerse daño. Necesitaba que el dolor que la invadía por dentro pudiera salir al exterior de alguna manera. Si sus heridas hubieran podido sangrar, habría sentido algo de alivio, pero las heridas del alma eran las más dolorosas y no se podía escapar de ellas.

—Buenos días —le dijo la doctora Bustamante, que como el día anterior llevaba puesto todo el equipo de protección.

—¿David está bien? —Paloma observó a la médica con atención, cualquier reacción podía darle alguna pista. La mujer rondaba los sesenta. Era alta y delgada, llevaba el pelo corto y unas gafas de montura fina. Daba la impresión de ser una mujer meticulosa y detallista.

La última vez que Paloma había visto a David, su hijo tenía los ojos cerrados, dormía profundamente y no había reaccionado a sus palabras. ¿Cuánto tiempo había pasado desde la última vez que habló con él? Cada instante de espera parecía una eternidad. ¿Y si ya no se despertaba más? En los últimos días lo había visto apagarse. No podría soportar que algo malo le pasara.

Paloma cogió aire tratando de sobrellevar la situación. No quería marearse. Quería estar atenta a lo que le dijese la doctora. Tenía que ser fuerte por su hijo, pensó abrazando más fuerte la fotografía.

—Como ya sabe, David ingresó en estado grave con una neumonía bilateral causada por una bacteria muy peligrosa. Le hemos pautado tres gramos diarios de estreptomicina y creemos que la infección remitirá porque lo hemos cogido muy a tiempo. Ahora bien, debemos controlarlo en todo momento por las posibles complicaciones que puedan surgir. Esta noche ha sufrido un distrés respiratorio agudo y hemos tenido que intubarlo.

—¿A qué se refiere? —murmuró Paloma, asustada.

—Es una complicación frecuente en el caso de neumonías tan graves. Se produce una gran dificultad para respirar, una disnea, y baja mucho la saturación de oxígeno, por lo que es necesario intubar.

Paloma rompió a llorar.

—¿Se pondrá bien?

—Eso no podemos asegurarlo, señora Salazar. Vamos a hacer todo lo que esté en nuestra mano. Tenemos que confiar en que David es joven y fuerte. En estos momentos está estable.

El llanto de la madre se volvió angustioso al escuchar a la doctora Bustamante.

—Ahora no puede perder la esperanza, tiene que ser fuerte por su hijo.

37

DESDE LA VENTANA de la clínica se veía el muro de una de las urbanizaciones junto a un descampado. Los vecinos de la zona paseaban a sus perros con regularidad y se hacían los olvidadizos a la hora de recoger los excrementos. Arturo, aburrido, los observaba en silencio. Había tenido horas para leer sobre la maldita enfermedad. Aún no podía creer que en pleno siglo XXI no la hubieran erradicado, y mucho menos que su hijo, y con toda probabilidad él, estuviesen contagiados.

A lo largo de su historia, Zaragoza había vivido varias epidemias de peste bubónica que afectaron gravemente a la población. El doctor Thomas Porcell en su obra *Información y curación de la peste de Çaragoça y praeservación contra la peste en general* dio testimonio de la situación que vivió la población en 1564. En aquella ola epidémica, la Dama Negra, uno de los nombres con el que fue bautizada la peste, se cebó con la capital aragonesa y acabó con la vida de diez mil personas, que se estima era la mitad de la población.

Arturo había consultado distintas fuentes y le había sorprendido que todavía se tuvieran dudas sobre el origen geográfico exacto de la peste. La mayoría de testimonios aceptaban que llegó a Europa desde Oriente a mitad del siglo XIV, en los barcos de unos mercaderes genoveses. Cuando atracaron en el puerto italiano de Mesina en 1347, nadie imaginaba que con ellos desembarcaría la muerte, pues durante los cuatro años siguientes la enfermedad se propagó por el continente y exterminó a entre un veinticinco y un cincuenta por ciento de la población total.

«¿Cómo se expandía la peste y por qué era tan letal?», escribió Arturo en el buscador de Google. La respuesta ya la conocía más o menos: las ratas de campo y otros roedores eran los portadores de la bacteria *Yersinia pestis* y la trasmitían al ser humano; se achacaba a la picadura de la pulga infectada, que hacía de nexo entre las especies. En las epidemias de peste del siglo XIX se observó una gran mortalidad en roedores en las fases preliminares, por lo que se dedujo que una vez muertos los portadores, las pulgas se encargaban de propagar la enfermedad. Unos bichos repugnantes.

No obstante, por la curiosidad que lo caracterizaba, Arturo siguió con una búsqueda concienzuda y encontró un estudio reciente de las universidades de Oslo y Ferrara, que matizaba que en las epidemias de la Edad Media no solo las pulgas de las ratas eran las culpables de los contagios. A partir de técnicas biomédicas y cliométricas, el estudio determinaba que la peste se transmitió a través de las pulgas y los piojos que vivían en el cuerpo humano y en las prendas de vestir. Es decir, eran los propios parásitos de las personas los que extendían la epidemia, favorecidos, claro está, por la suciedad y la falta de condiciones higiénicas. Era de suponer que otros factores, como el hacinamiento, la hambruna y falta de alimentos habrían contribuido a la propagación de la peste por el continente. Por no hablar de los precarios medios sanitarios de que disponían, que evidentemente poco podían hacer para detener las epidemias.

Harto de teorías y de jerga médica, Arturo decidió dejar de lado las búsquedas en internet. Solo lograba angustiarse y tampoco le servía de mucho indagar en el pasado histórico de su ciudad. Se preguntaba cómo estaría David y qué haría si le pasara algo. No podrían superarlo. Paloma no se lo perdonaría; lo culparía de alguna manera, aunque él no hubiera tenido nada que ver. No comprendería que él solo quería salvar BCG, y que delatar a Tanner lo habría arruinado todo.

Esa misma mañana el médico le había dicho que su evolución era positiva y que la infección pulmonar estaba muy controlada, pero que estaría en aislamiento hasta completar la semana que exigía el protocolo. Los días iban a hacérsele eternos en aquella cárcel. Según le había explicado Torres, se consideraba un caso probable, ya que tenía síntomas compatibles con la peste y era contacto estrecho de David. Por ahora, Arturo toleraba bien los antibióticos. También lo ayudaban a sentirse mejor los tranquilizantes que le daban para dormir.

No se sentía orgulloso por haber sufrido un ataque de rabia incontrolable. Era el segundo que sufría en su vida. Durante años lo había ocultado en el rincón más recóndito de su cerebro, pero la rabia había salido a la luz sin que él pudiera evitarlo.

El día anterior, después de hablar con Héctor, había recibido la llamada de Marcela. Le contó que la epidemióloga la había interrogado sobre Rosario, y entre sollozos admitió que le había hablado de Tanner.

Nada más colgar volvió a llamar a Héctor. Tuvieron una fuerte discusión. Arturo quería que su socio hablase con Álex para que dejara de inmiscuirse en sus vidas. Héctor, por el contrario, no estaba de acuerdo. Creía que amenazar a la epidemióloga no solo no serviría de nada sino que se pondrían aún más en el punto de mira.

—Tú no te preocupes por la epidemióloga —añadió Héctor—. Lo que tienes que hacer es avisar a Paloma para que hable con David y mantenga la boca cerrada.

Arturo se puso furioso y colgó. Si de él hubiera dependido, habría hecho lo que hiciera falta para sacar a la epidemióloga de circulación, pero estaba allí, encerrado, y por primera vez en su vida se sentía impotente.

Cogió el móvil de la mesita y revisó el último mensaje que le había enviado a Carlota. No había recibido contestación. Estaría enfadada, era lo más probable después de haberle pedido un tiempo.

La llamó. El teléfono estaba apagado. Le envió un WhatsApp para cuando lo encendiera: «Carlota, estoy preocupado por ti, llámame».

En un rato volvería a insistir.

Nada más entrar en el hospital, una bofetada de calor asfixiante la obligó a quitarse el abrigo. Últimamente no salía de allí. Habían atropellado a Álex el día anterior y ahora habían disparado a Vicente y estaba muy grave. ¡Dos tiros! Todavía no se hacía a la idea. Ella confiaba en que su jefe se recuperase, pero había que tener mucha suerte para salir bien parado de algo así.

Quina subió hasta la uci por las escaleras, pero se encontró con las puertas cerradas. En la sala de espera una mujer esperaba sentada. Se miraron un instante. Tenía los ojos rojos y la piel apagada. Era la viva imagen del sufrimiento y por un momento dudó si sería capaz de articular palabra.

—Perdone, ¿cuándo empieza el horario de visitas?

—En una hora —contestó la mujer esforzándose por ser amable.

Quina miró el reloj, nerviosa.

—¿Sabe si puedo hablar con alguien?

—En la puerta hay un interfono, si no están atendiendo ninguna urgencia, le responderán.

—Gracias.

Apretó el botón y esperó. Nadie contestó. Volvió a insistir pero siguió sin recibir respuesta. Cuando se giró para marcharse se encontró de frente al inspector Garrido, amigo de Uriarte. No lo había vuelto a ver desde la noche del asalto, cuando le había tomado declaración. Ahora su semblante era mucho más serio.

—¿Cómo está? —preguntó.

—No lo sé, no me han contestado. Estaba en casa cuando sucedió el tiroteo, no sé qué ha pasado. ¿Usted sabe algo más?

El inspector asintió e hizo un gesto. Quina dedujo que estaba sopesando qué contarle.

—Un tipo armado ha entrado esta mañana en el Instituto y le ha disparado dos tiros. Uno le ha dado en el brazo y el otro en el abdomen. Ha perdido mucha sangre a causa de la segunda bala y han tenido que operarlo de urgencia para extraérsela. Sé que está en la UCI, pero no sé el pronóstico. Venía a preguntar.

—Ahí está el interfono, para entrar se necesita un código. ¿Han detenido al responsable?

—Sí. Se llama Víctor López y era un extrabajador del ISPGA. Un guardia de seguridad al que despidieron hace unos años cuando un grupo de adolescentes se coló por la ventana.

—¿Víctor?

Lo recordaba como un tipo delgado, sonriente y amable incapaz de hacer daño a una mosca. Recogía gorriones heridos de la calle y los cuidaba hasta que se recuperaban. Parecía que hablaran de personas distintas. ¿De verdad había sido él quien había disparado a Vicente en el ISPGA?

—Ha insistido en que no quería hacerle daño, que solo quería asustarlo. Pero se ha puesto nervioso y se le ha ido de las manos. Culpa a Uriarte de que lo echaran a la calle, pero asegura que no quería matarlo.

—¡Dios mío! —dijo Quina—, Vicente fue el único que lo defendió, y lo intentó todo para que no lo despidieran.

—Pues él no lo sabe. Después de que lo echaran del ISPGA, cayó en una depresión y no encontró trabajo. Se metió en el mundo de las drogas y sobrevivió trapicheando hasta que lo pillaron. Ha estado en la cárcel un tiempo, hasta que salió hace unas semanas y decidió tomarse la justicia por su mano.

Quina se disponía a hablar, pero vio la cara del inspector y siguió escuchándolo.

—Hay más. —Garrido hizo una pausa, como si tratara de encontrar las palabras adecuadas—. Víctor ha confesado que fue él quien asaltó el ISPGA la otra noche, robó las vacunas y saboteó el laboratorio.

Ella lo miró incrédula.

—¿En serio? ¿Fue él?

—Sí, su confesión concuerda. Pero oculta algo, creemos que no actuó solo, aunque de momento no ha soltado prenda y no nos ha dado ningún nombre. Dice que entró con una llave de la puerta de atrás que conservaba de su época de vigilante.

—Por eso entró sin forzar ninguna puerta —dijo Quina, que empezaba a encajar las piezas del puzle que minutos antes parecían no tener sentido—, tenía las llaves y conocía el ISPGA a la perfección. Lo tuvo fácil.

—Sabía que las cámaras de las vacunas tenían alarma y las vació con cuidado para que no subiera la temperatura y no saltara. Y Quina, esto va a interesarte.

—El grafiti.

Garrido asintió.

—Cuando lo detuvieron, preguntó por ti. Nos dijo que quería verte, quería saber dónde estabas, estaba como loco. Cuando se calmó confesó que seguía enamorado de ti. Quería salir contigo cuando trabajaba en el ISPGA, pero lo despidieron y nunca pudo pedírtelo. Nunca se atrevió a decirte nada, pero asegura que durante todos estos años no te ha olvidado.

Quina se avergonzó y notó cómo el calor le subía por las mejillas. Los comentarios del inspector sobre los sentimientos de Víctor hacia ella la incomodaban. Garrido continuó hablando:

—Entró en tu despacho por casualidad y cuando vio la foto de tu sobrino pensó que era tu hijo. Se sintió traicionado y destrozó tu despacho, escribió el insulto y se llevó la foto como recuerdo.

—¡Dios mío!

En ese momento, mientras imaginaba a Víctor fuera de sí en su oficina, recordó las palomas muertas que habían aparecido en su bicicleta y sintió un escalofrío. El insulto en la pared. Las vacunas. La foto de Hugo. El atropello de Álex. Los disparos a Uriarte. Aquel demente había puesto su vida patas arriba.

—Ayer atropellaron a una de mis epidemiólogas, ¿es posible que también fuera Víctor?

Garrido se encogió de hombros. Sabía del atropello de Alexandra Orduño porque Uriarte se lo había comentado de forma extraoficial, pero no podía descartar ninguna hipótesis.

—Él lo niega, pero estamos investigándolo. Estos delincuentes de poca monta mienten más que hablan.

38

Sábado, 24 de noviembre

CITARON A TODOS los trabajadores de la discoteca en el local para tomarles declaración al mismo tiempo. Ya había hablado con algunos miembros del personal en las primeras horas después de la agresión, pero dos camareros libraban aquel día y habían salido de Zaragoza, de modo que decidieron repetir el interrogatorio cuando pudieran reunirlos a todos y contrastar testimonios. Tampoco había dado frutos la investigación de Escriche en el hospital. Habían hablado de nuevo con todos los trabajadores que estaban de guardia y atendieron aquella a noche a María, algo que había resultado muy complicado por los turnos que tenían. Nadie aportó ningún dato nuevo, salvo que María había acudido el miércoles al centro de salud porque tenía fiebre, algo poco relevante para la investigación. Eliana iba a cogerse el día libre para estar con Álex, pero finalmente acompañó a Salcedo. Todavía no habían resuelto la agresión y estaba ansiosa por encontrar alguna pista.

Llovía a cántaros cuando entraron en la Sala López. La discoteca era grande y olía a lejía. Las luces de neón y los focos estaban apagados, y los taburetes colocados con las patas arriba encima de la barra.

El encargado los recibió con una sonrisa nerviosa. Les confesó que temía que todo aquello comprometiera la reputación del local. Habían tenido algunos problemas con los vecinos, y no quería darles motivos para denunciarlo. Salcedo, que lo conocía de otras ocasiones, lo tranquilizó. No los estaban investigando, solo querían hablar con los trabajadores por si recordaban algo.

El grupo esperaba mientras charlaba animado en un rincón del local. Estaba formado por cuatro camareros, varios porteros y encargados de seguridad y una mujer que podría ser la madre de todos, responsable del guardarropa, según le dijo. Cuando la inspectora le preguntó, aseguró no haber visto a ningún tipo pelirrojo aquella noche. Ella no olvidaba ninguna cara, recalcó; sin duda, el hombre no había usado el servicio del guardarropa.

El equipo de camareros, dos chicas y dos chicos, jóvenes y muy presumidos, tampoco recordaban haber atendido a ningún hombre con esas características. Mientras Salcedo los interrogaba, Eliana se quedó observándolos con curiosidad. Músculos y demasiada gomina para ellos; escotes pronunciados y extensiones de pestañas para ellas. Se preguntó cuánto tardarían en arreglarse cada mañana antes de salir de casa.

Descartados los camareros, ya solo les quedaba hablar con los porteros.

—Yo sí lo recuerdo —dijo uno de ellos.

Sorprendida, Eliana Lysander se giró hacia él. Era un tipo fornido que llevaba tatuada una tela de araña en el codo derecho.

—El pelirrojo vestía muy elegante. Vino solo y se fue acompañado de una chica. Lo recuerdo porque antes de marcharse me miró por encima del hombro y me guiñó el ojo.

—¿Recuerdas algo más? ¿Lo oíste hablar?

—No.

—¿Algo que te llamara la atención?

—Nada.

—¿Y hacia dónde se fueron?

—Hacia el Puente de Piedra.

—Es ese —le señaló Salcedo cuando salieron de la discoteca—. Fue construido en el siglo XV —añadió orgulloso.

Había dejado de llover y el cielo estaba despejado. Eliana respiró hondo y trató de disfrutar de las espléndidas vistas a la basílica del Pilar que ofrecía el pequeño mirador de la discoteca. Al entrar, no se había percatado de que el local estaba situado en un lugar privilegiado.

Se sentía bastante desanimada. Había puesto muchas esperanzas en aquellas declaraciones y no habían encontrado nada nuevo sobre el tipo que agredió a María.

—Recorramos sus pasos —propuso Eliana dirigiéndose hacia los leones. Salcedo la siguió y atravesaron el puente de Piedra hasta el Paseo Echegaray.

—Según María, continuaron por Don Jaime. —Cruzaron el paso de peatones y llegaron a una de las calles más antiguas de la ciudad. Al llegar a la plaza de la Seo se detuvieron. Eliana observó la fachada de la catedral del Salvador, cuya torre se erigía majestuosa ante sus ojos tras el Museo del Foro Romano.

—¿No habías estado aquí todavía? —le preguntó su compañero al comprobar cómo la inspectora miraba todo con detenimiento.

Ella negó con la cabeza.

—Pues esta es la catedral de la Seo, uno de los monumentos más importantes de la ciudad, y al otro lado, el Pilar. —Salcedo señaló con orgullo en dirección de la basílica. La había visto de paso el día que pasearon por la Expo, no obstante, le gustó la nueva perspectiva.

Se acercaron hasta la fuente de Goya. El suelo mojado de la plaza del Pilar parecía un mar de plata que se extendía bajo sus pies. El viento había amainado y en el cielo azul luminoso solo quedaban unas cuantas nubes blancas. Eliana contempló la belleza de las torres y la silueta de la basílica. Algunas palomas echaron a volar. Sus pies pisaban firmes el asfalto y por un instante sintió una extraña sensación, casi podía percibir el movimiento de rotación de la tierra. La inmensidad de la plaza la hacía sentirse insignificante.

—Eso es el Ayuntamiento —dijo el subinspector señalando un edificio con dos monumentales figuras que custodiaban la puerta—. Las esculturas de la entrada representan a san Valero, patrono de Zaragoza y el ángel de la ciudad, ambas del escultor Pablo Serrano. Y este edificio es la Lonja, la construcción renacentista más importante de Aragón. En los años cincuenta se celebraban fiestas y bailes a los que acudía la alta sociedad zaragozana, pero actualmente se usa como sala de exposiciones muy interesantes. ¿Te gusta el arte, inspectora?

Una sensación desagradable la invadió al pensar en Lur. Antes de ella, Eliana nunca se había interesado lo más mínimo por el arte y la pintura, pero tres años con una agente de ventas de una galería de arte lo habían cambiado todo. No sabía si sería capaz de entrar en un museo sin ella, pero no era el momento de pensarlo.

Salcedo pareció notar su malestar y sin esperar la respuesta siguió caminando.

—Continuaron por aquí. —Pasaron por delante de varias tiendas de *souvenirs* y se detuvieron frente a un estrecho callejón que daba a una marisquería—. Y aquí se acabó la cita.

—Por suerte.

—El tipo se fue corriendo por ahí, pero no hemos encontrado a ningún testigo que lo viera.

Siguieron caminando por la calle estrecha hasta una bifurcación. Dejaron a la derecha la pintoresca plaza Santa Marta y se encaminaron hacia la izquierda, a la calle Pabostría, donde se encontraba una de las entradas de la Seo. Llegaron hasta el arco del Deán y dieron la vuelta completa a la catedral sin encontrar nada.

Inspeccionaron la zona en busca de algún vecino, mendigo o vendedor callejero. Buscaban a alguien que pudiera haber merodeado por allí la noche de la agresión, pero las calles estaban desiertas. Pedían un milagro. Y después de un rato sin saber qué más hacer, se dieron por vencidos.

Habían dejado el coche aparcado al otro lado del río, así que tuvieron que retroceder lo andado. Cuando estaban cruzando el puente, Eliana recibió una llamada.

—¿Sí?

La inspectora escuchó con atención. Miró a Salcedo, la cabeza rapada le brillaba bajo el sol que había salido tras la tormenta. El Ebro bajaba revuelto y tuvo un mal presentimiento.

—¿Puedes apuntar, Salcedo?

El hombre sacó su teléfono, abrió las notas y escribió lo que Eliana le dictó.

39

Después de salir del hospital, Quina se dirigió al ISPGA en su Orbea sin dejar de pensar. Uriarte y Álex estaban convalecientes. ¿Habría atropellado Víctor a Álex? Cuanto más ahondaba en lo que Garrido le había contado, más angustiada se sentía. Que alguien albergara tanto resentimiento durante tanto tiempo le parecía inquietante. Y aunque sentía alivio porque hubieran arrestado a Víctor, tenía una sensación agridulce: algo no la acababa de convencer, era como si se les hubiera escapado algún detalle importante.

Lo que tenía claro era que iba a dar por finalizadas sus vacaciones. Con dos piezas fundamentales de baja médica, no tenía sentido quedarse en casa de brazos cruzados. Además, había un brote importante que resolver. No sabía si Uriarte habría comunicado los tres casos de peste al CCAES, el Centro de Coordinación de Alertas y Emergencias Sanitarias, y tenía que estar al tanto. Sería lo primero que tendría que solucionar.

A pesar de ser sábado, la doctora había convocado a su secretaria y a las epidemiólogas de su equipo para informarlas. No podían permitirse perder ni un día.

—Ya he vuelto, Isabel —saludó.

—Me alegro, Quina, ¿cómo está Vicente? —preguntó la mujer, contenta de verla por la oficina.

—Grave pero estable. Los médicos dicen que saldrá de esta. ¿Tú estabas cuando ocurrió?

Isabel asintió.

—Oí los disparos y pensé que eran petardos, no me imaginé que fueran... ¡Vaya susto! —dijo angustiada.

Quina escuchó a Isabel durante un buen rato. La mujer hablaba atropelladamente de lo sucedido y necesitaba desahogarse.

—¿Te quedas?

—Sí, sí. Mis vacaciones han terminado —contestó Quina.

—Me alegro, ¿necesitas algo? ¿Un café?

—No, gracias, tengo el estómago revuelto.

El sonido del móvil interrumpió la conversación.

—Hola, Andrés —contestó mientras entraba en su despacho. Quina se alegró al verlo completamente ordenado; tampoco quedaba ni rastro del grafiti en la pared y respiró aliviada—. ¿Tienes algún resultado para mí?

—Estoy en ello, pero me temo que vuestras sospechas eran ciertas. El esputo no es claro, pero los hemocultivos han dado positivo. Dame unas horas y te enviaré un informe preliminar.

—Gracias, no sabes lo importante que es.

—Pero no te llamaba por las muestras. Quería saber cómo estabas, he oído que ha habido un tiroteo en el ISPGA.

Las noticias corrían como la pólvora.

—Sí, han disparado a mi jefe... Ha sido un antiguo trabajador.

—¡Vaya! ¿Cómo está?

—Grave, pero saldrá de esta. Gracias por preguntar.

—Quina... me encantó tu visita.

—Gracias, Andrés. Yo también lo pasé muy bien. Tengo que dejarte, acabo de llegar al Instituto y tengo mucho que hacer.

Quina colgó. Hablar con él hacía que se sintiera avergonzada, todavía tenía la conversación con Santi en la cabeza, pero no era el momento ni el lugar para pensar en eso.

Álex guardaba el expediente Bueno en su archivo. Se dirigió al despacho de Epidemiología y saludó a los miembros de su equipo, que se alegraron de verla de vuelta.

—¿Qué tal esas breves vacaciones? —preguntó Marina con malicia. Acababa de llegar de hacer un recado y llevaba puesto un gorro oscuro de lana.

—Muy bien, gracias, ¿qué tal por aquí?

—Seguimos conmocionadas, Quina —respondió Pepa aludiendo al atropello de Álex y al tiroteo—, ya no podemos estar tranquilos ni en el trabajo.

Quina las escuchó y respondió a sus preguntas. Estaban muy preocupadas tanto por Álex como por Vicente. Intentó sonar convincente a la hora de tranquilizarlas, pero entendía el revuelo. Dos situaciones tan insólitas en tan poco tiempo... Ella misma también estaba asustada.

—Al menos el culpable ya está detenido —dijo en un intento por convencerse a sí misma.

Después de la reunión improvisada se dirigió a los archivadores donde guardaban los expedientes, vio que el de Álex estaba entreabierto y preguntó si alguien lo había tocado.

—A lo mejor se olvidó de cerrarlo —dijo Marina—, Álex es muy despistada: viene con un ojo morado, no se organiza, cruza sin mirar... es un imán para las desgracias.

Quina la miró con una expresión de asombro. No podía creer que hiciera ese tipo de comentarios después de lo que le había ocurrido. Decidió ignorarla, no estaba de humor para plantarle cara y tampoco podía preguntarle por qué se había ausentado. Al fin y al cabo, era fin de semana y estaba en su derecho de no acudir a la reunión o llegar tarde.

—Ya tenemos los resultados del caso Bueno —les anunció—. Las muestras de David y de su padre han dado positivo a *Yersinia pestis.*

Era mejor que todas lo supieran cuanto antes. La prensa no tardaría en enterarse y tenían que estar preparadas para la avalancha que se avecinaba. Estuvieron hablando y Quina les dio algunas directrices y repartió las tareas.

Tras mandar a su equipo a casa y ya en la tranquilidad de su despacho, Quina extendió los documentos sobre la mesa y se dispuso a revisarlos minuciosamente. Estaban desordenados, y aunque no podía asegurarlo, parecía como si alguien los hubiera revuelto a conciencia.

Los ordenó cronológicamente y fue revisando y leyendo en voz alta la investigación que había llevado a cabo Álex. La evolución de David Bueno y los síntomas que había tenido, las encuestas a los contactos más cercanos y los contactos de los compañeros del colegio.

—Fiebre, dolor en el pecho, ataques virulentos de tos… —susurró.

Arturo, el padre de David, estaba enfermo, pero la madre, por el momento, no. La transmisibilidad de la peste neumónica era alta, resultaba extraño que la mujer no se hubiera contagiado. Según las notas de Álex, durante el fin de semana había estado fuera, lo que indicaba que quizá David se hubiera contagiado el viernes o el sábado. El periodo de incubación de la peste no estaba bien definido, pero era corto. Podía ser de uno a siete días, pero se habían descrito periodos de incubación de hasta diez, lo que quedaba descartado porque en ese caso, si David y su padre se hubieran contagiado antes del fin de semana, Paloma también habría presentado síntomas.

Por otro lado, los síntomas del padre y del hijo habían comenzado casi a la vez, solo con un día de diferencia, lo que podía indicar una fuente de contagio común o que el hijo se lo hubiera contagiado al padre. Si encontraran la fuente, todo sería más fácil, o al menos, se asegurarían de que la enfermedad no siguiera propagándose.

Eso era lo que más le preocupaba a Quina, que la peste provocara la muerte de más jóvenes, que se extendiera por la ciudad como antaño y se cobrara la vida de personas inocentes. Ella lo sabía bien, una vez que te alcanzaba la sombra, no había vuelta atrás, no se podía escapar del dolor que traía consigo. Pero no era momento de lamentarse, estaba a tiempo de salvar muchas vidas si hacía bien su trabajo.

La realidad no era como las novelas, en las que siempre había un final feliz. Existían muchas probabilidades de que no encontraran la procedencia del contagio, y había que asumirlo cuanto antes. Comenzaba a desesperarse cuando entre los papeles encontró una nota escrita a mano:

«Partido de baloncesto.»

De la frase salían cuatro flechas y cuatro nombres: Íñigo, David, Arturo y Rosario. Este último estaba tachado y al lado había un nombre y un teléfono.

Quina volvió a leer la nota. Si Íñigo y David habían jugado un partido juntos, ese podía a ver sido el momento del contagio. Por otro lado, ¿quién era Tanner? Sin pensarlo, Quina marcó el número.

«Le informamos de que no existe ninguna línea en servicio con esta numeración».

¡Maldita sea! No podía preguntarle a Álex porque no recordaba nada. El traumatismo craneoencefálico le había provocado amnesia y había olvidado las horas previas al atropello.

Abrió la base de datos de Salud e introdujo el nombre: «Tanner».

¡Bingo! Tanner Brown. Consultó los datos personales, el número de teléfono coincidía con el de la nota de Álex. No servía; la dirección no constaba. Por desgracia, era bastante frecuente encontrarse con expedientes incompletos en la base de datos.

Quina se llevó las manos a la cabeza y se peinó con los dedos. Por lo visto, Tanner era un tipo muy escurridizo, pero ella no iba a dejarlo escapar tan fácilmente. Tuvo una idea.

—Eliana, soy Quina —dijo al teléfono—. Estoy leyendo el expediente en el que trabajaba Álex antes de que la atropellaran. Estaba tras la pista de un hombre llamado Tanner Brown. He intentado localizarlo, pero el teléfono que consta en su historia está fuera de servicio. ¿Puedes hacer algo?

—Dame todos los datos que tengas —respondió la inspectora—, yo me ocupo.

Después de hablar con Eliana, pensó que también podía seguir investigando por su cuenta para intentar averiguar quién era Tanner, el jugador desconocido. Estaba claro que no podía preguntar a Íñigo ni a David, pero había alguien a quien sí podía interrogar.

Introdujo los datos de Arturo Bueno en la base y saltó la notificación. Estaba ingresado en la clínica Santa Elena. Buscó la dirección, cogió sus cosas y salió deprisa. No tenía tiempo que perder.

En el último momento, decidió dejar la bici en el aparcamiento del ISPGA y coger un taxi; la clínica le quedaba demasiado lejos y no se encontraba fuerte como para ir pedaleando hasta el otro lado de la ciudad.

—Busco la habitación de Arturo Bueno, por favor —dijo en información.

—Lo siento, por protección de datos, no puedo decírselo.

Quina sacó su acreditación.

—Soy Quina Larrea, autoridad sanitaria y necesito hablar con Arturo Bueno por una cuestión de Salud Pública. Podemos hacerlo por las buenas o puedo pediros los papeles, llamar a inspección y así todos pasamos el día entretenidos.

La mujer la miró asombrada y no se atrevió a replicar.

Muchas habitaciones tenían las puertas abiertas. No entendía por qué las personas no las cerraban. Ella sentía pudor al verlos, como si se estuviera colando en una escena íntima a la que no había sido invitada.

La habitación de Arturo estaba en una zona apartada del resto. Antes de entrar, cada visitante debía registrar su nombre y teléfono de contacto en una lista, así como firmar un consentimiento conforme era conocedor de que estaba entrando en una zona restringida y exponiéndose a una enfermedad contagiosa. Era obligatorio colocarse el equipo completo de protección.

Quina se puso la bata y los demás elementos y entró en la habitación de Arturo, que descansaba en la cama con el respaldo incorporado. Llevaba un gotero en el brazo y estaba viendo las noticias. Cuando Quina entró, silenció el volumen de la televisión y la miró sin decir nada. Le molestaba el gorro y tuvo tentaciones de recolocárselo, pero le sostuvo la mirada al paciente sin inmutarse.

—¿Arturo Bueno?

—Sí.

—Soy Quina Larrea, jefa del Servicio de Vigilancia Epidemiológica.

Arturo levantó una ceja con suspicacia.

—Pertenezco a la Dirección de Salud Pública. ¿Qué tal se encuentra, señor Bueno?

—Llámeme Arturo.

—Prefiero llamarle señor Bueno, ¿qué tal se encuentra? —insistió.

—Bien, gracias por su interés, doctora Larrea.

—Vengo a hacerle unas preguntas sobre su enfermedad. Es importante que conteste con sinceridad.

—Ya hablé con una epidemióloga ayer, ¿no es suficiente?

—Tenemos datos nuevos y necesito hacerle unas preguntas.

—¿Qué tal está su compañera, por cierto?

Quina se quedó sin respiración.

—¿Cómo lo sabe?

Arturo levantó las manos en señal de inocencia y señaló el televisor.

—Ha salido en las noticias que han atropellado a una epidemióloga al salir del trabajo. Han dado una descripción que coincidía con la joven que vino a entrevistarme, ¿está bien?

Quina lo miró fijamente a los ojos tratando de averiguar lo que pensaba. Su instinto le decía que no era de fiar. Ese hombre era el tipo de persona que podía decir una cosa y sentir la contraria. A ella no la engañaba; bajo su piel de cordero se escondía un lobo.

—Tengo entendido que usted juega a baloncesto con su hijo habitualmente. ¿Ha jugado con él en los últimos días?

—¿Otra vez con lo mismo? ¿Ha venido para preguntarme con quién juego a baloncesto?

—Conteste, por favor.

—Juego con mi hijo, usted lo ha dicho.

—¿Y con alguien más?

—No creo que tenga mucho interés, doctora Larrea. Creo que está usted extralimitándose en sus funciones. ¿De verdad es importante con quién juego a baloncesto?

—¿Sabe usted quién es Íñigo Ruiz?

Entonces se dio cuenta, esa mujer venía a arruinarle la vida. Debía tener mucho cuidado con ella.

—Sabemos que Íñigo Ruiz jugó un partido de baloncesto con su hijo justo antes de enfermar. Es posible que David se contagiara entonces, por eso es importante saber con quién jugó ese partido. ¿Va a decirnos quién era el cuarto jugador? —preguntó Quina con firmeza.

—Rosario, el hijo de Marcela, se lo dije a su compañera.

—¿Está seguro?

Arturo asintió, pero Quina no lo creyó. Álex había tachado el nombre de Rosario.

—¿Ha pensado que sus mentiras pueden costarle la vida a su hijo y a otras personas?

—No exagere, doctora, usted lo ha dicho, Íñigo nos contagió a David y a mí. ¿Qué más necesita? —dijo desafiante. No era de los que daban su brazo a torcer.

—¿Íñigo?

—Claro, si alguien nos contagió fue él. Estaba enfermo cuando tuvo el accidente, empezó antes con los síntomas, ¿no es así?

—No lo sé, dígamelo usted —respondió ella, indignada. La actitud de ese hombre era despreciable. Qué sencillo era culpar a quien ya no podía defenderse.

—¿Y qué más da quién fue el primero?

Tenía parte de razón, lo importante no era quién había sido el primero, sino asegurarse de que el que los contagió recibía tratamiento. Por su bien y por evitar más contagios. Quina empezaba a perder la paciencia.

—Señor Bueno, deje de actuar como un niñato y compórtese como un hombre —dijo con dureza adelantando el cuerpo.

—Se está sobrepasando, doctora Larrea, ¿qué pretende?

Quina se echó para atrás y trató de recuperar la calma.

—¿No cree que quien se está sobrepasando es usted? Su hijo está muy grave y usted sigue sin ser sincero.

—Ya tiene un nombre, doctora Larrea: Íñigo Ruiz.

Quina meneó la cabeza.

—Sé que me está ocultando algo, señor Bueno, no finja, conmigo no se atreva.

—¿Y qué va a hacer? ¿Me va a detener? Usted no es policía, doctora, ni siquiera es médica. ¿Qué clase de médica iría por ahí jugando a ser detective?

—Ya es usted mayorcito, señor Bueno —replicó ella sin entrar al trapo—. ¿Cuántos contagios y cuántas muertes está dispuesto a llevar sobre sus hombros? España no es una zona endémica, es sumamente raro contagiarse de peste en Europa y, por lo tanto, solo pudo salir de un laboratorio o que alguien liberara el patógeno de forma intencionada. En ambos casos, la situación es muy grave. Podría usted incurrir en responsabilidad penal.

Arturo la miró en silencio. Si BCG caía, él lo perdería todo. Tenía que guardar silencio para que no pudieran relacionar su empresa con el brote. Él no tenía nada que ver con ninguna de esas muertes.

—¿Le suena de algo el nombre de Tanner? —preguntó Quina cuando ya se marchaba.

El hombre permaneció en silencio.

—Aténgase a las consecuencias, señor Bueno.

Quina salió de la clínica Santa Elena. Después de algunas semanas, volvía a brillar el sol en Zaragoza. En el horizonte se dibujaban las montañas del Moncayo con las cumbres nevadas, un regalo que solo podía admirarse cuando el cielo estaba totalmente despejado.

Subió a un taxi e intentó poner en orden sus ideas antes de hacer una llamada. Por fin las piezas parecían encajar.

40

—¿Tanner Brown?

Les abrió la puerta un hombre despeinado y con barba de tres días que los miró con desconfianza.

—¿Qué queréis?

—Somos de la policía, venimos a hacerle unas preguntas —dijo Salcedo.

—No estoy de humor, estoy enfermo.

—Serán solo unos minutos —intervino Lysander. El joven se apartó del umbral y los policías entraron en el recibidor sin cerrar la puerta de entrada—. Venimos para hablar sobre un joven de dieciséis años, Íñigo Ruiz, ¿lo conocía?

—No me suena.

—¿Está seguro?

Tanner sonrió y asintió.

—¿Juega usted a baloncesto?

—¿La policía ha venido a mi casa para preguntarme si juego a baloncesto? —Cuando se rio volvió a toser con virulencia.

—No tiene gracia. Íñigo Ruiz era un joven que murió hace seis días —le explicó Salcedo.

—¡Vaya, qué pena!

El tipo le daba mala espina. Ocultaba algo. Una idea cruzó por la mente de Eliana. Álex estaba tras su pista, había anotado su nombre y había intentado localizarlo. ¿Podría Tanner haberla atropellado para ocultar que tuvo contacto con Íñigo Ruiz? Lo veía capaz.

—¿Qué hizo ayer entre las cinco y las siete de la tarde, señor Tanner? —preguntó la inspectora.

—Dormir la siesta.

—¿Alguien puede corroborarlo?

—Sí, estuve con Michelle Jenner. Vimos la peli de *Nuestros amantes* y luego nos quedamos dormimos —rio histriónico antes de sufrir un nuevo ataque de tos.

—No estamos de broma —dijo Lysander.

—¿Podemos ver su coche?

—¿Tienen una orden judicial?

—No.

—Entonces váyanse.

UN SONIDO PENETRANTE e insistente le martilleó la cabeza y lo despertó de una breve cabezada. Tanner abrió la puerta medio dormido y recibió un fuerte puñetazo en la mejilla que lo hizo trastabillar.

Su tío Héctor entró en casa fuera de sí. Le dolía la mano a causa del puñetazo. Hablaba a gritos y se movía por el salón como un animal enjaulado.

—¡Lo has echado todo a perder! —gritó.

—¿Qué pasa? —preguntó con los ojos húmedos.

—¡Joder, joder! ¿Has atropellado a la epidemióloga? ¿Es que te has vuelto loco de remate? ¡Esto es el fin! ¡Te van a pillar! Es el fin, ¡joder! ¿No te das cuenta?

Tanner se encogió de hombros. No entendía nada. Nunca había visto a su tío tan descontrolado, y eso que no sabía nada de la visita de los policías. Mantendría la boca cerrada. Si Héctor se enteraba de que habían estado en su casa, sería aún peor.

—No tengo ni idea de qué me estás hablando —dijo Tanner con frialdad—. Y no entiendo por qué te pones así si está todo controlado.

—¡No! ¡Joder! No hay nada controlado, la has cagado, como siempre —dijo antes de sentarse en una silla mientras se restregaba los ojos—. No van a parar hasta que den contigo, ¡joder! La atropellaste en pleno centro. Han dicho en los informativos que las cámaras grabaron el coche, ¡te encontrarán!

—No sé de qué me hablas. Yo no tengo nada qué ver con eso.

Héctor lo miró fijamente. Conocía muy bien a su sobrino. Era mentiroso y violento, pero en esa ocasión comprendió que no mentía. Era verdad que no tenía ni idea sobre el atropello. Aun así, seguían teniendo un problema.

—¡No lo entiendes!¡Estamos jodidos! Acabo de hablar con Arturo. Ahora es la doctora Larrea quien está investigando el brote de peste y tiene tu nombre. Le ha preguntado por ti y esa mujer no se anda con tonterías. Te encontrará, y si lo hace, todo se habrá acabado. Tienes que largarte del país cuanto antes. Si te vas ahora, nunca lo descubrirán.

Tanner negó con la cabeza, se había pasado media vida huyendo. Había tenido que cambiar de instituto, y luego, en la carrera, tuvo que irse cuando lo denunció aquella maldita profesora de las tetas grandes. Esta vez no iba a pasar de nuevo por aquella humillación. Él no había hecho nada malo.

—¡No pienso largarme! —contestó desafiante—. No voy a ir a ningún lado, ya me he cansado de ser siempre el que huye.

—No te he preguntado, te he ordenado que te vayas a Londres hoy mismo —dio un golpe a la mesa y se levantó—. ¡Vete de España! No quiero que te relacionen con todo lo que ha pasado, no quiero que impliques a BCG en tus planes de mierda, ¿no lo entiendes? —La ira se apoderó de él y le propinó un empujón que lo tiró al suelo—. Quiero que lo prepares todo y que mañana ya estés en Inglaterra con tu madre, ¿me has oído?

Tanner no había oído nada más, los gritos de su tío continuaron un buen rato, pero él había desconectado, como si su tío hablara en otro idioma y no lo entendiera. Solo reaccionó cuando oyó el golpe brusco de la puerta al cerrarse.

En su cabeza seguía escuchando algunas frases: «¡No sirves para nada! ¡Eres un inútil!». No entendía por qué actuaba así con él. Él no había hecho nada malo, sin embargo, a los ojos de su tío, tenía la culpa de todo. Estaba harto. Ya no era el joven manipulable de siempre, se había cansado de obedecer a todos.

Tenía que hacer algo.

Fue a la cocina y abrió una lata de cerveza, se la bebió de un trago y eructó. Tenía los ojos inyectados en sangre. Abrió una segunda cerveza y la ingirió mientras caminaba de un lado a otro de la casa. Cuando estaba bebiéndose la tercera, le vino una idea a la cabeza.

Ella. Ahora tenía su nombre. Era la culpable de que su tío lo repudiara e iba a pagarlo caro. Encendió el portátil y buscó una dirección, le costó cinco minutos encontrarla.

Cogió las llaves del coche, bajó al garaje, arrancó el motor y encendió la radio. Los acordes de *Highway to Hell* retumbaron en el interior del vehículo. Subió el volumen de la música y de camino se bebió otra lata de cerveza que aplastó con una mano y arrojó a la calle.

Encontró aparcamiento frente al portal y esperó. Se sentía febril, excitado, el corazón le latía a un ritmo vertiginoso y el cuerpo le pesaba. A su mente acudieron imágenes de los últimos días. Los bultos de su cuerpo. La sensación de apretar la rata con la mano. Ojalá la hubiese asfixiado. Asquerosa. Debería haberla estampado contra la pared después de romperle el cuello. Imaginó el crujido de los huesos y los ojos desorbitados. Le pareció escuchar los grititos del bicho. La cara de la doctora, que había visto en fotos, se superpuso a la del roedor. Ya no tenía nada que perder. Larrea se iba a enterar, la muy estúpida lo había estropeado todo. Poco después, vio bajar a Quina de un taxi. La respiración se le aceleró. Abrió la guantera, donde siempre llevaba una navaja plegable, y se bajó del coche. Entró tras ella en el portal. Mientras la mujer abría el buzón, él subió por las escaleras sin que lo viera.

Cuando las puertas del ascensor se abrieron, se miraron a los ojos un instante. Sin darle tiempo a reaccionar, Tanner se abalanzó sobre ella y la empujó con violencia al interior de la cabina. Quina soltó un grito ahogado antes de caer al suelo.

—¡Cabrona! —le gritó mientras la cogía de la chaqueta y la zarandeaba para levantarla.

Quina no comprendía qué estaba ocurriendo. El golpe la había aturdido. Miró al hombre pelirrojo y vio en sus ojos que era capaz de matarla.

—¿Qué miras, puta? —Tanner le asestó una fuerte bofetada y la agarró con fuerza del brazo. Tiró de ella y la arrastró hasta la puerta de su casa—. ¡Ábrela! —le ordenó.

Ella buscó con torpeza las llaves en el bolso. Estaba tan asustada que no lograba encontrarlas. Tanner la agarró fuerte de la coleta y le gritó que se diera prisa. Por fin encontró el llavero en el fondo de un bolsillo y el hombre se lo arrebató de un tirón y abrió la puerta.

Charco acudió corriendo a recibirlos ajeno al forcejeo. Tanner le asestó una fuerte patada en la cabeza. El cachorro emitió un aullido agudo y su cuerpo quedó inmóvil en el suelo.

—¡*Charco*! —gritó Quina e intentó acercarse a él.

Tanner la agarró de la chaqueta y la empujó contra el mueble de la entrada. Quina sintió un fuerte dolor en la espalda, intentó soltarse y forcejearon unos segundos. El hombre era fuerte y estaba fuera de sí. Le puso una mano en la garganta y comenzó a presionarle el cuello.

—¿Quién eres? —preguntó ella con la voz apagada y con la sangre agolpándosele en la cabeza.

Tanner le tapó la boca y la miró con cara de loco. Quina se sintió aliviada, había dejado de estrujarle el cuello y al menos podía respirar.

—¿No sabes quién soy? —Se le escaparon unas gotas de saliva al hablar y ella cerró los ojos de manera instintiva—. ¿Ahora te vas a poner remilgada, hija de puta? —La abofeteó.

El labio de Quina comenzó a sangrar. Tanner se acercó para chupárselo y ella le asestó un cabezazo. El golpe lo sorprendió y lo dejó aturdido unos segundos. Quina se dirigió trastabillando hacia la puerta en un intento de escapar y la abrió, pero en el último momento, Tanner la alcanzó y tiró de ella con fuerza hacia el interior.

—¡Socorro! —gritó. La puerta se había quedado entreabierta y tenía la esperanza de que algún vecino la oyera—. ¡Socorro!

Tanner la inmovilizó contra la pared y volvió a taparle la boca. Sacó de un bolsillo la navaja y presionó el mecanismo para abrirla. Se quedó paralizada cuando sintió el filo del arma en el cuello.

—¿Dónde te crees que vas, estúpida? Como grites otra vez te mato, ¿me has entendido?

Quina guardó silencio, incapaz de articular una palabra.

—¿Me has entendido? —gritó.

Asintió con cuidado de no cortarse. Los ojos se le llenaron de lágrimas; estaba en manos de un psicópata.

—¿Ahora vas a llorar? —Tanner le tocó la mejilla con suavidad y le recorrió el rostro despacio con la punta afilada. Se acercó al labio, que seguía sangrando, para besarla de nuevo y Quina le escupió. Tanner le propinó una fuerte bofetada y se rio.

Se guardó la navaja en el bolsillo de la cazadora y le apretó de nuevo el cuello con fuerza.

—¿Te doy asco? Voy a darte tu merecido.

Tanner le levantó el jersey y comenzó a tocarla. Quina trataba de escapar, pero el inglés la estaba asfixiando. Con la mano que le quedaba libre, se desabrochó el cinturón y el botón del vaquero.

—Espera, guapita, no quiero que nadie nos moleste.

La cogió del pelo y tiró de ella hacia el suelo. Quina cogió una gran bocanada de aire y tosió. La arrastró hacia la puerta, que se había quedado abierta y Tanner hizo el gesto de cerrarla, pero algo se lo impidió. Enfadado, le asestó enfadado una patada, pero antes de que pudiera reaccionar, la puerta se abrió de golpe.

La inspectora Lysander entró apuntando con una pistola, estaba a menos de un metro de Tanner. Tras ella, varios agentes uniformados lo encañonaron.

—¡Suéltala, Tanner!

Rápidamente sacó la navaja del bolsillo y colocó la hoja en el cuello de Quina.

—¡Inspectora, qué sorpresa! Nos encontramos de nuevo. —El inglés reía fuera de sí. Su tío iba a enfadarse cuando se enterara de aquello—. Ya estamos todos, ¡menuda fiesta!

—Tranquilo, Tanner. —La inspectora avanzó un paso.

—¡Atrás! ¡Atrás o me la cargo!

Lysander levantó las manos.

—Está bien, suéltala. —Se miraron a los ojos—. Todo está bien, déjala ir y no pasará nada.

Él solo pensaba en su tío. Iba a ponerse furioso cuando se enterara de aquello. Se enfadaría mucho, no iba a perdonárselo jamás. Aquella mujer lo había estropeado todo. No quería volver a Inglaterra.

—¡Atrás! —La cabeza le iba a estallar. Vio una imagen suya de cuando era pequeño, llorando en la playa. Seguía siendo el mismo niño. Su tío tenía razón, no servía para nada. Aquello ya no tenía arreglo. Era un inútil, un estorbo. No podría solucionarlo. Lo mejor sería acabar con todo. Se llevó la navaja al cuello y se rajó la yugular.

Quina sintió que su agresor se desplomaba sobre ella. Ambos cayeron al suelo. Luego silencio. Un líquido caliente empezó a empaparla. Comprobó si sentía algún dolor. Un instante después, los agentes se abalanzaron sobre él. Quina se apartó asustada y se arrastró por el suelo dejando huellas de sangre a su paso. Le temblaba todo el cuerpo.

41

Quina le echó un vistazo a su reloj. Aún no se le había pasado el susto. Habían pasado unas horas desde que ingresó en Urgencias. Cuando llamó a Santi para explicarle lo que había pasado, su novio se alarmó muchísimo. Ella lo tranquilizó, estaba bien. Había pasado mucho miedo, pero, por suerte, Eliana y su equipo habían llegado a tiempo. Le habían hecho algunas pruebas rutinarias y todo había salido bien.

La inspectora Lysander la había acompañado hasta el Clínico, al mismo hospital donde estaban ingresados Álex y Vicente. Parecía una broma de mal gusto. Por suerte, ella no tendría que quedarse. Le recomendaron reposo y, por prescripción propia, llevaría mascarilla durante una semana. El nombre de Tanner había salido en el contexto de la investigación de un peligroso brote y no podían descartar que el hombre estuviera enfermo. Durante la agresión podía haberla contagiado.

Santi la había dejado sola unos minutos y estaba solucionando el papeleo del alta.

Se levantó de la camilla, se puso las zapatillas y se recogió el pelo en una coleta. Todavía llevaba la melena algo húmeda porque el secador del hospital no era muy potente. De todos modos, había supuesto un alivio poder quitarse la ropa ensangrentada y darse una buena ducha. Vestida ya con su ropa limpia, salió de Urgencias por un pasillo exclusivo para el personal y subió a la planta de la UCI. No era horario de visitas, pero llamó al control de enfermería y pidió entrar.

Encontró a Vicente tumbado con los ojos cerrados. Le habían afeitado la barba y casi no lo reconoció. El corazón le dio un vuelco. No llevaba ropa. Estaba tapado con una sábana y una manta de aire caliente.

—¿Vicente?

—Hola, Quina, me alegra verte —susurró sin moverse—. Tienes la mirada cansada.

Con el equipo de protección, los ojos era lo único que tenía visible. Quina sintió que se le llenaban de lágrimas. Todavía estaba muy sensible, pero Vicente no sabía que la habían atacado y no era momento de contárselo.

—¿Cómo estás?

—Me duele todo el cuerpo, pero estoy bien.

Ella sonrió.

—He perdido un riñón, pero aún tengo el otro. Necesitaré un tiempo para recuperarme. Pero he tenido suerte, creo que saldré de esta.

—Me alegro mucho, jefe. Menudo susto nos has dado.

—No exageres, no ha sido para tanto.

Una enfermera se acercó al box para pedirle a Quina que se marchara. Aquella visita era irregular, una excepción que habían permitido por ser ella la novia de Santi, pero no podía prolongarse por el bien del paciente.

—Tengo que irme, Vicente, cuídate mucho.

SALIÓ DE LA UCI sobrecogida. En el pasillo la esperaba la inspectora Lysander.

—¿Cómo has sabido que estaba aquí?

—He ido a Urgencias y me han dicho que no estabas. Me he imaginado que estarías aquí.

—¿Cómo está Álex?

—Está bien. Le han hecho una resonancia. Si no ven nada raro, el lunes le dan el alta.

—Me alegro.

—¿Has podido ver a tu jefe?

—Sí. Está débil, pero saldrá de esta.

—¿Necesitas algo?

Quina meneó la cabeza. Lo que de verdad necesitaba era olvidarse de todo y que su vida volviera a la normalidad. De ser posible, habría borrado de su memoria los últimos días.

—Gracias, Eliana. Voy a buscar a Santi y nos iremos a casa —contestó mientras caminaban por el pasillo—. Necesito descansar.

Las dos mujeres entraron en el ascensor en silencio.

—¿El hombre que me atacó era Tanner?

La inspectora asintió.

—¿Cómo diste con él?

—Buscamos su nombre en nuestra base de datos y fuimos a hablar con él. Actuó de forma sospechosa y no nos dejó ver su coche sin una orden. Además, sufrió varios ataques de tos cuando lo interrogamos; tenía aspecto de estar enfermo, por lo que podría ser vuestro hombre.

—El partido… —dijo Quina en un susurro apenas audible. Si él estaba enfermo y jugó el partido, tal y como indicaban las notas de Álex, podría haber sido quien contagiara a los chicos. De forma inconsciente, Quina se tocó la mascarilla. Había hecho bien en no quitársela, Tanner podría haberle contagiado la peste. Tendría que hacerse pruebas.

— ¿Y cómo supiste que estaba en mi casa?

—Su actitud era muy extraña y me dio muy mala espina desde el principio, sin embargo, no era motivo suficiente para detenerlo. Entonces lo vi toser y se me encendieron las alarmas. Pelirrojo, extranjero y enfermo. Podía ser casualidad, pero coincidía con el sospechoso de un caso de agresión que estamos investigando. Con esa justificación, mientras regresábamos a la comisaría y decidíamos qué hacer, dejé a dos agentes vigilándolo. Cuando al poco tiempo lo vieron salir con tanta prisa, los compañeros me avisaron y les ordené que lo siguieran. Me informaron y vinimos de inmediato. El resto ya lo sabes.

Un escalofrío le recorrió la columna vertebral. Quina se detuvo en medio del pasillo. Estaba llorando. No quería pensar qué habría ocurrido si la inspectora Lysander no hubiera aparecido en su casa. Instintivamente, se tocó el cuello. Todavía sentía la presión de las manos de Tanner dejándola sin respiración.

42

Lunes, 26 de noviembre

TOTALMENTE EXHAUSTA, ÁLEX se sentó en el sofá después de haber subido dos pisos por las escaleras. En el hospital faltaban camas y le habían dado el alta de buena mañana en cuanto pasó el médico. En esos momentos sí echaba de menos un ascensor. Con el esfuerzo, el dolor en las costillas se había agudizado, pero no lo mencionó. Se tomaría un analgésico en cuanto estuviera sola.

Se despidió de su madre, que se había empeñado en acompañarla a casa, y le prometió que la llamaría si necesitaba algo. Las fiambreras con comida que le había dejado en la nevera serían suficientes para subsistir una semana. Con una mano le resultaría difícil manejarse, pero ya se las arreglaría.

Miró alrededor, todo estaba bien. Tenía una casa pequeña, sin embargo, era la suya y se sentía orgullosa de tener un hogar propio. El sofá verde pistacho, una tele grande, la enorme sansevieria junto a la ventana. Era la única planta que tenía en casa, la única que había logrado sobrevivir, pero crecía fuerte y vigorosa con el poco sol que le entraba por la mañana. No necesitaba agua durante semanas y Álex solo tenía que dejarla vivir.

—¡No la riegues demasiado! —le había advertido su madre cuando se la regaló—. Aunque las plantas necesitan agua, regarlas en exceso también es perjudicial y puede incluso matarlas.

Ahora lo comprendía perfectamente. Con todo lo que había sucedido durante los últimos días, al igual que su planta, solo necesitaba un poco de espacio, un poco de normalidad, que dejaran de hacerle tanto caso y de mirarla con lupa. Estaba bien. Lo único que había olvidado eran las horas previas al accidente. En el hospital le habían hecho todo tipo de pruebas y no habían encontrado nada de lo que preocuparse. Eliana le explicó que habían revisado las imágenes de todas las cámaras que enfocaban hacia el coche que la atropelló, pero en ninguna se veía con nitidez ni al conductor ni la matrícula. También habían visionado las de los aparcamientos cercanos, incluso las del aparcamiento del ISPGA, pero ningún conductor tenía un comportamiento sospechoso y del Instituto solo salieron empleados al volante de sus coches, ningún intruso. Lo habían comprobado uno por uno.

El móvil comenzó a vibrar en la mesa de centro, y, al incorporarse, Álex tuvo que hacer un esfuerzo para evitar los pinchazos en el costado.

—¿Estás ya en casa? —preguntó Eliana al otro lado.

—Sí, acabo de llegar —contestó. Escuchar su voz la ponía de buen humor—. Puedes venir cuando quieras, inspectora.

—Volando vengo. Eso sí, con mascarilla, ya sabes, por precaución…

Álex fue a lavarse los dientes; Eliana llegaría de un momento a otro. No sabía lo que sucedería con ellas, pero quería vivirlo, y no pensar más allá. Eliana acababa de salir de una relación que la había dejado herida y sabía que necesitaba tiempo para curarse.

Ella no necesitaba más. Se entendían, se divertían, parecía que se conocían de toda la vida y, lo que más valoraba Álex, le hacía sentir viva. Con Eliana había recordado lo que era estar enamorada, sentir debajo del ombligo una sensación inexplicable, estar pendiente del móvil por si le enviaba un mensaje.

Además, tenía un trabajo muy interesante Era cierto que no le contaba tantos detalles como a ella le habría gustado, pero le gustaba ser la novia de una inspectora de policía. ¿Había dicho novia? Bueno, no se quería precipitar, de momento se estaban conociendo.

El tiempo transcurría muy lento en aquella habitación, pero al menos las noticias eran alentadoras. Tras hacerle una nueva placa, parecía que la neumonía de David al fin estaba remitiendo. Le habían quitado la sedación y la enfermera lo había extubado a última hora de la mañana. La doctora Bustamante en persona había ido a comunicárselo antes de acabar su turno. Era una mujer comprometida. Paloma la había mirado con ojos suplicantes y la doctora había dado permiso para asomarse al box durante unos segundos. Aunque no pudo acercarse, verlo sin el tubo fue como un milagro.

Paloma seguía teniendo el corazón encogido. A veces pensaba que nunca recuperaría su tamaño habitual. Como si el miedo y la angustia le hubieran dejado un hueco en el pecho. Cuando respiraba, llegaba a sentir un dolor físico que le oprimía el tórax. Sentía que nunca podría volver a ser la misma. Algo había cambiado dentro de ella, quizá por la sensación de que la vida de una persona podía acabar en cualquier momento sin importar la edad. No había sido consciente hasta ese momento, y supo que aquella semana había marcado su vida para siempre.

—¡David, hijo mío! —lo llamó desde la puerta.

El chico giró la cabeza, la miró y sonrió. Paloma no pudo contener la alegría y se abalanzó para abrazarlo. Las máquinas que tenía conectadas comenzaron a pitar. Su hijo estaba bien, era lo único que le importaba.

43

Lunes, 3 de diciembre

La Estación Intermodal estaba abarrotada de gente abrigada con bufandas, guantes y gorros de lana. Cuando soplaba el cierzo en Zaragoza, la ciudad entera se congelaba. El primer día de la semana, los trenes y los autobuses entraban y salían cada pocos minutos y generaban un gran bullicio de viajeros que cargaban con maletas y mochilas.

María escuchaba un pódcast sentada en un banco frente a la dársena. Había tomado el tratamiento, y los análisis para detectar la bacteria daban negativo, ya no tosía y podía salir a la calle con normalidad. Todavía seguía notando algo de fatiga, pero estaba mucho más animada y dispuesta a empezar una nueva vida.

Regresaba unos días a la casa de sus padres, en un pueblo del Pirineo, y después de Navidad retomaría sus estudios. Quería ser enfermera, así que se prepararía para la prueba de acceso a la universidad para mayores de veinticinco años.

Mucho más iba a costarle olvidar a Tanner. Ahora desconfiaba de todos los chicos y se preguntaba si algún día podría sentirse segura cuando estuviera a solas con alguien. Había empezado a visitar a una psicóloga, que le había aconsejado darse tiempo y respetar su propio ritmo. Algo que era fácil de decir pero difícil de hacer.

Primero tendría que asumir la enfermedad que había padecido. Le daba hasta miedo mencionarla en voz alta. Tanner la había contagiado de peste bubónica, una enfermedad que en la Edad Media había matado a la mitad de la población en Europa y que sin tratamiento podría haber sido mortal. Las analíticas habían demostrado un índice de similitud mayor del ochenta y nueve por ciento entre su muestra y la de David, lo que significaba que había relación entre ellas y que pertenecían a la misma cepa.

Cuando la inspectora Lysander la avisó de que fuera al médico con urgencia, ella ya había empezado a notar dolor e inflamación en dos ganglios de la axila. Por fortuna, la enfermedad había remitido con los antibióticos que le pautaron y no había tenido complicaciones.

Le habían explicado que Tanner se había contagiado en el laboratorio en el que trabajaba. Había entrado sin permiso y sin protección en el área de animales donde experimentaban con distintas enfermedades peligrosas y había estado en contacto con una cepa del bacilo de la peste. La noche que la agredió ya tenía síntomas, a los que hizo caso omiso, y, además de a ella, había contagiado a varias personas durante un partido de baloncesto. María, al sentirse tan mal, no había salido de casa y apenas había tenido contacto con nadie, algo que había ayudado a controlar el brote.

Pero lo peor no era la enfermedad. Ella se preguntaba si algún día podría olvidar la mirada de odio de Tanner. Su aliento. Su sabor. Tenía pesadillas, y, cada vez que lo recordaba, sentía náuseas y una fuerte angustia en el pecho. No podía escapar de los recuerdos que la atormentaban.

La noticia de que se había suicidado no la consoló. La tranquilizaba que ya no pudiera hacer daño a nadie más, pero ella nunca volvería a ser la misma.

Cuando un autobús rojo paró frente a ella, levantó la cabeza. El Pirineo la esperaba.

Carlota bajó del autobús. Había decidido regresar a Zaragoza y dejar atrás las amenazas. Las cosas habían cambiado mucho. Lo había visto en las noticias.

Héctor ya no podía hacerle daño ni chantajearla con contarlo todo y destrozarle la existencia. La había obligado a desaparecer de la vida de Arturo. Le hizo jurar que no volvería a verlo y que no hablaría de su aventura con nadie. Aquella noche, en el parque, Carlota se había asustado mucho. Héctor tenía una mirada peligrosa, ella intuía que la amenaza iba en serio y que aquel hombre de ojos de fuego estaba dispuesto a todo. No había sabido plantarle cara en ese momento, pero ahora se sentía fuerte y había tomado la decisión de volver. Héctor tenía demasiado de lo que preocuparse como para pensar en ella.

En Barcelona se instaló con unas amigas, y allí pudo ir al médico para asegurarse de que todo estaba bien. Arturo le había mandado varios mensajes en los que se mostraba preocupado por su salud. Sonrió al recordarlo. Era tan guapo...

Los análisis a los que se sometió dieron negativo y no tuvo que dar demasiadas explicaciones en el centro de salud. Habló de tos y fiebre para que le hicieran pruebas, aunque en realidad no tenía ningún síntoma. Las radiografías y las analíticas habían descartado que estuviera enferma. La doctora que la había atendido le había dicho que su respuesta inmunológica había detenido el desarrollo de cualquier infección que pudiera haber estado incubando.

Mientras caminaba por la pasarela de Delicias, el viento la despeinó. Cogió aire y sonrió. Estaba de vuelta y quería comenzar una nueva vida.

44

Quina se puso manos a la obra y empezó a redactar el informe definitivo para el CCAES sobre el brote de peste. Tenía que pensar bien cómo explicar que desde el ISPGA no se hubiera notificado el caso sospechoso en cuanto el forense lo comunicó por teléfono. Había estado dándole vueltas y no era el momento de señalar a Vicente, que seguía en el hospital y no podía dar su versión. Aludiría a un fallo en la comunicación que no había afectado a la adopción de medidas ni a la actuación sobre el terreno. O, dicho de otra manera, se habían apresurado tanto a actuar con los casos y sus contactos, que se les había olvidado dar parte al Centro de Coordinación hasta dos días después, cuando ella misma lo hizo.

Aunque después del ataque de Tanner todo el mundo insistía en que descansase unos días, ella había ido a trabajar; no porque quisiera hacerse la heroína, sino porque se encontraba bien y su sentido de la responsabilidad le impedía quedarse en casa calentando el sofá.

La semana había resultado caótica, aunque poco a poco el revuelo empezaba a calmarse. Los padres del colegio de Íñigo y David enloquecieron cuando se enteraron de la enfermedad que tenían los compañeros de sus hijos. Llamaron para informarse de las medidas que tenían que tomar y tuvieron que organizar turnos para atender las llamadas. Una representación de los colectivos de medicina, enfermería y otros sanitarios exigieron una reunión para conocer de primera mano la situación del brote y cómo debían actuar si algún contacto comenzaba con síntomas. Se les envió una copia del protocolo de peste para que estuvieran al tanto de las medidas que debían adoptar y se los emplazó para la semana siguiente. Como colofón faltaba la prensa, dos docenas de medios nacionales e internacionales acamparon, literalmente, a las puertas del ISPGA a la espera de noticias y declaraciones. El Departamento de Sanidad emitió una nota informativa el sábado a primera hora y Quina había dado una rueda de prensa el lunes para informar de la situación epidemiológica. Debían ser cautos y no podían asegurar que el brote estuviera controlado, pero la ciudadanía merecía una explicación para evitar los rumores y las noticias falsas.

Por un momento, ella también se había asustado al pensar que Tanner la podía haber contagiado, pero, por suerte, el inglés ya llevaba cinco días con tratamiento cuando la agredió y era poco probable que la hubiera infectado. La autopsia del inglés confirmó que la carga bacteriana era inexistente y, por tanto, la capacidad infectiva prácticamente nula.

Quina trató de centrase en el informe que estaba escribiendo. ¿Cómo se había contagiado Tanner Brown? Encontrar la respuesta no había resultado fácil. El inglés había entrado en los laboratorios Clinilabos, donde trabajaba, y se había contagiado de la bacteria por el ataque de un roedor. En vez de notificar el suceso, ocultó la enfermedad intencionadamente y cometió un delito contra la salud pública al poner en peligro la vida de muchas personas. Si el microbiólogo hubiera declarado el incidente, podrían haberse dictado medidas preventivas, no se hubieran producido los contagios y quizá se habría evitado la muerte de Íñigo Ruiz. Pero eso nunca lo sabrían.

Hasta entonces se habían confirmado cinco casos de peste y esperaba no tener que confirmar ninguno más. Por el momento, no había sospecha de ningún otro caso. Tanner, fue el paciente cero. Durante el partido de baloncesto del viernes dieciséis de noviembre, enfermo y con síntomas respiratorios, había contagiado a Íñigo y a David, que supuestamente habían inhalado aerosoles de gotículas infectivas y habían desarrollado rápidamente peste neumónica primaria. Según el informe del forense, la temperatura de Íñigo en el momento del accidente era inusualmente alta y sugería, aunque no podía asegurarlo, que el joven había sufrido un colapso provocado por la fiebre alta, lo que habría desencadenado el accidente.

En la investigación también averiguaron que el cuarto jugador de baloncesto no era Arturo, como todos pensaban, sino Héctor, el tío de Tanner, quien en alguna ocasión sustituía a Arturo para que este pudiera encontrarse con su amante. Fue David quien contagió a su padre el domingo, cuando entró en su habitación y se acercó a ver cómo estaba, lo que explicaba que los síntomas de Arturo aparecieran más tarde. Héctor se negó a hacerse las pruebas, por lo que nunca sabrían si había enfermado o no. Quina sospechaba que empezó con el tratamiento en cuanto supo que su sobrino estaba enfermo.

El quinto contagio, el de María durante la agresión, pudo producirse de dos formas. A través de las gotículas de aerosoles o por contacto con la sangre de Tanner cuando le tapó la boca, pues el inglés tenía unas heridas recientes en la mano. María recordaba el sabor de la sangre de su agresor, por lo que la segunda opción era la más probable.

Todos los contactos estrechos de Íñigo y de la familia Bueno habían recibido ya la quimioprofilaxis y por suerte ninguno había llegado a enfermar. María, al encontrarse tan mal, no había salido de casa y, salvo la visita de los policías, no había tenido contacto con nadie. Lysander y Salcedo también estaban controlados, aunque eran asintomáticos, habían tomado quimioprofilaxis y adoptado medidas de precaución.

Plasmar todo esto en un informe no resultaba sencillo. Además, en esta ocasión no podía contar con la supervisión final de Vicente, así que tendría que esmerarse en la redacción.

En ese momento sonó el teléfono.

—¡Vicente! ¿Cómo estás?

—Mucho mejor, acabo de salir de la UCI y ya me suben a planta. En unos días, a casa. ¿Cómo van las cosas?

Quina suspiró, no sabía qué decirle.

—Sin novedades. Ahora mismo me pillas redactando el informe para el CCAES.

—No me importaría leerlo, pero no tengo ordenador ni móvil.

—Ni lo sueñes, Vicente, tú tienes que descansar.

—Te debo una disculpa. Me intentaste avisar de que estaba pasando algo grave y no te dejé hablar. Me obsesioné con que estabas de vacaciones y no le di importancia a algo tan grave como una sospecha de peste. Desatendí mis funciones, Quina, creo que me estoy haciendo viejo.

Ella no pudo evitar un pinchazo en las entrañas cuando escuchó la palabra «vacaciones», pero no era momento de reproches.

—No seas tan duro contigo mismo. Nos cogió a todos por sorpresa.

—Lo he estado pensando y es el momento de dejar paso a las nuevas generaciones.

—Ahora no pienses en eso.

Cuando colgó todavía estaba en *shock*, ¿Vicente jubilándose? Quina no se imaginaba cómo podría funcionar el ISPGA sin él.

Álex llamó tímidamente a la puerta de su despacho y asomó la cabeza.

—¿Podemos pasar? ¡Qué color más bonito! —No quedaba ni rastro del grafiti de la pared y la habían pintado, a petición de Isabel, de un tono gris perla.

Quina se alegró de verla. La joven, acompañada de Eliana, seguía sin recordar las horas previas al accidente. Llevaba el brazo escayolado y había acudido al ISPGA a entregar el parte de baja. Aunque el traumatólogo le había dicho que tardaría varios meses en recuperarse de la fractura de muñeca, las fisuras de las costillas ya le permitían moverse mucho mejor y había recobrado su buen humor habitual.

—He hablado con Garrido —comentó Lysander después de los saludos—. Aunque al principio lo negó, Víctor ha confesado que asaltó el ISPGA con la ayuda de dos tipos que conoció en la cárcel. Su plan era sencillo: robaban las vacunas, las vendían y se repartían las ganancias. Algo que habrían conseguido si Víctor no hubiera perdido la cabeza y disparado a Vicente.

El cabecilla del grupo, quien tuvo la idea, era su profesor de informática en la cárcel, y aunque en la prisión solo impartía clases de *Photoshop* porque las normas impedían la conexión a internet, en realidad era un experto *hacker*. Para él, entrar en el sistema de cámaras del Instituto y congelarlas para que el vigilante no sospechara nada y ellos pudieran campar a sus anchas, fue un juego de niños. Había localizado un comprador, solo tenían que guardarlas unos días hasta que hicieran el intercambio sin levantar sospechas. Para ello necesitaron a un tercer compinche, un camionero que trasladó la mercancía. Conocía además un lugar perfecto para guardar las vacunas, un antiguo matadero abandonado que tenía unos frigoríficos que seguían funcionando. Según el informe del inspector Garrido, allí encontraron la mercancía sustraída del ISPGA.

—Según he leído, se han recuperado casi todas las dosis —dijo Quina que, en ausencia de Vicente, había leído los informes policiales—. Es una pena que no vayan a poder utilizarse. No se puede garantizar que se haya mantenido la cadena de frío, así que no nos podemos arriesgar… ¡son cientos de miles de euros tirados a la basura!

—¡Que gentuza!

—Hablando de gentuza, ¿Víctor ha admitido que puso las palomas muertas en mi bici?

—Él sigue negándolo.

Tras charlar unos minutos, las tres mujeres se levantaron. Antes de irse, Álex quería saludar a sus compañeros de Vigilancia. En cuanto la vieron entrar, la mayoría fueron hacia ella y la saludaron con alegría, excepto Marina. Al ver su expresión adusta, una idea, como un fogonazo, acudió a la mente de Quina.

—Marina, ¿tú conduces?

—Pues claro, vengo todos los días con mi Seat Ateca. ¿A qué viene la pregunta? —contestó con un tono desabrido.

Lysander le leyó el pensamiento a la doctora. Marina tenía un coche negro y las cámaras del aparcamiento la habían grabado al volante de su coche la tarde del atropello, pero su pelo color platino era demasiado llamativo como para que los testigos no lo recordaran. Tomó nota mental de revisar de nuevo los informes. No recordaba a qué hora había salido del garaje del ISPGA el coche de la epidemióloga. En su momento no le dio importancia porque todos los empleados habían abandonado el lugar en un breve periodo de tiempo.

Álex notó la tensión en el ambiente, pero estaba demasiado contenta por haber regresado como para hacer caso de la estúpida de Marina.

—Voy un momento al baño—dijo la joven.

Nada más entrar, empujó la primera puerta, pero estaba cerrada. Una voz femenina gritó:

—¡Ocupado!

Las puertas cerradas. La llamada de Eliana.

¿Había alguien en una de las cabinas aquella tarde? En su momento no lo comprobó.

«¡Ay! ¡Pensé que os habíais ido todos. Hasta mañana!»

Los compañeros. Su prisa por despedirse porque la esperaba Eliana. Las imágenes anteriores al accidente llegaron una tras otra.

El viento la despeinó. Esperó en el semáforo…

Álex salió del baño como una tromba.

—¡Marina, tú conducías! —gritó nerviosa— ¡Eras tú! ¡Acabo de recordarlo!

—¿Es eso verdad? —preguntó Quina.

—¡No digas tonterías! — contestó la otra, alterada.

—Estabas en el lavabo la tarde que me atropellaron, ahora lo recuerdo. Te vi antes.

Quina se enfrentó a Marina. Sus ojos expresaban furia.

—¿Qué hiciste el sábado por la mañana? ¿No fuiste a llevar el coche al taller? ¿Qué le pasaba? ¿Acaso una abolladura en el capó? Llegaste apresurada y aún llevabas el gorro —añadió la doctora—. Oscuro, por supuesto, te tapaba el pelo. Igual que en el momento que atropellaste a Álex.

45

Domingo, 23 de diciembre de 2018

Faltaba un día para Nochebuena y las calles del centro de Zaragoza estaban adornadas con luces a la espera de que cayera la tarde para brillar. La puerta del tranvía se abrió frente al campus universitario y Quina y Santi bajaron del vagón. Los padres de Santi vivían a dos calles.

La plaza era un hervidero, el termómetro de la calle apenas marcaba ocho grados, pero brillaba el sol y el viento soplaba levemente. Los zaragozanos aprovechaban los últimos días de otoño y paseaban por la animada zona de la Universidad antes de comer.

Cada domingo, la plaza San Francisco albergaba en sus porches un mercadillo de coleccionismo antiguo. Quina nunca había entendido aquella afición de recopilar cosas viejas e inservibles. Por más que se esforzara en curiosear entre los puestos, nunca encontraba nada de su interés, y se preguntaba sobre el grado de higiene de aquellos cachivaches reutilizados.

Charco se había quedado feliz en casa. Estaba totalmente recuperado del golpe que le había propinado Tanner. Al verlo inconsciente en el suelo, Quina se había temido lo peor, pero por suerte a los pocos minutos el cachorro se despertó sin más. Tras varias pruebas, el veterinario les había dicho que todo estaba bien.

Pasaron por delante de un quiosco y a Quina le dio un vuelco el estómago cuando vio la fotografía de Arturo en la portada del periódico:

Fuga de inversores en BCG tras el escándalo

En la foto aparecían los tres socios de Bueno, Cantero y Granados: en el centro, Arturo, el padre de David Bueno, al que reconocía perfectamente de su visita a la clínica. Sus dos socios, Soledad Granados y Héctor Cantero, a Quina solo le sonaban de verlos en las noticias.

Después de la muerte de Tanner, las investigaciones revelaron que el fallecimiento de Íñigo Ruiz pudo deberse indirectamente a un fallo del *software* de BCG. El juicio contra la compañía estaba pendiente y todavía quedaban por aclarar algunas cuestiones. Héctor, Arturo y Sole se declararon inocentes y aseguraron que no conocían el fallo del *software*, pero sería un juez el encargado de esclarecer los hechos.

El contrato de BCG con el gobierno se paralizó en el momento en que se hizo público el escándalo y los mexicanos se acogieron a una de las cláusulas para anular el acuerdo. La mayoría de inversores de BCG perdieron la confianza y prefirieron malvender sus participaciones y desvincularse de la empresa cuanto antes para evitar que se los relacionara con la trama.

Durante las últimas semanas los medios no habían hablado de otra cosa. Se habían escrito muchas páginas sobre el ISPGA. Víctor, el Pistolero, cómo lo habían apodado tras disparar a Vicente, había acabado por delatar a sus compinches, dos delincuentes que había conocido en la cárcel y con los que había orquestado la trama para robar las vacunas y venderlas. Habían encontrado la mercancía robada en las cámaras frigoríficas de un antiguo matadero. A pesar de recuperar gran parte de las dosis, por desgracia, las vacunas quedaron inservibles.

El ataque a Quina y el suicidio de Tanner Brown también habían salido en portada. Durante días, Quina había tenido periodistas en la puerta de su casa y, aunque entendía que estaban haciendo su trabajo, se desesperaba. Unos exaltaban su actuación en el brote de peste, otros la tachaban de incompetente por no haberlo gestionado mejor y con más rapidez.

Desde que supieron que Marina era la que había atropellado a Álex, el ambiente en el Servicio se había enrarecido. La epidemióloga llevaba años haciendo de las suyas, pero esta vez había llegado demasiado lejos al atropellar a una compañera. Sin embargo, no faltaban quienes la defendían, aludiendo a que se le había ido de las manos el enfado con la joven. Estaba acusada de dos delitos: tentativa de homicidio y omisión de socorro. A Quina le daba mucha pena la situación, le hubiera perdonado lo de las palomas, pero al atropellar a Álex, Marina había traspasado todos los límites.

Lysander les contó que le había apretado las tuercas en comisaría. Tenían la hora de la grabación: salió del Instituto minutos antes del atropello, y, por tanto, Marina tuvo que bajar con el ascensor al garaje mientras Álex se despedía de sus compañeros. También confesó haber puesto las palomas en la bicicleta de Quina. Llevaba años en el mismo puesto, tenía mucha experiencia, pero no avanzaba en su carrera por culpa de la doctora Larrea, que le encomendaba los casos más simples. Durante los últimos meses había retomado cierta amistad con Víctor. Nunca perdieron el contacto, ambos se consideraban víctimas del Instituto y realimentaban mutuamente su rabia hacia la doctora Larrea, la una por no haber conseguido el ascenso y el otro, por despecho. Marina negó ser cómplice en el robo de las vacunas, pero temió que Álex se hubiera enterado de algún modo del asunto de las palomas muertas o de su relación con Víctor. Así que, cuando la oyó en el lavabo hablando con la inspectora, pensó que la iba a delatar y que podrían acusarla de complicidad. Y se le encendieron las alarmas.

Lysander no les contó detalles del interrogatorio por una cuestión de confidencialidad, pero sí manifestó su convicción de que Marina sabía algo sobre el robo, o al menos tenía que haber sospechado de Víctor cuando vio el grafiti en el despacho de la doctora Larrea. Y, no obstante, calló.

Según la inspectora, Marina alentó el odio de Víctor y reforzó su obsesión por ella. Fue después del robo de las vacunas cuando comenzó a preocuparse. Él no paraba de llamarla y creyó que Álex sabía algo y la espiaba. Se ofuscó tanto cuando la escuchó hablar en el baño con la inspectora, que perdió los papeles y acabó atropellándola.

Aunque Marina no era santa de su devoción, lo cierto era que nunca se la habría imaginado capaz de hacer algo así. En cualquier caso, en la relación entre Víctor y Marina, ninguno de los dos había salido bien parado. En realidad, nunca sabría qué tipo de relación tóxica habían mantenido, y Quina tampoco tenía ganas de averiguarlo.

Respiró hondo para intentar tranquilizarse. En su vida personal las últimas semanas también habían sido muy intensas. Envuelta con un grueso plumífero, el gorro y la bufanda de lana, se sentía hinchada como si se hubiese convertido en el muñeco Michelin.

—¿Has cogido la tarta, Santi? —preguntó Quina.

—Sí, aquí la llevo.

—¿Has cerrado la puerta de casa? *Charco* podría escaparse y…

—Quina, la has cerrado tú. —Se detuvo en medio del gentío y la miró preocupado. Sabía que las reuniones familiares la ponían nerviosa y temía que saliera corriendo en cualquier momento—. ¿Qué te pasa?

—Me estoy agobiando —repuso mientras echaba a andar con los ojos llorosos. Estaba irreconocible. Últimamente no dejaba de llorar.

Se detuvieron al borde de la calzada. El semáforo estaba en rojo para los peatones.

—No me encuentro bien —dijo tocándose la barriga.

El teléfono comenzó a sonarle en el bolsillo.

—Hola, Hugo.

—Hola, tía. Mañana iré a ver a *Charco*. Se lo he pedido a mi padre y me llevará.

—Genial, ¿a qué hora vendrás?

Hugo le preguntó a su padre.

—A las seis.

—Vale, cariño, te espero mañana. Te quiero.

Guardó el teléfono, miró a Santi a los ojos y lo abrazó. Los ojos volvieron a llenársele de lágrimas. ¡Malditas hormonas!

—Lo siento, Santi. He visto los periódicos y me he puesto nerviosa.

—Es normal, Quina, lo que has vivido ha sido muy fuerte. Date tiempo. Recuerda que no tienes que controlarlo todo.

Ella asintió. El semáforo se puso en verde y cruzaron la calle.

—Ya no controlo nada. Nada volverá a ser como antes. —Y se echó a llorar y a reír a la vez—. ¿En serio tenemos que decírselo?

—Señora Larrea, vale de excusas, en pocas semanas va a tener usted una barriga que no se podrá ocultar. Vamos a ir a comer con mis padres y vamos a decirles que van a ser abuelos.

—Tienes razón, ¡vamos!

Soltó un suspiro y siguieron caminando.

Nota de la autora

En 2015 comencé a trabajar en la sección de vigilancia epidemiológica y encontré un nuevo mundo que hasta entonces no había conocido, la salud pública. Gran parte de nuestro trabajo consistía en investigar las enfermedades para que no se propagaran y no afectaran a más personas. Investigábamos enfermedades raras y otras más frecuentes y de diversa gravedad. Establecíamos algunas medidas de prevención y control y trabajábamos para procurar que no hubiese más casos.

Eran los tiempos del virus del Zika y del chikungunya, que seguramente los lectores recordarán. Hubo muchas historias que me llamaron la atención y que me recordaron a las novelas científicas que me apasionaba leer. Cada día me venían a la cabeza decenas de ideas para escribir y en 2017 empecé a redactar el primer borrador de esta novela.

Durante 2018 se cruzaron otros proyectos en mi vida y escribí *Hay una plaza para ti*, una guía para opositores con treinta y tres claves que autopubliqué en 2019. Así que la novela estuvo reposando durante algún tiempo en un cajón e incluso llegué a pensar que se quedaría ahí. En el verano de 2020, con la situación que estábamos viviendo, Quina y el resto de personajes vinieron una y otra vez a mi cabeza para recordarme que su historia debía salir a la luz. Así pues, decidí retomar de nuevo la historia y, aunque no ha sido un camino sencillo, aquí está el resultado.

Cuando te falte el aire es mi primera novela. Está inspirada en la realidad pero no está basada en hechos concretos ni reales. Responde por completo a mi imaginación y todos los personajes son ficticios.

El escenario principal es Zaragoza, pero hay lugares e instituciones que no son tal y como aparecen en la novela; otras sí. El Instituto de Salud Pública del Gobierno de Aragón, el ISPGA, está inspirado en entidades semejantes, pero hoy en día no existe, al menos no tal y como se describe en la novela. La gran mayoría de rincones de Zaragoza, como el puente de Piedra, el Plata, la estación Intermodal, el Torreón de la Zuda o la Torre del Agua, entre otros escenarios, son reales, y por supuesto invito al lector a que los visite para su deleite.

Os espero pronto con una nueva entrega de Larrea y Lysander.

Agradecimientos

HA LLEGADO EL momento de dar las gracias a todas las personas que han hecho posible que esta novela vea la luz. Supone una gran responsabilidad porque, aunque suene manido, no creo que sea posible transmitir con palabras el inmenso agradecimiento que siento al ver la historia que un día imaginé plasmada en un libro. Gracias a todos los que lo habéis hecho posible.

A toda mi familia, por apoyarme siempre, a mis padres y a mi hermano, a mis tíos y primos, a mis sobrinas. Y, en especial, gracias en mayúsculas a mi marido, Daniel, por confiar siempre en mí y ser mi apoyo absoluto en todo momento. Me siento inmensamente afortunada.

Al maestro Juan Bolea, por enseñarme tanto sobre este mundo, por su trabajo incansable y sus preguntas, que tanto me han hecho reflexionar.

A José Manuel González, Miriam, Encarna y Paco, por ser mis primeros lectores y ayudarme a que Quina y Eliana tuvieran vida propia.

A Ediciones Maeva, por confiar en mí. A todo el equipo, por el cariño con el que me habéis tratado y por vuestra gran profesionalidad. En especial, gracias a Mathilde y a mi querida Núria, el pulso de la historia, sin la cual la novela no hubiera sido tan emocionante, os lo aseguro. Muchas gracias por tu laborioso y magnífico trabajo.

A mis antiguos compañeros de Salud Pública, de Vigilancia, de Promoción de la Salud, de Viajeros y de Vacunas. Me he acordado mucho de vosotros mientras escribía estas páginas. Gracias por inspirarme.

A mis nuevas compañeras de inspección de centros, que tanto impulso me habéis dado para acabar la novela. Cuando aparecisteis en mi vida, se hizo la magia.

Gracias también a Asun (y a sus compañeros de Alicante), a Luis Ángel y a Elena, por ayudarme a que Eliana fuera una buena inspectora.

A todas las personas que me han inspirado para escribir esta historia, a todos mis amigos, compañeros y a los vecinos de Monegrillo. A los que os habéis preocupado e interesado por esta historia en algún momento, gracias, porque habéis contribuido a que siguiera adelante. Ya sabéis que os llevo a todos siempre conmigo.

A nuestras opositoras incansables que luchan por la vida y el trabajo que se merecen. Sois unas diosas y me inspiráis cada día para dar lo mejor de mí. Os merecéis siempre lo mejor.

A mi ciudad, Zaragoza, por tener tantos rincones maravillosos y ser el escenario perfecto para la historia.

Y, por último, gracias a ti por leer *Cuando te falte el aire*, por estar al otro lado y emplear tu valioso tiempo en conocer a Quina, Eliana y a todos los demás personajes.

Si te ha gustado la novela, me ayudaría mucho que la recomendaras y dejaras tu reseña. Así podré continuar escribiendo sobre los nuevos casos que Larrea y Lysander están investigando. Prometo que te sorprenderán.

Con cariño,

ÚRSULA

Antes de irte, te espera todavía una sorpresa final.

Si quieres descubrir el secreto que he preparado, solo tienes que escanear este QR y te encontrarás con un extra, una historia inédita escrita especialmente para ti, y que es un guiño especial si además de disfrutar de esta novela estás preparando unas oposiciones.

33 mensajes para cumplir tu sueño.
¡Espero que te encante!